# 당신의 꽃은
# 어데서 피었습니까

북한 청춘 남녀의 대학 로맨스

# 당신의 꽃은 어디서 피었습니까

북한 청춘 남녀의
대학 로맨스

김영희 지음

책을 펴내며

'젊음'은 일종의 만국 공통어가 아닐까. 젊은 한때를 먼저 지나온 사람으로서 종종 그런 생각을 하게 된다. 생김새나 언어, 사는 곳이 달라도 지금 이 순간 앞날을 꿈꾸고 누군가를 사랑하며 우정을 쌓고 있다면 그들은 분명 젊은이다. 현실의 벽에 부딪혀 쓰러져도 다시 한 번 일어날 용기와 힘을 낸다면 당신은 젊다. 북녘에 있는 젊은이라고 무엇이 다를까. 그들도 인생의 목표를 이루려 공부하고, 연인을 만나 사랑에 빠지며, 친구들끼리 서로를 북돋운다. 남한의 젊은이들처럼 하루하루를 즐겁게 혹은 뼈아프게 보내고 있다. 이념과 체제는 달라도 청춘은 하나다.

요즘에는 어느 누구나 쉽게 '북한'에 관한 정보를 얻을 수 있다. 서점에 가면 자칭 북한 소식통이나 전문가들, 그리고 탈북 주민들이 쓴 책을 어렵지 않게 구할 수 있다. 인터넷에서 검색을 해봐도 관련 자료가 차고 넘친다. 하지만 대학교나 민간단체에서 주최한 특강을 하러 갈 때면 이런 질문들이 쏟아지곤 한다.

"북한 대학생들도 연애를 하나요?"

"대학생 신분이어도 결혼할 수 있습니까?"

"북한의 연인들은 서로 껴안거나 입을 맞추나요? 데이트는 어떻게 하는지 알려주세요."

그때마다 내 마음은 복잡해진다. 하루가 다르게 쌓이는 수많은 북한 관련 정보 중 북한 학생들이 학교와 학교 밖에서 어떻게 살아가고 있는지 그들의 일상을 제대로 알려주는 자료가 없어 안타깝다. 그런데도 남한 학생들이 보이는 관심과 호기심은 몹시 반갑다. 이념이나 체제처럼 거창한 것이 아니라 공부, 진로, 연애와 같은 시시콜콜한 일상사를 궁금해한다는 건 북한 학생들을 동시대를 살아가는 같은 젊은이로서 느낀다는 의미일 테니까.

얼마 전 나는 탈북한 중·고등학교 학생들의 학교생활과 친구 관계에 대한 인터뷰를 했다. 20여 명의 탈북 남녀 학생들이 털어놓은 이야기 속에는 웃음과 눈물, 희망과 절망이 모두 들어 있었다. 북한학 박사이자 탈북 학생의 엄마이기도 한 나조차 단 한 번도 생각해보지 않았던 일을 스스럼없이 꺼내놓는 그들을 보며 미안하고 부끄러운 마음을 감출 수 없었다.

"선생님, 저는 말이죠, 학교에서 간혹 북한에 대해 좋지 않은 이야기를 할 때면 마치 제 잘못이라도 되는 양 어딘가에 숨고 싶어져요. 대놓고 뭐라고 하는 아이들도 없는데 모두가 저를 색안경 끼고 볼까 봐 두렵기도 해요. 자격지심일 수도 있겠지만, 북한도 엄연히 사람 사는 곳이잖아요? 그런데 여기에선 그런 모습을 접할 기회가 별로 없는 것 같아요. 그래서 우리 같은 탈북민을 이상하게 보는 것도 같고……. 만약 이곳 아이들이 하루하루 열심히 땀 흘리며 살아가는 수많은 북한 주민들의 평범한 모습을 더 많이, 그리고 더 자주 접하게 된다면 우리처럼 탈북한 아이들과 친해져도 괜찮겠구나 싶은 생각을 할 것 같아요. 정말 그럴 수 있었으면 좋겠어요."

한 고등학교 3학년 탈북 여학생의 말은 내게 많은 생각거리를 던졌다. 같은 교실에서 공부를 하면서도 마음을 털어놓을 친구가 없어 외톨이처럼 생활하다가 결국 학교를 떠날 수밖에 없었던 많은 탈북 학생들. 그들을 위해 내가 할 수 있는 일이 무엇인지 진지하게 돌아보지 않을 수 없었다. 그들에게 아직도 '빨갱이', '무장공비', '북한 인간'이라는 꼬리표가 따라다니는 현실, 게다가 북한의 도발 위협 소식이 들려올 때마다 어린 탈북 학생들이 받아야 할 상처와 고통을 떠올리자 한 엄마로서, 탈북민의 한 사람으로서 안타깝기 그지없었다.

이러한 문제의식 때문인지 나는 줄곧 사람 냄새 물씬 풍기는 북한 사람들의 모습을 세상에 알리고 싶다는 생각을 해왔다. 그러나 어떻게 해야 할지 막막하고 답답한 마음뿐이었다. 그때 가족의 격려와 자신의 간절한 바람을 털어놓던 고3 탈북 여학생의 눈빛을 떠올리면서, 30여 년도 더 된 나의 대학 시절을 이야기로 쓰겠다고 어렵사리 마음먹었다.

이 책은 1980년대 원산경제대학(현 정준택원산경제대학)에서 있었던 나와 동무들의 이야기를 담은 기록이다. 요즘 북한 대학생들은 이 책에서 묘사된 것보다 사랑을 표현하는 데 더 자유로울 듯하다. 여기에는 암암리에 유입되는 남한 드라마와 영화 등의 역할도 무시할 수 없을 것이다.

나는 이 책이 북한에 있는 친지들과 지인들을 다시 만나는 날, 이야기 속에서 영원한 청춘인 그들을 다시 만나게 되는 날, 환한 얼굴로 반백이 된 머리카락과 주름진 얼굴을 마주보며 부끄럼 없이 내놓고 회자될 만한 즐거운 추억이 되었으면 한다.

또한 남한 젊은이들에게는 북한 젊은이들에 대해 지녔던 궁금증을 풀어주고, 탈북 아이들에게는 그들이 그토록 바랐던 북한 사람들의 솔직하고 평범한 모습을 보여주는 하나의 실마리가 되었으면 한다. 이러한 뜻을 반영해 이 책에서는 일부 북한어를 남한어로 써넣기도 했다.

북한에 칙칙함, 냉혹함, 어두움, 참혹함만이 존재하는 것은 아니다. 세태에 물들지 않은 인간미도 넘친다. '아랫동네' 청춘들의 열정, 꿈, 사랑이 '윗동네'에도 분명 존재한다는 것을 알리고 싶다. 청춘이 꽃이라면, 꽃은 언제 어디서든 꼭 한 번은 피어나기 때문이다.

지금은 어디 있느냐 그리운 나의 동무들
대학 시절 탐구로 맺어진 못 잊을 동무들아

2016년 여름
지양산 자락의 보금자리에서
김영희

# 차례

# 시골 소녀의
# 대학 입성

## 고향을 떠나 대학으로

북한의 여름 풍경은 뜨겁다 못해 살벌하다. 논밭 김매기를 끝낸 농촌에서는 연이은 풀베기 작업으로 분주하다. 공장과 기업소에서는 연간 계획을 토대로 지금까지의 상황을 점검하고, 하반기 계획을 수행하기 위해 전투 아닌 전투를 치른다. 반면 전국의 모든 대학과 인민학교(초등), 고등중학교(중·고)는 여름방학을 맞이한다. 학생들은 잠시나마 학업을 잊고 고향으로 돌아와 가족과 함께 시간을 보낼 수 있다. 그러나 고등중학교 졸업생들의 사정은 조금 달랐다.

당시 북한의 고등중학교는 5학년제여서 졸업하면 대략 열여섯에서 열일곱 살이 되었다.˙ 아직 부모님의 보살핌을 받아야 할 나이지만, 외모도 행동거지도 어딘지 모르게 성숙해 보인다. 한 반, 한 학교, 한 마을에서 가족과 다름없이 어울려 지내던 아이들은 더 이상 함께할 수 없었다. 고등중학교 과정을 모두 마치면 군 입대, 대학 또는 전문대 입학, 사회 진출로 진로가 나뉜다. 각자 인생의 한 전환점을 맞는 셈이다. 어디에 있든 무엇을 하든 정든 고향과 동무들을 떠나 낯선 세상 속으로 뛰어들지 않으면 안 된다는 불안 감이 아마 그들을 제 나이보다 어른스럽게 보이도록 했을 것이다. 나도 그런 아이들 중 한 명이었다.

1981년 8월의 어느 날, 나는 기차를 기다리고 있었다. 입학을 앞두고 대학으로 가는 길이었다. 고향에 남게 된 동무들이 배웅을 나왔다. 우리는 땀인지 눈물인지 모를 것을 연신 훔치며 서로의 손을 맞잡았다. 군에 입대하는 아이들을 떠나보낸 지 얼마 되지 않아 또 다시 작별이었다. 멀리서 기적 소리가 울렸다. 나를 태운 기차는 길주역을 출발했다. 나는 한여름의 따가운 햇빛에 눈을 끔벅이면서도 차창 밖을 바라보았다. 정다운 아이들의 모습과 고향 땅이 점점 멀어졌다. 조금이라도 더 오래 담아두고 싶은 풍경이었지만 남

---

˙ 과거에는 중·고등학교 과정을 통틀어 고등중학교 5년제였으나, 지금은 초급중학교 3년, 고급중학교 3년 과정으로 되어 있다.

쪽으로 향하는 기차는 어느새 속도를 내고 있었다.

내 고향 길주는 명천과 더불어 강한 생명력과 생활력으로 유명한 곳이었다. 그래서 길주·명천 사람들에게는 "껍데기(피부)를 벗겨놔도 십 리를 간다"라는 말이 따라다녔다. 양강도나 함경북도 청진, 강원도 지역으로 가는 철도 분기점이기도 한 길주는 최근 북한의 핵실험 장소인 '길주군 풍계리'로 국제사회에 알려졌다. 자칫 명예롭지 못한 일로 고향의 이름이 인식될까 봐 걱정이지만, 여전히 내 기억 속 고향 길주는 우리나라의 유명한 동요에 나오듯 "꽃피는 산골"처럼 아름답고 "놀던 때가 그리운" 곳으로 남아 있다.

기차는 쉬지 않고 남쪽으로 내달렸다.

길주를 떠나 기차에 몸을 맡긴 지 반나절이 다 되었다. 열린 창문을 타고 들어온 바람이 조금이나마 숨통을 트이게 했지만, 8월의 열기를 식히기에는 가뭄에 지나는 비처럼 어림도 없었다. 객차의 공기는 점점 더 후덥지근해졌다. 함경도와 강원도의 경계를 지난 지 한참인 것 같았다. 기차의 좌석과 통로는 물론, 객차 사이의 연결 통로까지 빼곡히 들어찬 사람들은 하나둘 손부채를 부치거나 웃통을 벗기 시작했다. 같은 하늘, 같은 땅일지라도 겨울에는 남쪽이 더 따뜻하고 여름에는 북쪽이 더 시원하듯, 함경도를 벗어난 기차가 어느덧 강원도 원산에 가까워졌다는 신호였다.

갑자기 여기저기서 웅성거리는 기적이 들렸다. 기차가 너울을 만난 배처럼 크게 기울었다. 책을 보고 있던 나는 좌석의 손잡이를 붙잡았다. 그러나 맞은편 자리에 앉아 졸고 있던 아저씨는 얼결에 이마를 유리창에 찧었고, 서 있던 승객들은 외마디소리를 내며 휘청거렸다. 개중 몇몇은 바닥에 맥없이 주저앉았다. 나는 어머니의 등에 업혀 칭얼대는 아기를 얼러주었다. 한참 동안 나와 눈을 맞추던 아기는 뭐라 옹알거리더니 이내 젖니를 내보이며 웃었다. 나도 덩달아 미소 짓게 만드는 천연한 표정이었다. 선반 아래로 떨어진 짐을 찾는 아주머니와 비좁게 서 있는 사람들 사이에 잠시 큰소리가 오갔지만 이내 별일 아니라는 듯 기차 안 여기저기서 웃는 소리가 흘러나왔다. 기차로 산비탈이 심한 곳을 오를 때면 흔히 볼 수 있는 사람 사는 풍경이었다.

나는 창밖으로 고개를 돌렸다. 푸르다 못해 검게 보이는 무성한 나무들과 우뚝한 봉우리가 눈길을 사로잡았다. 산악 지역이 대부분인 북한에서는 도로보다 철도를 중심으로 교통이 발달되어 있는데, 철로를 어떻게 놓았는지 놀라울 만큼 높고 가파르며 산세가 험했다. 내가 자란 곳도 산골짜기였지만 차창 너머의 산은 처음 보는 듯 어딘지 모르게 달리 보였다.

꼭 한 달 전에도 난 이곳을 지나갔다. 대학 입학시험(정시시험)을 치르러 가던 길이었다. 그때는 지금처럼 창밖을 구경할 여유가 없었다. 속이 울렁거리고 머리가 어지러워 어머니에게 거의 실신하듯 기대 있었다. 평양에 볼일이 있었던 어머니는 몸이 부실한 나를 걱정해 함께 길에 올랐다. 당시에 기차는 하루나 이틀 사이에 한 대꼴로 운행되었다. 칸칸마다 꽉 들어찬 사람들의 열기와 냄새가 지독했다. 차멀미를 심하게 했던 나는 시험을 치르기도 전에 녹초가 되고 말았다.

우거진 녹음이 파도처럼 이어지고 있었다. 좀 전보다 머리가 맑아졌다. 나는 읽던 책을 덮어 무릎에 올려놓았다. 대학 입학시험을 준비하느라 수십 번도 더 읽은 내용이었지만 몇 시간째 같은 쪽만 더듬고 있었다. 도무지 진도가 나가지 않았다. 그런데도 책을 손에서 놓을 순 없었다. 책은 나에게 안정제 역할을 해주었다. 기차에 몸을 맡길 때부터 메스꺼운 속을 가라앉혀주었고 들뜨면서도 울적한, 딱히 뭐라 설명할 수 없는 복잡한 마음을 달래주었다. 책이라고 해봤자 고등중학교 시절 내내 보았던 교과서에 불과했지만 책을 보는 동안에는 모든 것을 잊을 수 있었다. 멀미도, 배고픔도, 앞날의 두려움까지도.

어느덧 지는 해를 받아 객차의 창가가 붉게 물들었다. 고향 집에서 나와 역으로 향할 때는 분명 새벽 어스름이 채 가시지 않은 시간이었다. 깜박 졸기라도 했으면 좋으련만 기차의 속도만큼이나 느리게 가는 시간에 나는 슬며시 초조해졌다. 재촉하지 않아도 이제 곧 도착할 강원도 원산이었다. 물도, 공기도 낯선 그곳에서 처음 보는 이들과 함께 먹고 자며 공부하고 부대낄 생각을 하자 책가방 없이 학교에 간 것처럼 마음이 불안했다. 게다가 그런 부담을 혼자 책임지기에는 유리창에 비친 나의 얼굴이 너무 앳되어 보였다. 사실 난 태어나서 지금까지 그렇게 오래 고향을 떠나본 적도, 다른 도시가 어떻게 생겼는지 구경해본 적도 많지 않은 열일곱 살 시골 소녀였다.

여행의 자유도 거주 이전의 자유도 없는 북한. 다른 도시를 구경하는 일은 상상조차 할 수 없는 일이다. 내가 혼자서 집을 떠나본 경험은 손에 꼽았다. 인민학교 시절, 길주군 내 분단위원장(회장)으로 강습을 받기 위해 읍으로 나가 일주일간 합숙 생활을 했던 것과 고등중학교 시절, 함경북도 온성에 있는 왕재산 답사를 다녀온 일이 고작이었다. 그러니 열일곱 살 소녀가 혼자 기차를 타고 외지로 나가 생활해야 한다는 것은 눈을 감고 밤길을 가야 하는 것처럼 막막하고 두려운 일이 아닐 수 없었다.

목적지를 향해 열 시간 이상을 달려온 나진-갈마행 기차는 마지막 안간힘을 쓰듯 굽이 많은 산길을 지나는 동안 심하게 덜컹거렸다. 험준한 산을 무사히 넘은 기차는 이제 너른 들판을 지났다. 웬만한 아이들보다 키 큰 옥수수와 벼 이삭이 펼쳐졌다. 고향과 별반 다르지 않은 풍경이었지만 나는 쉽사리 눈을 떼지 못했다. 같은 산, 같은 하늘일지라도 고향의 것 이외에는 구경해본 적이 많지 않아 모든 것이 처음 보는 듯 신기하고 새로웠다. 그야말로 별세계나 다름없었다.

함경북도 길주에서도 아주 시골에 속했던 나의 고향은 외진 곳이었지만, 많이 배우고 뛰어난 능력을 가진 이른바 엘리트들이 모여 살았다. 평양의대, 청진의대, 해주의대를 졸업한 의사들이 많았다. 이웃들은 만나면 누구랄 것도 없이 서로를 "부원장 선생님", "과장 선생님", "동의사 선생님"이라고 부르는 재미있는 광경이 펼쳐졌다. 그러면서도 네 것 내 것 없이 나누며 사는 정 깊고 소박한 마을이었다.

## 아버지의 설득, 그리고 나의 선택

덜커덕, 기차가 다시 흔들렸다. 나는 책이 들어 있는 작은 보따리를 단단히 붙잡았다. 보따리에는 아버지가 마련해준 학습장이 들어 있었다. 불현듯 떠나온 지 하루도 되지 않은 고향이 아득하게 느껴졌다. 아버지의 나지막한 목소리가 어디선가 들리는 것 같았다.

"영희야, 말 좀 해보아라. 남들은 대학에 가고 싶어도 실력이 부족해 가지 못하는데, 너는 입학통지서를 받아놓고도 왜 안 가겠다 버티는 게냐?"

나는 그렇게 묻는 아버지의 마음을 모르지 않았다.

아버지는 원래 내가 의사가 되길 바랐다. 자신의 직업을 대물림하길 바라던 아버지였다. 그러나 나는 아버지의 흰 가운에서 나던 소독약 냄새가 견딜 수 없이 싫었다.

아버지는 병원에서 근무를 하다가도 점심 식사를 하러 집에 오곤 하셨다. 그때마다 대부분 하얀 가운을 입은 그대로였다. 지금은 그 가운을 입은 아버지의 모습을 보고 싶어도 볼 수 없다. 한 번이 라도 꿈속에서 보고 싶지만, 그때는 왜 그게 보기 싫었는지 모른 다. 모습도 모습이거니와 가운에서 풍기는 냄새에 나는 밥을 먹다 말고 일어났다. 병원 냄새 때문이었다. 소독약이 밴 가운에서 풍기 는 그 진한 냄새를 맡으면 도무지 밥을 삼킬 수가 없었다.

　나는 본디 야무지고 굳센 성격을 타고났다. 하지만 이상하게도 피를 흘리거나 살갗을 바늘로 찌르는 광경을 보면, 아니 상상만 해 도 몸서리가 쳐졌다. 그런 내가 의사라니 ……. 나는 아버지의 요 구를 받아들일 수 없는 몸이었다. 그래서 한때는 아버지처럼 의사 였던 어머니가 병원에 사직서를 낸 뒤 우리 형제들을 돌보며 집에 서 옷을 만들었던 것처럼 재단사(패션 디자이너)가 되고 싶었다. 그 러나 모든 아이들의 꿈이 수시로 바뀌듯 나 또한 재단사의 꿈을 꾼 것은 한때였다. 인민학교 때부터 고등중학교를 졸업할 때까지 담 임선생님의 과분한 사랑을 받았던 나는 새로운 꿈을 품었다. 내게 넘치는 애정과 관심을 준 선생님이 되겠다고 말이다. 덕분에 난 칠 판에 백묵으로 글을 쓰는 연습을 셀 수 없을 만큼 많이 했다.

　무슨 운명의 장난처럼, 정작 내가 가게 된 대학은 선생님이라는 내 꿈이나 의사가 되길 바란 아버지의 뜻과 전혀 상관없는 '경제대 학'이었다. 그러고 보면 앞날은 함부로 속단할 게 아니다. 전혀 가 보지 않은 앞길을 두고 미리 실망하거나 기뻐할 일도 아닌 듯싶다.

아버지는 나를 붙들고 설득하셨다.

"평생 이 좁디좁은 시골에서 늙어 죽을 참이냐? 네 재능과 실력을 좋은 일에 써보지도 못하고 썩히는 게 아깝지 않느냐?"

따지고 보면 아버지의 말은 틀리지 않았다.

대학에 가지 않는다면 소소한 일상에 파묻혀 평범한 노동자의 삶을 살아야 할지도 모른다. 물론 그렇게 살 수도 있겠지만, 해보지 못한 것에 대한 후회와 원망을 하면서 평생을 헛되이 보낼 수도 있었다.

"영희야, 넌 어려서 아직 모를 게다. 어리고 젊기에 더 넓은 곳에 나가서 공부도 하고 새로운 동무도 사귀어야 해. 경험이 쌓이고 쌓이면 네가 생각지도 못했던 또 다른 기회가 찾아올 수 있다. 이 아비의 말을 들어라."

아버지의 간곡한 설득 때문이었는지, 시골을 벗어나 도시를 구경하고 싶은 철없는 마음이었는지 나는 오랜 고민 끝에 대학에 가기로 결심했다. 이미 정해진 운명일지라도 선택은 엄연히 내 몫이었다. 남의 옷이라도 자르고 꿰매고 이어 붙여 나만의 새롭고 특별한 옷으로 만들면 된다고 스스로를 다독이며 대학으로 가기 위한 짐을 쌌다.

이제와 되돌아보면, 경제대학에 가기로 결정한 데는 나의 선택보단 어떤 운명의 힘이 작용하지 않았나 싶다. 여기 남한에 정착하기까지의 과정을 떠올려보아도 그런 생각을 지울 수 없다. 그때 내게 하신 아버지의 말씀이 새삼스럽게 느껴지는 것도 그런 이유다. 불확실하고 불분명하기에 모든 것이 가능하다. 아마 아버지는 내게 그런 말을 하고 싶었는지도 모른다.

기차가 평라선과 강원선의 분기점인 고원역을 지나 문천역을 출발했다. 여기저기서 승객들이 하나둘 짐을 챙겼다. 기차 안은 금세 장마당처럼 소란스러워졌다. 나도 벌려놓은 보따리를 매듭짓고 다른 짐을 챙기며 통로로 나설 준비를 했다.

기차가 기적을 울리며 천천히 덕원역으로 들어서고 있었다.


## 원산경제대학 재정과 2반

나는 기차에서 내려 역사를 빠져나왔다. 길주역에서 수화물로 부친 이불 짐은 이튿날 다시 와서 찾기로 하고, 가벼운 짐과 가방을 챙겼다.

내가 입학한 대학은 역사와 그리 멀지 않은 곳에 있었다. 가는 길은 쉽게 찾을 수 있었다. 게다가 길도 곧게 뻗어 있었다. 모퉁이를 돌아갈 필요도 없이 곧장 걸어가면 되었다. 대학에서도 이 길처럼 곧고 옳게 생활하면 문제될 것이 없을 듯했다. 손에 쥔 보퉁이의 매듭처럼 마음을 단단히 여민다면 타지 생활도 할 만할 것이라고 마음을 다잡으며 발걸음을 옮겼다. 때때로 모퉁이를 만나 구부러지고 꺾어지더라도 첫 마음을 잃지 않으면 다시 길을 잡을 수 있다고 믿었다.

드디어 원산경제대학 정문에 도착했다. 저만치 신입생을 환영하는 현수막 아래로 아이들의 행렬이 이어지고 있었다. 대부분 나처럼 앳된 얼굴의 여학생들이었다. 뛰어가듯 나를 앞질러가던 한 남학생은 제 덩치보다 큰 배낭을 추어올리며 연신 주위를 두리번거렸다.

나는 정문을 지날 때 경비실에서 보초(위병근무)를 서고 있는 여학생을 향해 엉겁결에 목례를 했다. 나와 체격도 비슷하고 한두 살밖에 차이 나지 않을 앳된 얼굴이었지만 정복 차림의 보초병이니 거수경례를 해야 하는 것이 아닐까 고민하면서 학교 안으로 들어섰다.

제일 먼저 광장처럼 탁 트인 운동장이 보였다. 운동장 둘레의 파릇파릇한 나무들은 잘 다듬어져 싱그러웠고, 곳곳에 서 있는 시멘트 건물들은 평범해 보여도 장차 나라의 경제를 책임질 학생들을 길러내는 상아탑, 인민을 이끌어갈 간부를 배출하는 공간이라는 듯 왠지 모를 위엄을 뿜내고 있었다. 그제야 비로소 대학생이 되었다는 실감이 났다.

나는 본청사에서 입학 신청을 한 다음 여학생 기숙사로 이동했다. 앞으로 생활하게 될 4층짜리 건물을 찬찬히 살펴보았다. 특별할 것 없는 모습이었지만, 나보다 먼저 이 기숙사를 거쳤을 수많은 상급생들의 손때와 추억이 깃든 곳이었다. 나는 힘차게 출입문을 열었다. 길게 이어진 계단을 올랐다. 앞으로 셀 수 없이 오르내려야 할 계단이었지만 갑자기 기운이 빠진 듯 다리가 후들거렸다. 길주에서 원산은 기차로 반나절 거리지만 멀미를 심하게 한 나로선 이번 여행이 여간 고된 게 아니었다. 더군다나 보호자 없이 혼자 기차를 타지 않았던가. 기차 여행도 힘들었지만, 어찌 보면 모든 걸 홀로 감당하고 책임져야 하는 대학 기숙사 생활의 부담감으로 몹시 긴장한 탓도 없지 않았다.

이런저런 생각으로 계단에 한참을 쪼그려 앉아 있던 나는 호기심에 이끌려 내가 밟고 올라온 계단을 다시 돌아보았다. 수업을 들으러 갈 때마다, 밥을 먹으러 갈 때마다, 화장실에 갈 때마다 수없이 오르락내리락해야 할 계단이었다. 몇 년 동안 오르내리면서 더 많은 지식을 쌓고 공부하다 보면 언젠가 '민족간부'가 되고 '더 큰 사람'으로 성장할 수 있을 것이었다. 그렇게 생각하니 인생의 계단처럼 보여 나는 다시금 힘을 내 계단에 올랐다.

여자 기숙사 4층 9호. 내가 머무를 곳이었다. 복도를 따라 얼마쯤 걸어가니, 손바닥만 한 나무판에 붉은색으로 409호라고 쓴 호실이 보였다. 가슴이 방망이질 치듯 떨렸고 입안이 바싹 말랐다. 잠시 배낭을 내려놓고 옷에 묻은 먼지를 털었다. 복도 유리창을 거울삼아 머리를 매만졌다. 발갛게 달아오른 뺨을 손으로 가볍게 두드렸다.

그 짧은 순간, 내 머릿속에서는 가족도 고향도 관심 밖이었다. 대학 생활도 학과 공부도 전혀 궁금하지 않았다. 아침부터 저녁까지, 아니 온종일 함께 먹고 자고 웃고 떠들 동무들의 얼굴이 몹시 보고 싶었다.

'영희라고 한다. 만나서 반갑다.'

나는 머릿속으로 어떤 인사말을 해야 할지 준비했다. 동무들에게 좋은 첫인상을 남기고 싶었다. 떨리는 마음을 다잡으며 409호실의 손잡이를 움켜쥐었다. 열일곱 길주 소녀의 티를 벗고 원산경제대학 재정경제학부 재정과 2반 대학생 김영희의 새로운 출발을 알리듯 기숙사 호실의 문을 활짝 열었다.

# 대학
## 기숙사

내무반 같은 생활

"중대 기상!"

"······."

"중대 기상!"

"영희야, 얼른 일어나."

"지각이야, 지각!"

나는 미영의 다급한 목소리에 머리끝까지 뒤집어쓰고 있던 이불을 재빨리 걷었다. 미영이 문 쪽으로 나가면서 얼른 오라는 듯 손짓을 했다. 경미와 명애는 벌써 밖으로 나갔는지 어디에도 보이지 않았다. 나는 신발을 제대로 신었는지 확인할 새도 없이 복도로 뛰쳐나갔다.

나는 평소 바르고 절도 있는 언행으로 학생들의 모범이 되었지만, 그날 아침에는 너무 일찍부터 서두른 나머지 기상 점호를 듣지 못했다. 새벽 다섯 시에 일어나 일찌감치 세수를 하고 조기 운동을 준비했으면서도 그만 쪽잠을 자고 말았다.

북한의 모든 대학은 군대 편제로 구성된다. 각각의 대학은 연대 개념이다. 학부는 대대, 학부 내 학년은 중대로 나뉘어 있으며, 학년의 각 학급(반)은 소대다. 연대장을 비롯해 대대장이나 중대장, 소대장은 군 제대자 출신의 학생들 중에서 주로 선발한다. 남자 기숙사에 자리 잡은 대학 연대부는 대학의 전체 일정과 기숙사생들의 일과를 운영하는 업무를 맡는다. 상황이 이렇다 보니 학생들은 매일 아침과 저녁에 있는 점호 준비에 신경을 쓰지 않을 수가 없었다.

기숙사의 중대장을 맡고 있는 상급 학생이 아침 점호를 알리면 학생들은 일제히 복도로 나가 줄을 맞춰 선다. 점호 시간에는 단 한 명의 낙오도 허용되지 않는다. 자칫 누군가 지각이라도 하면 해당 학생뿐 아니라 학급 전체가 비판받기 때문에 모두 정신을 차리지 않을 수 없다. 단 한 사람의 실수로 여럿이 피해를 당할 수도 있다. 아무리 대학이라도 다들 군기가 바싹 든 채 생활했다.

저녁 점호 또한 군대에서와 마찬가지로 10시에 진행된다. 중대장이 한 사람, 한 사람 이름을 호명하면서 빠진 사람이 없는지 확인한다. 학생들은 5교시 수업을 모두 마치면 대부분 저녁 식사를 한 뒤 다시 개인 공부를 했다. 한편 아이들은 전국에서 모인 만큼 성향도 제각각이라 반을 책임지는 소대장의 허락 없이 몰래 외출하는 이가 더러 있었다. 그러면 저녁 점호에서 다른 아이들이 외출한 동무의 대답을 눈치껏 대신 해주었다. 복도의 어둑한 불이 그때만큼 반가울 수 없다.

학생들은 식사하러 갈 때도, 수업을 받으러 갈 때도 모두 함께 움직인다. 어디를 가든 줄을 맞춰 행진한다. 기숙사 건물 밖에 있는 화장실에 갈 때도 일일이 보고하는 게 원칙이다. 방과 후에는 다들 모여서 배구와 농구, 송구(핸드볼) 등의 과외 체육을 하고 그 후엔 다시 모여 공부하거나 소대장의 허락을 받고 외출한다.

근무도 빼놓을 수 없는 학생들의 주요 일과다. 학생들은 군인처럼 근무를 선다. 밤에는 기숙사의 각 층에 불침번을 서고, 반별로 돌아가며 학교 주위를 경비하고 순찰해야 한다. 군대만큼 규율이 엄한 곳이 바로 북한의 대학이라고 할 수 있다.

어릴 적부터 어머니가 깨우지 않아도 스스로 일어나는 습관이 배어 있는 북한의 학생들에게 아침 점호는 문제가 아니었지만, 미리 짜인 '일과표'에 맞춰 다 함께 생활하는 것은 아무래도 익숙하지 않았다. 그래서 가끔 크고 작은 실수를 저지르기도 했다.

아침 점호를 무사히 마치면 학생들은 때때로 달리기를 하고 간단한 체조도 한다. 이어 반별로 기숙사 주변이나 계단을 청소하는 일이 주어진다.

나는 빗자루로 기숙사의 복도를 쓸고 있는 미영에게 다가갔다.

"아침 점호 땐 말이야, 책을 본다고 하다가 깜빡 잠들고 말았어. 너 아니었으면 큰일 날 뻔했다."

내 말에 미영의 작고 귀여운 눈이 웃었다. 며칠 전 아침 점호 시간에는 벽에 기대 쪽잠을 자던 그녀를 내가 깨워주기도 했다.

미영은 군단 부사령관의 딸이었다. "올라가지도 못할 나무는 쳐다보지도 말라"는 속담에 나오는 나무가 실제로 존재한다면 아마도 그녀의 출신 성분이 되지 않을까 싶을 정도로 대단한 아버지를 둔 셈이었다. 하지만 미영은 남들 앞에서 우쭐거리지도, 깍쟁이처럼 굴지도 않았다. 오히려 어렵고 딱한 처지의 동무들을 그냥 지나치지 못할 만큼 마음씨가 따뜻하고 여렸다. 네 칸짜리 방이 딸린 단독주택에서 유복하게 자란 '여유' 때문인 듯도 했다.

"명애는?"

내가 묻자 미영이가 복도 창가 쪽을 가리켰다.

뒤를 돌아보자 손에 걸레를 들고 있는 명애가 보였다. 하지만 걸레질은 뒷전이고 무언가 못마땅한 듯 입술을 삐죽거리며 자기 생각에 빠져 있는 모습이었다. 오늘따라 동굴처럼 움푹 들어간 그녀의 커다란 눈이 더 퀭해 보였다. 간밤에 잠이라도 설친 모양이다. 평소 학업보다는 연애에 더 많은 관심을 쏟는 터라, 미루어 짐작건

대 점찍어둔 남자라도 나타난 듯싶었다. 명애는 여러모로 다른 아이들과 하는 짓이 달랐다.

그녀는 벌써 종이 향수를 갖고 다녔다. 종이 향수는 화장을 금기시하는 북한 여대생들에게 여성적인 매력을 부각시킬 수 있는 더없이 좋은 물건이었다. 액체로 된 향수보다 냄새는 덜해도 언제 어디서나 주머니에 넣고 다닐 수 있어 간편했다. 하지만 명애는 종이 향수로도 모자라 신입생 때부터 옅은 화장을 하고 다닐 만큼 또래보다 성숙했다. 외모를 가꾸는 데 열을 올렸다. 아마 언니의 영향이 아닐까 싶었다. 그녀의 언니는 키가 크고 날씬한 멋쟁이였다. 얼마 전 우리 대학을 졸업한 선배이기도 했다. 우리가 그런 그녀와 어울릴 수 있었던 데는 '출신 지역'이 한몫했다.

나와 미영, 그리고 명애는 모두 '함경도' 출신이다. 나와 미영은 함경북도에서 왔고, 명애는 함경남도에서 왔다. 다른 지역보다 다소 튀는 억센 말투와 두드러진 개성을 지녔기에 금세 친구가 될 수 있었다.


모범호실

기숙사로 돌아온 우리는 서로 얼굴을 맞댔다. 모범호실 판정이 얼마 남지 않았다. 우리가 생활하는 호실을 어떻게 하면 다른 호실

들보다 더 깨끗하고 화사하게 꾸밀 수 있을지 궁리했다. 호실을 샅샅이 살피면서 손봐야 할 일들을 꼼꼼히 챙겼다. 대학 입학 후 처음 맞닥뜨린 모범호실 판정에서 최고 점수를 받고 싶었기에 미영과 명애, 그리고 나는 몸도 마음도 바쁘기만 했다.

'모범호실 판정'은 새 학기가 시작될 즈음에 으레 하는 '환경 미화'와 비슷한 행사였다. 매년 한 번씩 치러지는 호실 판정은 북한 여대생들이 자존심을 걸고 해볼 만한 도전이었다. 모범호실로 판정이 나면 '모범호실'이라고 적힌 패쪽을 문 앞에 붙이게 된다. 남들이 보기에는 그게 뭐 그리 대수로운 일일까 의아해하겠지만 기숙사 생활을 하는 여대생들에게 그 패쪽은 명예였다. 정신적 만족감이 상당했다.

모범호실이 되면 다른 호실의 아이들과 기숙사를 찾는 외부 손님들, 그리고 선생님들에게서 부러움을 받았다. '자신들이 사는 방을 이렇게 깨끗이 거두는 여학생이라면 결혼해서 살림은 또 얼마나 야무지게 잘할까' 싶은 기대 심리도 작용했을 터였다. 게다가 모범호실이라는 패쪽이 붙은 호실은 그 앞을 지나는 남학생들의 시선을 사로잡기에 충분했다. 그곳에서 생활하는 여학생들은 과연 누구인지, 얼마나 잘 꾸며놓았으면 모범호실이라는 영애를 차지할 수 있는지 관심과 호기심에 자꾸 기웃거리도록 만드는 것이다. 그러나 너무 밝으면 그림자도 짙어지는 법. 모든 이들의 주목을 받으니 한번 모범호실로 선정된 아이들은 다음 심사가 돌아오기 전부터 더 잘해야 한다는 부담을 갖기 마련이었다.

이렇듯 코앞에 다가온 모범호실 심사에 다들 흥분했다. 특히 이제 막 입학한 학생들은 처음 해보는 일인 데다 남보다 더 잘하고 싶은 경쟁 심리까지 더해져 부쩍 열을 올렸다.

"이것도 새로 끼워야겠지?"

금이 간 유리창을 살피던 미영이 물었다.

"그럼, 그렇지. 여기 이 테두리 천도 깨끗이 빨아야 하고."

화답이라도 하는 듯 무거운 다다미를 털고 들어오던 명애가 대꾸했다.

기숙사 바닥에 카펫처럼 놓는 다다미도 모범호실 판정을 앞두고 손봐야 할 물건이었다. 나는 다다미의 테두리를 감싸고 있는 천을 뜯었다. 그새 집에서 가져온 주황색 옷보를 매만지던 명애가 "곱다"는 감탄을 연발했다. 옷보는 벽에 걸어놓은 옷가지들을 감싸주는 천이다. 이렇게 작고 소소한 데까지 신경을 쓰면 호실의 분위기는 그만큼 화사해졌다. 우리는 책꽂이에 꽂힌 책에도 두꺼운 종이를 접어서 만든 색색의 책싸개를 예쁘게 씌워놓았다.

북한에서 대학 기숙사의 풍경은 어느 층 어느 호실이나 엇비슷했다. 온수로 열을 발산하는 라디에이터 한 대, 공동으로 사용하는 이불장, 그리고 아이들이 개인적으로 준비해온 나무 상자에 양쪽으로 문을 달아 옷장으로 사용하는 궤가 전부였다. 매우 단출하고 소박한 모습이다. 그래서 아이들은 더더욱 모범호실 판정에 신경 쓰는 것인지도 모른다. 비슷하게 생긴 수많은 호실 가운데 단연 두드러지는 특별한 공간으로의 탈바꿈. 모범호실 패쪽은 그것을 가능하게 했다. 평양에 있는 호텔 시설에 비할 바는 아니지만 전교에서 가장 깨끗하고, 가장 화합하며, 가장 분위기 좋은 호실이라는 명예만으로도 평양 호텔에 묵는 것처럼 상당한 만족감을 얻을 수 있으니까. 게다가 최고 성적을 받는 것도 기쁘지만 여럿이 합심해 공동 목표를 이루었을 때의 성취감은 머릿수만큼 더욱 커지기 마련이었다.

"어쩌지? 새것으로 바꾸긴 해야겠는데, 대체 어디서 구한담?"

나는 걱정스러운 표정으로 다시금 유리를 살피며 아이들을 둘러보았다.

"유리는 쉽지 않을 것 같은데 ……."

명애가 예의 입술을 삐죽이며 얼굴을 찌푸렸다.

충분히 그럴 만했다. 유리뿐 아니라 시너, 판자, 비닐 박막, 못 등 학교에서 지원해주지 않는 물품들은 방학 때도, 학기 중에도 집에 손을 벌려 해결해야 했다. 학생들 스스로 책임져야 할 몫이었다.

"저기 ……."

다다미의 다른 쪽을 붙잡고 있던 경미가 작은 목소리로 말했다.

"내가 아버지한테 말해볼게. 어렵지는 않을 거야."

그러자 아이들의 표정이 동시에 밝아졌다.

경미, 나는 그녀를 속 깊은 아이로 기억한다. 동그란 얼굴에 눈이 작은 경미의 아버지는 1군단 2사단 사단장이었다. 미영보다 더 좋은 집안 출신에 외동딸로 아주 귀하게 자란 아이였다. 도시에서 자란 미영과 달리 경미는 강원도 금강군의 시골에서 외롭게 자랐기 탓인지 말수가 적었다. 남부러울 것 없이 자란 경미에게 친한 동무에게조차 털어놓지 못한 아픈 상처가 있었다는 걸 나는 입학하고 한참이 지나서야 알게 되었다. 사정은 이러했다.

어느 일요일 저녁, 학부장님 사택에 있는 샘물에 경미와 함께 머리를 감으러 간 적이 있었다. 그때 무심결에 경미를 바라보았고, 나는 소스라치게 놀랐다. 그녀의 머리가 희미한 달빛을 받아 번들거렸다. 어딘지 모르게 부자연스럽고 이상한 모습에 내가 먼저 얼굴을 돌렸던 기억이 아직도 생생하다.

당시 경미는 다른 여학생들처럼 꽁지 머리나 짧은 커트를 하지 않았다. 언제나 변함없이 똑같은 단발 스타일을 고집했다. 모두가 멋을 한창 낼 때여서 의아했다. 그런데 그럴 만한 사정이 있었다. 나는 달빛에 드러난 그녀의 머리를 보고 어찌나 놀랐던지 차마 대놓고 머리가 번들거리는 이유를 물을 수 없었다. 아이들과 스스럼없이 어울리지 못하고 혼자 조용히 지내는 경미의 성격이 혹시 이것과 관련 있는 게 아닐까 짐작했다. 경미 스스로 어떤 사연인지 털어놓을 때까지 나는 모르는 척했다. 그것이 내가 해줄 수 있는 그녀에 대한 우정이자 예의라고 여겼다. 얼마나 시간이 흘렀을까. 경미는 고백할 게 있다며 나를 조용히 불러냈다.

그녀는 어떻게 말을 꺼내야 할지 고민하는 듯 내 앞에서 한참을 서성였다. 그리고 한숨을 내쉬며 운을 뗐다.

"어릴 적에 머리를 데었어."

나는 숨을 죽인 채 그녀가 들려주는 이야기에 귀를 기울였다.

경미는 제법 큰 화상을 입었고, 다친 뒤로 머리카락이 듬성듬성 났다. 뜨거운 기운에 깊은 조직까지 상했기 때문인지 고르게 자라야 할 머리가 원형 탈모에 걸린 것처럼 보기 흉하게 자랐다. 나이가 들수록 그녀가 여자로서 느껴야 했을 수치심과 부끄러움이 얼마나 컸을지 짐작할 수 있다. 흉터 때문에 사람들을 피하는 딸이 안쓰러웠던 그녀의 아버지는 어쩔 수 없이 사단장이라는 지위를 이용했다. 예술영화촬영소에서 배우들이 쓰는 가발을 제작해 집으로 가져온 것이다. 외톨이처럼 생활하는 딸이 세상 밖으로 나가 친구를 사귀었으면 하는 아버지의 마음이었다. 공적인 권력을 개인적으로 남용하고 유용하는 일들이 심심찮게 뉴스에 오르내리는 요즘이지만, 경미 아버지가 딸을 위해 준비한 가발은 오히려 미담처럼 기억된다.

그제야 나는 일전에 샘물가에서 그녀의 머리를 보고 놀랄 수밖에 없던 이유를 깨달았다. 달빛에 반들거린 것의 정체는 인조 머리카락을 심을 수 있도록 가발의 바탕이 되어주는 격자무늬 망이었다. 경미가 대학 시절 내내 귀밑 단발머리를 고수했던 이유이기도 했다. 나는 어렵사리 자신의 비밀을 털어놓은 그녀를 좀 더 이해하게 되었다. 그런 아픈 사연이 있으면서도 남의 말을 잘 들어주는 속 깊은 경미가 친구로서 더 대견해 보였다.

경미가 아버지에게 부탁해서 호실을 꾸미는 데 필요한 자재를 모두 해결해준 덕분에 우리 호실은 처음으로 '모범호실'이라는 명예로운 패쪽을 수상했다.

경미와 미영을 비롯해 우리 반은 전교에서 아이들의 성분이 좋기로 유명했다. '뭐든 잘하는 반, 간부들이 많은 반'으로 소문이 났다. 사단장, 부사령관의 딸을 비롯해 교수와 의사를 부모로 둔 아이들이 많았기에 아버지가 의사인 나는 아주 평범한 축에 속했다. 하지만 달리 보면 이는 북한의 부조리한 현실을 보여주는 반증이 아닐 수 없다.

북한에서 대학생이 되려면 공부만 잘하는 것이 아니라 부모님의 출신 성분이 확실해야 한다. 개인의 실력과 재능만으로는 사회에 나가 자신의 뜻을 펼칠 기회를 얻는 데 한계가 있다. 최근 남한에서도 금수저, 흙수저 운운하는 이야기가 논란이 되는 터라 더욱 씁쓸한 기분을 지울 수 없다.


공동생활은 이렇게 버텨야

산 바로 아래에 있는 우리 대학은 주변 경치가 매우 아름다웠다.

사시사철 푸른 소나무와 참나무가 우거져 있었고, 봄이면 붉은 진달래가 흐드러지게 피어 따로 꽃구경을 갈 필요가 없었다. 무엇보다 시험 기간에 큰 소리로 책 내용을 암송할 만한 장소로 이만한 데가 없다. 일단 산에 올라가면 맑은 공기에 기분이 상쾌해진다. 몇 시간씩 외우는 소리에 뭐라 나무랄 사람도 없다. 주변 여건에 비해 낙후된 대학 시설을 제외하면 이만큼 아름답고 훌륭한 곳도 없을 것이다.

대학의 기숙사에는 층마다 세면장이 있었다. 수도꼭지가 10여 개에 불과해 전교생을 감당하기에는 무리였다. 제대로 씻으려면 남들보다 일찍 일어나는 수밖에 없었다. 날이 갈수록 아이들의 기상 시간이 점점 빨라졌다. 새벽 5시에 일어났는데도 세면장이 붐볐다면, 다음 날은 새벽 4시 반, 그다음 날은 더 앞당겨졌다. 목욕탕은 따로 없었다. 세면장에서 세수도 하고 머리도 감고 빨래도 했다. 물은 아침저녁으로 두세 시간 정도 나왔다. 나는 밀린 빨래를 해야 할 때면 수업이 없는 시간이나 휴일을 틈타 학부장 선생님의 사택에 있는 샘물을 찾았다.

잘살건 못살건 다들 집 떠나면 고생이다. 아무리 어려운 살림이라도 어머니가 해준 밥만큼 맛있는 것도 없고, 내 집만큼 편안한 잠자리도 없을 터였다. 우리는 여의치 않은 물 사정 때문에 하루에 한 번 세수와 양치질을 하며 365일 찬물로 씻고 머리를 감았다. 옥수수밥과 소금에 절인 반찬이 전부인 기숙사 밥을 먹었고, 가족은 너무 멀리 떨어져 있었다. 하소연을 들어주고 위로를 해줄 수 있는 사람은 오로지 같이 생활하는 동무들뿐이었다. 그래선지 나와 미영, 경미와 명애는 누가 먼저랄 것도 없이 서로 기댈 수 있는 언덕이 되어주었다.

나는 아이들의 고민을 들어주고 해결해주는 맏언니 역할을 했다. 미영과 경미는 모범호실 판정 때처럼 물품이 필요하면 대주거나 틈틈이 간식을 조달해주는, 이를테면 오빠의 역할을 했다. 명애는 기분 내키는 대로 굴었지만 가끔 튀는 행동으로 모두에게 웃음을 주는 막내와도 같았다.

북한 각지에서 모인 아이들은 생김새만큼이나 하는 짓도 전부 제각각이었다. 게다가 공동생활을 하는 기숙사가 다들 처음이었기에 서로 부딪히는 일이 적잖았다.

아이들 중에는 옷과 이불, 가방 등을 깔끔하게 정리하고 한번 사용했던 물건을 다시 제자리에 두는 이가 있는가 하면, 집에서 하던 대로 옷가지를 아무 데나 편하게 던져놓고 공동으로 사용하는 물건조차 제자리에 갖다놓지 않는 이도 있었다. 정리정돈이 되지 않거나 더러워진 것을 보고 그냥 넘어가지 못하는 성격인 나는 그런 아이들을 향해 하루에도 몇 번씩 목소리를 높일 수밖에 없었다.

"너, 닭띠니?"

하루는 같은 호실을 쓰고 있는, 개성에서 온 현순을 나무랐다.

현순은 남보다 신발이 많으면서도 함부로 벗어놓고 가지런히 놓는 법이 없었다. 먹이를 구하느라 발톱과 부리로 흙을 이리저리 파헤치는 닭의 습성에 빗대 그녀에게 정리정돈하지 않는 습관을 고치라며 충고한 말이었다.

"내일이 생활총화 날이라는 걸 잊지 마."

신발장의 먼지를 털어내던 미영이 현순을 노려보며 한마디 거들었다.

생활총화는 여학생, 남학생 할 것 없이 모두 모여 한 주간 자신의 학업과 생활을 반성하고 상호 비판하는 시간이었다. 현순의 입장에서는 생활총화 시간 때 두고 보자는 미영의 말이 여간 신경 쓰이는 게 아닐 터였다. 새내기 여학생으로서 남학생들에게 섣불리 흠을 보이고 싶지 않은 게 당연한 마음이었다. 특히 현순은 어릴 적부터 어머니에게서 "남학생들에게 현숙한 여학생으로 보여야 한다"라는 말을 듣고 자랐다. 그녀의 어머니는 이른바 '교양' 넘치는 부류라고 할 수 있다.

"아니, 난 한다고 했는데 ……. 아, 알았다."

무안해진 현순은 말을 얼버무리며 잠자코 눈을 내리깔았다.

미영의 충고를 듣고 기분은 나쁠지언정 자신의 행동과 태도를 곰곰이 돌아보는 중이었을 것이다.

이렇듯 '호실'이라는 공간은 아이들을 조금씩 변화시켰다. 여럿이 모여 함께 생활하다 보니 자연스레 서로 비교가 되면서 상대를 통해 자신의 모습을 직시할 수 있는 힘이 생겼다. 거울에 비추면 나의 겉모습이 보이지만 상대에 비추면 나의 행동과 속마음이 가감 없이 솔직하게 드러나는 것처럼, 공동생활은 지금까지 내가 어떻게 살아왔고 어떻게 살아갈지를 알려주는 고마운 등대와 같았다. 돌이켜보면 기숙사의 '모범호실' 제도 또한 그 취지는 호실 내학생들 간 동지애를 돈독히 하려는 데 있었다.

"하나(개인)는 전체를 위하고 전체는 하나를 위한다"는 집단주의 사회의 신념을 굳이 들추지 않더라도, 북한의 대학에서는 최고가되려면 개인이 아니라 한 반이, 한 호실이 똘똘 뭉쳐야 한다. 배고픔을 해결하려 해도 혼자보다는 여럿이 유리했다. 뭐니 뭐니 해도 남녀의 합심을 빼놓을 수 없다. 남학생들은 빨래나 봉제 일에서 여학생의 도움을 받았고, 여학생들은 힘쓰는 일에 남학생 손을 빌렸다. 도움을 주고받고 아침부터 저녁까지 함께 생활하다 보니 직발생*들 중에는 자연스럽게 짝이 생겨나기도 했다.

나는 여자 동무 외에도 소중한 남자 동무를 얻었다. 그 동무는 바로 우리 반의 소대장이었다.

----

* 직발생: 북한의 대학생은 고등학교 졸업생, 제대군인, 사회생활을 하던 현직생, 군과 각 기관에서 위탁한 위탁생의 네 부류로 이루어져 있다. 직발생은 고등학교를 졸업하면서 대학에 입학한 학생을 가리키며, 직통생이라고도 한다.

그 남자, 최선영


학부장님 사택에서 교복을 다림질하고 돌아오는 길이었다. 나는 환하게 불을 밝힌 남자 기숙사를 향해 바삐 걸음을 옮겼다. 길가에 파인 웅덩이에는 살얼음이 끼었지만, 내 두 뺨은 봄볕을 쬔 듯 발그스레했다. 흥얼흥얼 콧노래가 나도 모르게 흘러나왔다. 학부장 사모님이 막 지어 내놓은 따뜻한 밥 한 그릇도 무척 맛있었다. 쌀보다 옥수수가 더 많이 섞인 밥이었지만, 친딸처럼 챙겨주는 사모님의 마음이 보태져 배가 든든했다.

학부장 사모님은 나처럼 함경도 길주가 고향이었다. 십 대인 나를 보며 젊었을 적 떠나온 그리운 마을과 사람들을 떠올리는 듯했다. 집을 떠난 지 몇 해 되지 않은 내게서 어릴 적 뛰놀았던 산과 들의 냄새를 느끼고 싶었는지도 모른다. 나 또한 사모님에게서 어머니의 품을 그리며 추울 땐 몸을 덥히러, 배고플 땐 밥을 먹으러 스스럼없이 찾아가곤 했다.

나는 곱게 접은 교복이 흐트러질까 봐 걸음을 조심하며 남자 기숙사로 들어섰다.

"어쩌지? 선영 동무는 아까 나갔는데 말이야. 인차˚ 들어올 테니, 여기 좀 앉아서 기다려라."


˚ 인차: 이내

선영과 함께 호실을 쓰는 학철이 문을 열어주면서 내게 말했다.

학철은 흔한 말로 꽃미남이었다. 눈이 동그랗고 컸다. 배우처럼 강렬한 첫인상으로 여학생들에게 호감을 주었지만, 배려심이 부족해 정작 인기는 없었다.

북한에서 여자가 남자에게 '잘생겼다'고 말할 때는 외모와 됨됨이를 모두 가리키는 것이다. 얼굴도 얼굴이거니와 학생이라는 신분에 맞게 공부도 잘하고 친구를 위해 헌신할 줄도 알아야 한다. 말과 행동이 꿍하거나 덤덤하지 않으며 일 처리가 시원시원한 남자가 바로 잘생긴 남자였다.

나는 교복을 내려놓고 앉았다. 나도 모르게 두 다리를 얌전히 모았다. 교실이나 운동장에서는 내숭이라곤 전혀 몰랐지만, 남자들이 생활하는 방에만 들어오면 어쩐지 조심스러워졌다. 그런 모양새를 읽었는지 학철 옆에 있던 승남이 다가왔다.

"영희 동무, 우리 속도전가루떡 해 먹을까?"

나는 고민하지 않고 대답했다.

"아니요, 저는 일없습니다."•

북한의 여학생은 같은 나이일지라도 남학생에게 존대를 하는 것이 일반적인 모습이었다.

"왜? 우리 반은 아직 밥을 안 먹었잖아. 방학 때 가지고 온 속도

---

• 일없습니다: 괜찮습니다

전가루도 많으니까 사양하지 않아도 된다."

학철이 내게 보란 듯 일부러 장문을 열어젖히며 말했다.

속도전가루는 방학이 될 때까지 같은 호실의 동무들끼리 아껴 먹어도 늘 모자랐다. 그런데도 나를 위해 선뜻 속도전가루떡을 해 주려는 그들의 마음 씀씀이가 고마웠다.

남한에서는 다소 생소하게 들릴 '속도전가루떡'은 북한 대학생들이 가장 즐겨 먹는 간식이다. 이 떡의 주재료인 속도전가루는 옥수수에 높은 압력과 열을 가해 만든다. 흔히 밀가루처럼 물만 넣고 반죽하면 즉석에서 떡을 만들 수 있어 '속도전'이라는 이름이 붙었다. 그만큼 간편하게 빨리 해 먹을 수 있다. 단점이라면, 만들고 나서 한 시간 정도 지나면 딱딱하게 굳기 때문에 만든 자리에서 바로 먹어야 한다는 것이다.

"사양하지 마라."

다시 한 번 권하는 승남을 향해 나는 미소를 지었다. 내 머릿속에 미영의 얼굴이 떠올랐다. 승남은 그녀를 짝사랑하고 있었다. 그녀는 나와 단짝이었으므로, 내게 잘해주는 것이 미영에게 환심을 살 수 있는 또 다른 길이 될 수도 있었다.

학철과 더불어 선영과 같은 호실을 쓰고 있는 승남은 함경북도가 고향이다. 온성군의 삼봉노동자구에 살았고, 어머니를 제외한 식구들 모두 철길을 수리했다. 온 가족이 노동자인데 혼자만 대학생이 된, 북한에서는 보기 드문 아주 특별한 경우라고 할 수 있다.

사실 북한에서 대학생이 되는 건 누구보다 부모님의 영향이 크다. 모든 정보가 차단되어 폐쇄된 사회에서 자녀들이 보고 배울 수 있는 모델은 아버지와 어머니가 전부라 해도 과언이 아니다. 그러다 보니 하루하루 '노동'을 하며 살아가는 노동자 가족의 자녀들은 공부와 멀어질 수밖에 없다. 부모와 같은 길을 걷는 경우가 대부분이었다. 노동자와 농민의 자녀들이 대학에 진학하는 경우가 흔치 않은 사회적 환경에서 승남은 대학생이 되었다. 매우 성실한 부모님 슬하에서 누구보다 열심히 공부한 결과였으리라 미루어 짐작할 수 있었다.

"네, 맛있게 만들어주십시오."

나는 그제야 승남에게 흔쾌히 대답했다.

승남과 학철은 선영의 친한 동무이고, 선영은 나의 친한 동무이니 우리는 모두 뗄 수 없는 친한 동무나 마찬가지였다. 동무 사이에 체면을 차릴 것도, 생색을 낼 것도 없었다. 더욱이 그 누구도 아닌 선영의 동무들이 아닌가.

'최선영'이라고 하면 전교에서 그 이름을 모르는 사람이 없었다. 그는 교우 관계가 활발한 남자였다. 학급을 위해서라면 언제 어디서든 최선을 다했다. 나이 많고 경험 많은 제대군인들이 으레 맡게 되는 소대장 자리를 직발생으로서 꿰찬 것도 그의 시원시원한 성격이 한몫했다.

"영희 동무, 매번 신세져서 미안하다. 내가 하고 싶어도 손이 서

투르니 하나 마나야. 이번에도 부탁 좀 하자."

전날 아침, 내가 남자 기숙사로 교복을 가지러 갔을 때 그는 진심으로 미안해하는 눈치였다. 하지만 내 마음은 달랐다. 월요일 아침에 있을 상학검열 시간에 빳빳하게 주름이 잡힌 교복을 입고 재정과 2반을 대표해 구령할 모습을 떠올리면 다른 여학생이 아닌 나에게만 다림질을 부탁하는 그가 오히려 고마울 지경이었다.

"걱정하지 마십시오. 깨끗이 다려서 갖고 오겠습니다."

북한의 대학은 월요일마다 전교생을 모아놓고 상학검열을 진행한다. 상학검열이란 학생들이 공부할 준비가 되어 있는지 점검하는 차원이다. '조회'와 비슷한 개념이다. 주로 옷매무새를 살피고, 멋진 사열 행진으로 마무리된다. 북한의 대학에서는 학생을 평가하는 기준으로 시험 성적뿐 아니라 교실에서의 행동, 예의범절, 동무들과의 화합 같은 평소 생활 태도도 중요하게 여긴다. 공부를 잘하는 학생은 옷차림도 단정하고 예의도 바르며 조직 생활도 잘해야 한다는 뜻이다.

월요일을 앞둔 일요일이면 상학검열을 앞두고 각 반에 비상이 걸렸다. 세탁기나 전기다리미가 보급되지 않았기에 교복을 깨끗이 손질하려면 품이 많이 들었다. 여학생들의 경우 친한 남학생들의 것까지 알아서 챙겨야 하므로 눈치껏, 요령껏 수를 내야 한다. 덕분에 마음속에 점찍어두었던 남학생과 여학생이 서로 비밀스러운 교감을 나눌 수 있는 좋은 기회가 되기도 했다.

'잊지 못할 청춘 시절 동무야, 우리 우정 그 어데서 꽃폈나.'

나는 학부장님 사택에서 선영의 교복을 다림질하며 속으로는 노랫가락을 흥얼거렸다. 자칫 사모님에게 어떤 낌새라도 들켰다면 분명 걱정을 들었을 터였다. "학생의 본분은 학습"이라는 김일성의 교시처럼 학교에서 연애는 금기였다. 내가 선영을 남자로 좋아하는 게 아니라 활달하고 책임감 강한 모습을 존경하는 마음일지라도, 어른들의 눈에 이렇게 비칠지 빤했다.

"승남 동무, 얼른 가서 물 좀 가져와."

학철의 목소리에 나는 얼른 정신을 차렸다.

두 사람은 식당에서 떠온 생수로 떡을 빚기 시작했다. 반죽을 치대는 게 쉽지 않은지 씩씩대면서도 열심이었다.

"자, 먹어봐."

나는 학철이 만든 떡을 한입 크게 베어 물었다.

"맛있습니다. 근데······ 좀 찝찔한 것 같습니다."

내 반응을 살피던 승남과 학철이 고개를 갸웃거렸다. 속도전가루떡에서 왜 짠맛이 나는지 모르겠다는 듯 어리둥절한 표정이었다.

나는 떡을 삼키며 말했다.

"만들기 전에 다들 손은 씻으셨습니까?"

내 짓궂은 농담에 학철의 얼굴이 붉어졌다. 승남은 웃느라 떡을 삼키지도 못하고 캑캑거렸다.

"이제 오니? 영희 동무 진즉 왔어."

학철의 소리에 뒤를 돌아보니 외출을 나갔던 선영이 호실로 들어서는 모습이 보였다. 나는 자리에서 일어나며 가벼운 목례를 건넸다.

"좀 늦었지?"

선영은 그렇게 말하며 쑥스러운 듯 머리를 긁적였고, 나는 그런 그에게 교복을 내밀었다.

"고마워, 영희 동무. 수고했어."

그가 환하게 웃어 보였다.

드디어 한 주가 시작되는 월요일 아침이 되었다.

운동장에 모인 전교생은 흐트러짐 없는 대열과 곧추선 자세로 잔뜩 긴장한 모습이다. 선영이 소대 앞에 나섰다. 우렁찬 목소리로 보고를 시작했다.

"소대 차렷, 중대장 동지! 재정 2반은 상학검열을 받기 위해 정렬했습니다. 소대장 최선영!"

나는 남학생들의 모습을 살폈다. 그들은 하나같이 선영의 깨끗하고 칼날처럼 선 바지 주름을 부러움의 눈길로 쳐다보는 것 같았다. 옆에 선 미영도 내 옆구리를 가볍게 두드렸다. '선영이 멋지구나' 혹은 '너 참 잘했다'는 의미를 담은 손짓이었다. 하지만 나는 부러 얼굴색을 무뚝뚝하게 바꾸었다. 마치 선영의 교복을 다림질한 것은 부소대장으로서 나의 역할일 뿐이며 소대를 위해 응당 해야 할 일이었다는 듯, 별일 아닌 것처럼. 나는 기쁘고 설레는 마음을 감추고 싶었다. 다림질은 내 생애 처음으로 사귄 남자 친구 선영을 위해 성심성의껏 한 일이었다. 그 사실을 시인하는 게 못내 부끄러웠다. 나는 상학검열이 끝날 때까지 얼굴 표정을 풀지 않았다.

이번 주 상학검열에서 재정 2반은 단 하나의 지적도 받지 않았다.


## 뽀족구두에 등을 내주다

내가 대학에 입학한 다음 해인 1982년 4월의 일이다.

김일성의 70돌 생일을 맞아 전 주민에게 축하 선물이 지급되었다. 대학생들에게는 교복, 구두, 가방, 학용품 등이 내려왔는데, 7센티미터 굽의 가죽 구두는 여학생들에게 단연 인기였다.

북한은 대도시를 제외하면 포장되지 않은 흙길이 많았다. 도로 사정이 좋지 않아 학생들은 3센티미터 정도의 굽 낮은 합성 구두나 비닐 신발, 혹은 천으로 만들어져 비가 오면 물을 흠뻑 먹고 조금만 걸어도 쉽게 구멍이 생기는 낮은 편리화*를 신고 다녔다. 상황이 이렇다 보니 난생처음 신어본 뽀족구두에 여학생들은 뒤축이 까지고 발가락에 물집이 생겼다. 교정에서 절룩거리며 걸어 다니는 이들을 심심찮게 구경할 수 있었다. 그런데도 모두 꿋꿋이 신고

● 편리화: 천으로 만든 굽 없는 여성화

다녔다. 굽이 높은 구두를 왜 여자의 자존심이라고 부르는지, 한번 신어본 아이들은 고개를 절로 끄덕였다. 높은 굽은 허리를 꼿꼿이 세우게 하고 가슴을 앞으로 내밀게 만들었다. 영양을 충분히 섭취하지 못해 키가 작고 마른 체형일지라도 어느 정도 성숙한 여성의 맵시를 드러낼 수 있었다. 구두는 마치 신의주와 평양의 최고급 화장품처럼 소녀의 빈약한 몸을 여인의 몸매로 보정해주는 마법을 부렸다.

일요일 오전, 우리는 저녁 점호 전까지 돌아오겠다는 허락을 받고 원산 시내로 구경을 갔다. 나와 미영, 경미, 명애, 그리고 선영과 승남, 학철이 길을 나섰다. 남녀가 함께 구경을 가는 데는 그럴 만한 사정이 있었다.

대학에서 원산까지는 도보로 한 시간 거리에 불과했지만 기차 시간이 맞지 않으면 왕복 두 시간을 꼬박 걸어야 한다. 오랜만의 시내 외출에 아무리 신이 나도 뾰족구두를 신은 여학생들은 학교로 되돌아올 때를 대비하지 않을 수 없었다. 남녀가 함께 나가는 것은 발에 피멍이 들어 운동화를 신고서도 걷지 못하는 상황을 막기 위한 그녀들만의 방책이었다.

원산은 깊고 푸른 동해가 펼쳐진 아름다운 항구도시다. 누구나 한 번쯤 들어봄직한 명사십리와 송도원유원지가 있는 바로 그곳이다. 명사십리는 용천리 남대천 하구에서부터 길게 뻗어 난 갈마반도의 바다 기슭에 펼쳐진 모래사장이다. 흰빛을 띤 곱고 부드러운 모래로 유명했다. 눈부신 백사장을 따라 핀 붉은 해당화는 한번 보면 두고두고 잊히지 않는 강렬하면서도 아름다운 풍경이 아닐 수 없다. 또한 인근의 울창한 아름드리 소나무가 군락을 이루고 있는 송도원유원지는 바다와 산이 한데 어우러져 사람들이 즐겨 찾는 명소 중 하나다. 운이 좋은 날에는 조총련계 재일조선인들을 태운 만경봉호가 들어오는 광경을 목격할 수도 있었다. 북한의 국기를 손에 들고 울먹이며 만경봉호에서 내리는 재일조선인들. 그들을 보면서 어린 학생들은 "이 땅에 사는 우리는 얼마나 행복한가?"라고 반문하기도 했다. 그만큼 아무것도 몰랐던 순진한 시절이었다.

우리는 송도원유원지에서 보트를 탔다. 내가 여자애들과 나란히 보트에 오르려 하자 내심 남녀로 짝을 지어 오붓한 시간을 보내고 싶어 했던 선영과 남자애들이 심통을 부렸다. 아이들에게 물을 튀겼다. 결국 다 함께 보트에 오른 아이들은 신이 나서 노래를 불렀다. 선영과 승남, 학철이 노를 젓고 나와 미영, 경미와 명애는 철부지 아이마냥 웃고 떠들었다.


어젯밤에도 불었네, 휘파람 휘파람
벌써 몇 달째 불었네, 휘파람 휘파람
복순이네 집 앞을 지날 때 이 가슴 설레어
나도 모르게 안타까이 휘파람 불었네
휘휘휘 호호호 휘휘 호호호

선영과 승남, 학철이 답하듯 2절을 따라 불렀다.

한번 보면 어쩐지 다시 못 볼 듯
보고 또 봐도 그 모습 또 보고 싶네
어제 꿈에 내게로 다가와
생긋이 웃을 때 이 가슴에 불이 인다오
이 일을 어찌하랴

남한에도 잘 알려진 이 노래의 가사는 비밀스러운 연애 감정을
담고 있지만 아이들에게는 정작 남의 일이었다. 열일곱, 열여덟의
꽃다운 나이였지만 아직은 연애보다 공부가, 사랑보다는 우정이
먼저인 청춘이었다.

생각해보면 대학생들이 서로를 이성이 아닌 동성으로 여기는 분
위기는 자유롭지 못한 북한 사회의 이면을 보여주는 것이기도 하
다. 사춘기에 당연히 겪어야 할 이성 간의 감정마저 알게 모르게
억압당한 결과로 볼 수 있었다.

어느덧 학교로 돌아갈 시간이 되었다. 일요일에도 밀린 공부를
하느라 쉴 짬이 없었던 아이들은 오랜만의 휴식에 아쉬워하면서도
밝은 표정이었다.

북한의 대학생들은 밥을 먹으러 식당에 가면서도 손에서 두꺼운
책을 놓지 않았다. 식당 앞에 줄 서 있으면서도 책을 펴서 읽곤 했

다. 언제 어디를 가든 책이 없으면 허전해할 정도로 열심히 공부했다. 전공은 눈을 감고서도 훤히 알 수 있어야 한다. 그렇지 않으면 이른바 '대학생'으로서 면이 서지 않는다는 생각이 모두의 가슴에 깊이 뿌리박혀 있었다. 그런 사명감은 스스로 열심히 노력하는 동기가 되었다.

하늘은 맑고 바람은 시원해 걷기 좋은 날이었다.

"선영 동무, 우리 잠깐 쉬었다 갑시다."

미영이 가던 길을 멈추고 돌아보며 말했다.

"출발한 지 얼마나 됐다고?"

무슨 일인가 싶어 떠름한 표정을 짓고 있던 승남이 물었다.

"남자들은 저렇게 눈치가 없어요. 발에 물집이 생겨서 못 걷겠단 말입니다."

그 소리에 선영은 재빨리 손수건을 꺼내 길가 한쪽에 놓으며 편편하게 폈다.

"영희 동무, 앉아라."

나는 선영이 만들어놓은 자리에 앉았다. 뾰족구두 때문에 부어오른 다리를 매만졌다.

이에 뒤질세라 승남도 주머니를 뒤적이더니 종이 한 장을 꺼내 미영에게 내밀었다. 미영은 고개를 끄덕이고는 자리를 깔고 그 위에 얌전히 앉았다.

누구의 관심도 받지 못한 명애는 바닥에 털썩 주저앉아 구두를 벗었다. 뒤꿈치에서 피가 흘렀다. 그것을 본 승남이 주머니에서 종이를 꺼내 명애의 발에 끼워주었다.

짧은 휴식이 끝나고 우리는 다시 걸음을 재촉했다. 십여 분이 지났을까.

"너희들, 그거 아니?"

미영이 발과 신발 사이에 끼웠던 종이를 새로 갈아 넣으며 말을 이었다.

"통계학과 미선이네도 어제 백사장에 왔었는데, 구두 뒤축이 빠져서 기철 동지한테 업혀서 왔다나 봐."

미영의 말이 끝나자마자, 선영이 나에게 불쑥 잔등*을 내밀며 말했다.

"업히라."

시내로 걸어갈 때 생긴 허물이 벗겨졌는지 발이 쓰라려 눈에 띄게 절룩거리던 참이었다.

"……."

"업히라."

내가 아무 대답도 하지 않자 선영은 다시 한 번 재우쳤다.

먼저 선뜻 대답하지 못한 이유는 처녀로서 남자의 등에 업히는 것이 부끄러워서가 아니었다. 그런 마음도 없지 않았지만, 나를 업

● 잔등: 등

고 오래 걸어야 할 선영이 힘들 것 같다는 생각이 앞섰다.

혜산이 고향인 선영은 방학이면 나와 같은 노선의 기차를 탔다. 방학이 끝나면 또다시 같은 기차에 올라타고 함께 학교로 돌아왔다. 몇 시간씩 한자리에 앉아 교정에서 있었던 일이며 공부하는 방법, 다른 동무들의 이야기를 주고받는 사이 우리 둘은 부쩍 가까워졌다. 게다가 선영은 처음부터 자신의 교복을 내게 맡겼고, 나는 힘쓸 일이 생길 땐 으레 그를 찾곤 했다. 그러나 아직은 서로를 이성이라기보다 친한 동무로 여기고 있었다. 선영은 내가 힘들까 봐 업어주겠다 하고, 나는 선영이 힘들까 봐 업히길 주저하는 건 동무 사이에 당연한 일이었다. 무릇 동무란 힘든 일을 나누고 서로에게 힘이 되어주는 사이니까.

나는 진즉부터 활동적이고 어떤 일에서든 몸을 사리지 않는 선영의 성격이 마음에 들었다. 어쩐지 나와 닮은 것도 같았다. 어릴 적부터 난 "바위 꼭대기에 올려놓아도 너끈히 살아갈 수 있는 여자"라는 칭찬을 듣고 자랐다. 그만큼 생활력이 강하고 야무졌다. 서로 비슷한 데가 많으니 더 끌릴 수밖에. 더군다나 선영이 날 바라보는 눈빛은 매우 따뜻했다. 그가 어떤 마음으로 나를 보고 있는지 대번에 눈치챌 수 있었다. '좋아해', '사귀자'라는 표현을 입에 잘 담지 않는 북한의 대학생들에게 사랑을 전달할 수 있는 수단으로 그런 눈빛만큼 유용한 것은 없었다.

친구는 말하지 않아도 서로의 마음을 알아챈다고 했나. 선영의 마음을 읽은 학철이 말했다.

"미영 동무도 승남 동무에게 업히는 게 어때?"

그러자 기다리기라도 한 듯 미영이 승남의 잔등에 냉큼 몸을 맡겼다.

나는 "그러면 명애는 학철 동무가 맡아주세요"라며 선영의 등에 업혔다.

"어째, 난 등 뒤에 종처가 났는데 ……."

명애를 업기 싫은 듯 대답을 얼버무리는 학철의 말을 흘려들으며 나는 고개를 돌렸다.

모두가 다시 길을 재촉했다.

얼마나 시간이 흘렀을까. 내 눈에 햇볕에 그을린 선영의 목이 보였다. 땀으로 누렇게 변색된 와이셔츠 목깃도 눈에 띄었다.

'날이 더워 그런가, 교복이 금세 더러워졌구나. 학교에 도착하자마자 깨끗이 빨아 다림질해줘야겠다.'

나는 어느새 선영의 여자가 되기라도 한 듯 그를 살뜰히 챙기고 있었다.

선영은 날 업고서도 무겁지 않은 듯 성큼성큼 걸었다. 지칠 법도 한데 보폭에는 변함이 없었다. 그때마다 나의 가슴이 그의 등에 닿았다. 난 부끄러웠다. 내려달라고 해야 하나, 안절부절못했다. 하지만 얼마 지나지 않아 별 느낌 없이 자연스러워졌다.

나는 고향인 덕신리의 산골학교 운동장에서 바지가 찢겨나간 것

도 아랑곳하지 않은 채 남자아이들과 공만 쫓아 뛰어다녔던 그때
와 하나도 달라진 게 없었다. 그때처럼 순진한 어린아이의 마음으
로 선영을 대했다. 설사 이성에 눈을 떴을지라도 그는 남자가 아니
라 동무였다. 등에 업힌 것은 우정에서 비롯된 행동이었다. 그다지
이상할 게 없었다. 오히려 나는 선영의 몸에서 풍기는 땀 냄새가
향수에 비할 건 아니지만 매우 기분 좋게 느껴져서 그것이 더 이상
하다고 여기던 중이었다. 불현듯 예전에 한 남자 동무를 위해 수혈
을 해준 기억이 떠올랐다.

고등중학교를 다니던 때의 일이다. 같은 반 남자 동무였던 한 아
이가 아팠다. 북한에선 '피 마르는 병'이라고 했던 백혈구감소증에
걸려 투병 중이었다. 얼굴빛이 늘 백지장처럼 희다 못해 창백해서
아이들이 종종 '빼인(백인)'이라고 불렀다. 몸은 약해도 그는 여간
비상한 게 아니었다. 고등수학 문제를 초등 셈법으로 풀어서 수학
선생님을 깜짝 놀라게 한 적도 있었다. 결국 나중에 기운이 없어져
걷지 못하게 되자 우리 반 애들은 순번대로 그를 업고 학교에서 병
원과 집을 오가곤 했다. 남자, 여자 할 것 없이 모두가 동무된 마음
으로 그를 도왔다.

선영의 등에 업혀 이런저런 생각을 하던 끝에 나는 문득 뒤를 돌
아보았다. 승남이 껑다리로 불리는 미영의 무게 때문인지 가쁜 숨
을 몰아쉬었다. 미영은 태평하게 잠이라도 청하는 듯 아예 눈을 감
고 있었다. 명애는 그 뒤에서 따라오는 중이었다. 굽 높은 구두를

손에 쥐고 맨발로 걸었다. 학철은 돌아보는 내 시선과 마주치는 게 부담스러운 듯 땅만 내려다보며 걷고 있었다.

'철영 동무가 몹시 그리울 테지.'

나는 지친 다리를 끌 듯 걷고 있는 명애가 지금 어떤 생각을 하는지 알 것 같았다. 짝사랑하는 철영 동무를 그 어느 때보다도 그리워하고 있다는 걸 알 수 있었다.

아이들 모두 지난 시험과 다른 반 동무들에 대한 이야기를 주고받으며 앞서거니 뒤서거니 하면서 시간 가는 줄 몰랐다. 한참을 가다가 나무 그늘 아래서 쉬고, 잠시 쉬었다 다시 가기를 반복하는 사이 대학은 점점 가까워지고 있었다.

끊이지 않는 아이들의 웃음소리를 들으며 나는 대학에 오지 않았다면 어떻게 되었을지 상상해보았다. 그러다가 얼른 고개를 흔들었다. 상상하기도 싫을 만큼 마냥 흐뭇하고 즐거운 한때였다. 그러자 이상하게도 아버지가 떠올랐다.

'요즘도 술을 자주 드시는지, 어디 아픈 데는 없으신지…….'

나에게 아버지는 힘들 때도 생각나지만, 이처럼 기쁠 때도 생각나는 그런 사람이었다.

# 그리운
# 아버지

## 훌륭한 의사, 무심한 남편

아버지는 인격적으로 훌륭한 의사였다. 낮이고 밤이고 할 것 없이 한두 시간씩 험한 길을 걸어 애를 받으러 다녔고, 병이 위중하든 사소하든 환자가 있는 곳이라면 어디라도 발품을 팔았다. 그러면서도 환자의 가족들이 고마운 마음에 내놓은 강냉이조차 받아오는 법이 없었다. 사는 형편이 빤한 마을에서 작은 부담도 지우고 싶지 않아서였다. 그런 아버지를 동네 사람들은 따르고 공경했다. 어릴 적부터 우리 여섯 남매는 '의사 선생의 아이들'이라는 공대의 눈길을 받는 데 익숙했다.

아버지는 의사로서의 실력도 출중했다. 환자를 문진하고 진맥하며 찬찬히 살피는 것만으로도 병명을 빠르고 정확히 알아냈다. 환자들의 예후도 좋았다. 나는 북한에서 의사가 '인간 생명의 기사'로 불리는 이유를, 아버지를 보며 비로소 알게 되었다.

하지만 아버지를 다르게 보는 시선도 없지 않았다.

"영희야, 너는 아버지 같은 사람 만나지 마라."

다름 아닌 어머니였다.

우리 집은 방 두 칸에 부엌이 딸린 병원 사택이었다. 시골집이라 지붕에서 물이 새고 마당이 움패는 등 남자가 할 일이 많았지만, 아버지는 집안일에 무관심했다. 의사로서 성공하고 여섯 남매를 모두 훌륭히 키워낸 나무랄 데 없는 아버지였지만, 남편으로서는 좋은 점수를 받을 수 없었다. 한마디로 무심한 남자였다.

"영감이 환자들 신경 쓰는 반의반만이라도 집에 관심 좀 가져봐요. 그럼 내가 아무 소리도 안 할 테니까요."

당연히 어머니의 잔소리가 심할 수밖에 없었다.

"알았소."

그럴 때마다 아버지는 변명하거나 핀잔을 놓지도 않고 어머니의 이야기를 묵묵히 듣기만 했다.

아버지는 본디 말이 없고 모든 것을 속으로 생각하는 진중한 분이었다. 그런 아버지에게서 언제부터인가 듬성듬성한 흰 머리카락과 주름진 노인의 모습이 보였다. 나는 안타까운 마음이 들었다.

나이가 들수록 집안일에 무관심한 남편과 사는 어머니의 심정을 십분 이해하게 되었지만, 고된 수술과 오랜 진료를 끝내고 집으로 돌아오면 쉬 지쳐버리는 아버지의 모습에 나는 인간 대 인간으로 연민을 느끼지 않을 수 없었다.

아버지는 자식들에게만큼은 속정 깊은 사람이었다.

옥수수가 반쯤 섞인 쌀을 배급받아 밥을 지으면 어머니는 윗부분만을 떠내 따로 흰쌀밥 한 그릇을 담아놓았다. 집안의 가장인 아버지의 몫이었다. 그러나 아버지는 항상 그것을 다 먹지 않고 남겼다. 남은 쌀밥은 막내의 차지였다. 한 명의 자식이라도 배불리 먹이려는 마음을 그렇게 표현했다.

나는 그 모습을 평생 잊지 못한다. 아픈 배를 문질러주는 약손처럼, 내게는 떠올릴 때마다 가슴 한구석이 아리면서도 따뜻해지는 기억이다.

아버지는 나를 가장 예뻐했다. 병원에서 일어났던 일들이나 환자의 증세와 관련된 이야기들을 내게 풀어놓았다. 그때마다 나는 아버지의 말 상대가 되었다는 사실에 뿌듯해져 아버지, 아니 남자가 해야 할 집안일을 먼저 도맡아 해치우곤 했다. 그래선지 내가 대학생이 되어 집을 떠나게 되었을 때 아버지를 보지 못한다는 사실이 못 견디게 힘들었다. 남동생들은 아버지에게 별 관심이 없었고, 대학생인 언니도 멀리 떨어져 있었기에 누가 아버지의 말동무가 되어줄까 자못 걱정스러웠다. 방학이 돌아오면 가장 먼저 전보를 치게 되는 사람도 아버지였다. 방학이라 해도 얼굴을 마주할 수 있는 날이라곤 여름에는 십여 일, 겨울에는 보름 정도였다. 기차가 연착되고 지연되기라도 하면 그 시간마저 줄어들었다.

나의 고향 마을인 덕신리 깨밭골 집에서 도보로 한 시간 거리인 노동역은 아주 작은 시골 역사였다. 오가는 사람이 많지 않고 정차 시간도 짧아 기차 안에서 미리 서두르지 않으면 사람들 틈에 끼어 내리지 못하는 경우가 왕왕 생겼다. 늘 연착되고 지연되는 북한의 기차는 언제 오는지도 예고해주지 않았다. 누군가를 마중 나온 사람들은 무작정 기다리는 수밖에 별 도리가 없었다. 역 주변에 식당 같은 편의 시설도 없어 끼니마저 챙기기 어려웠다.

방학을 맞아 집으로 내려가는 길이었다. 원산을 출발한 기차가 드디어 노동역에 도착했다. 나는 짐을 챙기느라 조금 늦게 내렸다. 내리자마자 넓게 펼쳐진 새하얀 눈밭에 눈이 시렸다. 철로마저 눈에 파묻혀 잘 보이지 않을 만큼 큰 눈이 내린 뒤였다.

"왔구나, 영희야. 눈이 많이 와서 기차가 안 오는 건 아닌지 걱정했다."

양 볼과 코가 빨갛게 언 아버지가 내 짐을 받아 들며 반갑게 맞아주었다.

"괜히 저 때문에 고생하셨습니다."

불도 없고 사람도 없어 온기라곤 찾아볼 수 없는 춥고 어두운 역사에서 나를 마중하느라 여태 기다려준 아버지. 나도 무뚝뚝한 아버지를 닮아 곰살궂은 표현을 잘하지 못했지만, 그때만큼은 이 세상을 다 가진 듯 몹시 기쁘고 반가운 얼굴빛으로 아버지를 보았다. 고마운 마음을 그렇게 내비쳤다.

우리는 역사를 빠져나와 집으로 가는 발길을 서둘렀다.

아버지와 딸이 함께 내는 신발 소리가 뽀드득뽀드득 사이좋게 들렸다. 발소리와 아버지의 숨결 외에는 사방이 조용했다. 눈 내리는 밤의 고요. 나는 금세 상상에 빠져들었다. 아버지와 함께 지금처럼 눈을 밟으면서 집으로 돌아가는 길이면 세상이 귀를 기울인 채 우리 대화를 엿듣는 듯 신비롭게 느껴졌다. 요란스럽게 내리는 비와 달리 사방 천지에 말없이 스며드는 눈은 아무런 티를 내지 않는 속정 깊은 아버지와도 많이 닮았다.

"영희야, 개학 때 가져갈 게 뭐냐?"

아버지는 출신 성분이 좋고 부유한 집 아이들과 기숙사 생활을 하는 나를 항상 걱정했다. 방학을 맞아 집으로 돌아오면 다음 학기에 가져갈 물건과 간식부터 챙기곤 했다.

방학이 끝나면 학생들은 학교로 가져가야 할 것이 많았다. 북한에서는 방학 기간에 학생들에게 과제를 주었다. 구리를 몇 킬로그램 가져오라, 씨앗을 얼마만큼 가져오라고 말이다. 그 밖에도 나는 평소 신세를 지고 있는 학부장님께 드릴 도배지와 종이를 따로 챙겼다.

"공부는 어떠냐? 동무들과는 잘 지냈고?"

아버지의 표정에서 중앙대학에 입학한 딸을 자랑스러워하는 기색이 엿보였다. 나는 일부러 수업 내용과 기숙사에서 있었던 일을 시시콜콜 털어놓았다.

그때마다 아버지는 고개를 끄덕이거나 등에 진 짐을 추어올리는 식으로 이야기에 반응했다. 눈에 덮여 보이지 않는 침목에 미끄러지면서 기우뚱 중심을 잃었다가도 얼른 몸을 바로 세우며 내 말에 귀를 기울였다.


## '출신 성분'이 앗아간 아버지의 꿈

기차역에서 집까지 걸어가는 길은 통근 기차의 철로였다. 비포장도로가 있긴 했지만 움패고 돌이 많아 밤에는 철길이 오히려 안전했다.

"요즘에 말이다, 너희 엄마는 내가 술 마시는 걸 아주 싫어해. 갑자기 왜 그러는지 잘 모르겠구나."

집안 얘기를 꺼내는 아버지의 목소리에 걱정이 묻어났다. 외지 생활을 하는 나로선 딸의 의견을 구하는 아버지에게 딱히 드릴 말씀이 없어 죄송했다. 그러면서도 아무렇지 않은 듯 짐짓 밝게 대답했다.

"아버지, 그야 여자라면 당연히 술 냄새가 싫지 않겠습니까? 어릴 적에 아버지가 자고 있는 나를 깨워 볼을 비빌 때마다 한편으로 기분이 아주 좋으면서도 지독한 냄새 때문에 참을 수 있을 때까지 숨을 참느라 힘들었습니다."

아버지는 술을 자주 마셨다. 기분 좋게 취한 얼굴로 돌아와 자는 아이들을 깨우고 집 안을 시끄럽게 만들었다. 그것이 아버지에게 는 환자를 수술하며 받은 온갖 스트레스를 해소하는 한 방편이었 지만 어머니는 질색했다. 나도 이따금 그런 아버지의 모습을 받아 들이기 어려웠다. 그러나 대학생이 된 후 이해할 수 있었다. 바로 아버지의 간부이력서 사건 때문이었다.

우리 집 책장에는 백과사전처럼 두꺼운 외과·내과 전서들이 한 가득 꽂혀 있었다. 모두 아버지가 보는 책이었다. 나는 방학이라 집에서 시간도 때울 겸 그 책들을 살피고 있었다. 내과 전서 하나 를 꺼내려 하는데, 때마침 책갈피에서 무언가가 펄럭이며 떨어졌 다. 아버지의 간부이력서였다. 내가 인민학교를 다닐 무렵 가족이 평양으로 가게 되었다고 들떴던 기억이 갑작스레 떠올랐다.

인민학교 4학년에 다닐 즈음이었다. 아버지가 북한에서 최고로 손꼽는 병원인 조선적십자병원 의사로 뽑혔다는 소식이 전해졌다. 아버지는 의과대학을 졸업한 뒤 시골로 발령을 받아 길주로 오게 되었지만, 내가 태어나기 전 우리 가족은 원래 평양에서 살았다. 그래서 언니의 고향은 평양이고 나와 동생들의 고향은 함경북도 길주였다. 평양은 아버지와 어머니의 젊음과 사랑이 있고 친척들과 친지들이 있는, 꼭 다시 가서 살고 싶은 도시였다. 그런데 평양 입성을 꿈꿨던 가족의 기대는 얼마 못 가 실망으로 바뀌었다. 느닷없이 아버지의 발령이 취소되었다. 당시 나는 너무 어려서 그 이유를 알지 못했다. 오직 평양에 가지 못해 섭섭한 마음뿐이었다.

이력서를 보던 난 깜짝 놀랐다. 이력서에 '아버지'의 성분이 '부농'이라고 적혀 있었다.

'우리 할아버지가 부농? 부농이라니 …….'

부농은 광복 직후 북한이 토지개혁을 하면서 3정보의 토지 소유자에게 붙인 일종의 낙인이었다. 5정보 이상을 가진 지주의 땅은 무상으로 몰수해 지주를 청산했고, 부농의 토지도 몰수해 사회적으로 고립시켰다.

나는 믿기지 않았다. 부농의 아들인 아버지가 어떻게 의과대학에 갈 수 있었는지, 그리고 아버지의 동생인 삼촌은 어떻게 평양농업대학을 졸업하고 유명한 종축장 기사장을 역임하고 있는지, 그 모든 것이 이해되지 않았다. 하지만 엄연한 현실이었다.

내 머릿속에서 어릴 적 아버지 등에 업혀가 보았던 친가의 풍경이 그려졌다. 그곳에서 할아버지는 콧수염을 기른 모습으로 우리를 맞이했다. 안 그래도 돌아오는 길에 난 어머니의 팔에 매달려 이렇게 말했다.

"엄마, 엄마, 친할아버지는 만화책에 나오는 사람 같아. 왜, 욕심쟁이 지주와 똑같이 생겼잖아."

내 눈가가 뜨거워졌다.

"아버지 ……."

몇십 년이 지났어도 조선적십자병원의 이력서를 끝내 버릴 수 없었던 아버지. 하루하루 술에 기대 취하지 않으면 현실을 견딜 수 없었던 아버지의 마음이 내게도 절절히 전달되었다. 의사로서 뛰어난 재능과 품성을 지녔는데도 마음껏 능력을 펼칠 수 없어 품게 된 원망과 서글픔이 도대체 얼마나 컸을까. 혼자 속으로 삭이느라 얼마나 괴롭고 힘들었을까.

나는 그 일을 아무에게도 말하지 않았다. 아버지에게조차 내색하지 않았다. 딱히 설명할 수 없어도 왠지 그래야 할 것 같았다. 아버지가 가족들에게 자신의 아픔을 드러내지 않았던 것처럼.


오해가 부른 스캔들

철로를 따라 도란도란 얘기를 나누는 사이, 저 멀리 병원 사택의 불빛이 반짝였다. 나는 반가운 마음에 집까지 한달음에 뛰어갔다. 마당에 나와 있어야 할 어머니와 동생들이 보이지 않았다.

"들어가자."

뒤따라 들어오는 아버지가 별일 아니라는 듯 낮은 목소리로 말했다.

방으로 들어가자 막내가 나를 보고 반색하는 동시에 울먹였다.

"누나, 누나, 우리 어떡해?"

한쪽에 머리를 싸매고 누워 있던 어머니가 그제야 자리에서 일어나며 나를 아는 척했다.

"오느라 힘들었지 …….."

무언가 더 할 말이 있어 보였지만 어머니는 내 손을 부드럽게 감싸 쥐며 힘없는 미소를 지어 보이고는 입을 다물었다.

나는 따로 여동생을 불러 무슨 일인지 물었다.

"언니, 말도 마. 광수가 글쎄, 간호장 집에 찾아가서 창문이란 창문을 모조리 깼어. 간호장이랑 아버지랑 그렇고 그런, 아니 그런 얘긴 더는 안 할래. 이젠 동네 사람들 창피해서 나도 더는 예서 얼굴 들고 못 살 거 같아."

간호장과 아버지가 그렇고 그런 사이라니 …….

나는 눈앞이 캄캄해져 더는 묻지 못했다. 어머니와 아버지의 싸움이 잦았다는 건 편지로 익히 알고 있었지만 일이 이 정도인 줄은 예상하지 못했다. 역에서 집으로 가는 길에 아버지가 넌지시 어머니 말을 꺼낸 것도 다 그럴 만한 사정이 있었다. 하지만 아무리 그래도 아버지에게 여자가 생겼다니, 도저히 믿을 수 없었다.

문제의 그날, 아버지는 힘든 병원 일을 마치고 스트레스를 푸느라 술을 많이 마셨다. 이대로 돌아가면 어머니가 야단할 것을 알고 의무실에서 쪽잠을 청했다. 하지만 공교롭게도 간호장과 함께였다. 간호장은 그저 과장인 아버지를 배려했을 뿐이고, 아버지도 단지 술을 깰 의도밖엔 없었다. 하지만 병원에서 간호장을 맡고 있던 여자는 남편을 잃고 혼자된 몸이었다. 또한 아버지의 직속 부하였다. 그런 둘 사이에 아무런 일도 없었다고 한들 어느 누가 곧이곧대로 믿겠는가.

나는 마음을 단단히 먹고 집을 나섰다. 평생 마을의 존경을 받고 살아온 아버지에게 북한 사회에서 도덕적으로 타락한 남녀 관계를 일컫는 부화(浮華)라는 불명예라니 가당치 않았다. 해명할 것은 해명하고 정리할 것은 깨끗이 정리해야 했다. 그 막중한 일을 할 사람이 지금으로선 나밖에 없다는 걸 잘 알고 있었다. 아버지의 일이니 딸로서 그 누구보다 철저하고 꼼꼼하게 처리하고 싶었다.

나는 가장 먼저 간호장을 만났다. 그다음엔 병원으로 가서 자초지종을 들었다. 짐작대로 "풍문으로 들었다"라는 유행 가요의 가사처럼 그날 일은 과장된 것이 많았다. 나는 소문을 듣고 사택을 기웃대던 동네 사람들 앞에 당당히 나섰다. 아무 일도 없었다고 해명했다.

아버지와 오랫동안 근무한 간호장은 내가 어릴 적부터 봐온, 이모와도 같은 존재였다. 철없을 때 병원에 가면 "과장 선생님의 둘째 딸이 왔다"고 반갑게 맞아주었으며, 간식이 있으면 손에 쥐어주던 속정 깊은 여성이었다. 그렇게 예뻐했던 꼬맹이와 서로 좋지 않은 일로 마주하게 되었으니 그녀의 마음이 오죽했을까. 그녀는 내게 몹시 미안해했다. 자신이 모든 일을 잘 마무리하겠다고 약속했다. 이로써 아버지와 간호장 사이의 소문은 일단락될 수 있었다. 이후 간호장은 다른 곳으로 이사를 갔다. 하지만 동네 사람들에게 '우리 과장님'이라 불리며 한평생을 고지식하게 살아오셨던 아버지에게는 씻을 수 없는 너무나 큰 상처로 남았다.

집으로 돌아온 나는 사정을 잘 따져보지도 않은 채 무턱대고 간호장 집의 유리를 깬 남동생을 야단쳤다. 경솔한 짓이 아닐 수 없었다. 그러고는 자존심이 상했는지 방 밖으로 나오지 않는 여동생을 다독였다. 어머니에게는 아버지가 오해받을 일을 하지 않았다고 차근차근 설명하며 위로했다.

어찌 보면 해프닝에 불과할 수도 있었던 일이 일파만파 커진 데는 북한의 보수적이고 폐쇄적인 이성관이 작용했다. 나에게도 알게 모르게 영향을 끼쳤다. 이제 막 선영을 남자 친구로 여기기 시작한 내게 이성 관계에 대한 두려움과 경계심이 자리 잡도록 만들었다. 채 스무 살도 안 된 시골 소녀의 마음속에 보수적인 연애관이 생겨나기 시작한 것이다. 반면 세상과 현실을 대하는 데 한층 성숙해지는 계기가 되었다. 학생의 신분으로 심각한 어른들의 문제, 그것도 민감하기 이를 데 없는 남녀 사이에 벌어진 사건을 해결했으니 안 그래도 당차고 야무진 성격을 얼마나 더 단단하게 만들었을까. 그리 길지 않은 기간이지만 객지에 나가 기숙사 생활을 하며 쌓은 경험이 주효했던 것 같다. 아무튼 대학 2학년 겨울방학에 벌어진 이 사건은 나와 아버지를 포함한 가족 모두에게 씻을 수 없는 자국을 남기고 말았다.

아버지는 그 일이 있고 난 뒤 수년 후에 심장마비로 돌아가셨다. 저수지에서 낚시를 하던 도중 혼자서 숨을 거두셨다.

가족도 아버지의 죽음을 슬퍼했지만 아버지가 돌보았던 수많은 환자들이 몹시 애통해했다. 추석날이면 우리 가족보다 더 일찍 산에 올라와 아버지 산소의 잔디를 깎고 눈물을 흘리는 환자들을 심심찮게 볼 수 있었다. "선생님 덕분에 손자의 병은 말끔히 사라졌는데, 선생님은 왜 돌아가셨나"라고 하면서 아버지가 평소 좋아했던 양덕술 한 병을 아낌없이 전부 무덤에 뿌리는 할머니도 계셨다.

지금쯤 하늘나라에서 아버지는 술을 끊었을지도 모르겠다. 현실에서 아버지의 '술'은 부농 이력으로 좌절된 인생을 위로해주는 유일한 수단이었다. 아버지를 옭아맬 족쇄나 장벽이 없는 하늘나라에서는 술로 위로받는 일 따위 없을 것이다.

아버지의 이력서는 좌절된, 그러나 놓칠 수 없는 아버지만의 소중한 꿈이었다.

# 백두산
## 답사

한껏 부푼 동무들

교실에 이상한 기운이 감돌았다. 미영은 자주 창밖을 쳐다보았고, 경미는 얕은 한숨을 내쉬었으며, 명애는 공책에 자꾸 무언가를 끄적거렸다. 나 또한 귀로는 선생님의 강의를 들으면서 머릿속으로는 백두밀림, 리명수폭포, 곤장덕, 들쭉 등을 떠올리고 있었다. 아이들은 평소와 다르게 수업에 집중하지 못했다. 어수선한 분위기였다.

나는 머릿속으로 한겨울에도 뜨거운 물이 떨어진다는 리명수폭포를 그렸다. 전 세계적으로도 몇 되지 않는 지하수 폭포로, 수십

킬로미터 땅속을 흘러 내려온 백두산 천지의 물이 수증기를 피어내 폭포 주변 나무들이 하얀 서리꽃을 피우는 장관이 펼쳐졌다. 꿈인지 현실인지 분간할 수 없을 정도로 진기하고 아름다운 광경이 손에 잡힐 것 같아 뛰는 가슴을 진정할 수 없었다. 나뿐 아니라 다른 아이들도 그곳에 가 있기라도 한 듯 모두 들뜬 표정으로 교실에 맥없이 앉아 있었다.

이제 곧 우리는 백두산으로 답사를 떠날 예정이었다.

백두산 답사는 김일성의 항일투쟁 행로였던 혜산, 보천, 삼지연을 행군하며 곳곳에 조성된 밀영과 혁명 전적지를 둘러보는 15일간의 노정이었다. 덧붙여 말하자면, 혜산에 있는 김일성 동상을 참배한 후 김정일의 생가라 불리는 백두산 밀영과 대홍단군을 거쳐 다시 김정숙군(신파군)에 이르는 멀고 고된 답사 길이다. 백두산 혁명 전적지의 답사 행군은 1956년에 시작되어 1980년대부터 일반화되었다.

학생들은 15일간 배낭을 메고 행군을 한다. 떠나기에 앞서 배를 든든히 채울 먹을거리를 준비하지 않을 수 없다. 1980년대 초 당시만 해도 북한은 무엇이든 내 마음대로 살 수 있는 상황이 아니었다. 다들 주머닛돈을 모아 닦은 콩*과 강냉이를 샀다. 더불어 답사 길목에 고향이 있는 아이들은 집에 미리 전보를 쳤다. 먹을거리

---

● 닦은 콩: 두부콩을 뜨거운 솥에 넣어 잘 저으면서 익힌 콩. 볶은 콩에 가깝다.

가 준비되면 다시금 공부했다. 전공과목이 아닌 김일성의 항일투쟁사를 외웠다. 답사 과정에는 다른 대학생들과 펼치는 문답식 경연이 포함되어 있었다. 항일투쟁사는 물론이거니와 백두산 혁명전적지를 비롯한 주변의 지리·문화에 관해 얼마나 알고 있는지 서로 실력을 겨루었다.

이번 답사는 대학의 울타리를 벗어나 다른 세상으로 모험을 떠날 수 있는 흔치 않은 기회였다. 고등중학교 시절, 온성군의 왕재산 혁명 적전지와 사적지를 돌아본 경험이 있는 내게도 실로 오랜만의 일이었다. 답사는 이제 보름 앞으로 다가왔다. 한껏 들뜬 아이들에게 수업은 뒷전이었고, 삼삼오오 모여 답사에 관한 이야기를 하며 더디 가는 하루를 타박했다. 창문을 흔드는 2월의 매서운 바람이 마치 봄바람이라도 되는 양 콧노래를 불렀다.

드디어 백두산 답사의 막이 올랐다.

미리 전보를 받았던 학생들의 어머니들이 고원역과 함흥역으로 마중을 나왔다. 꽈배기, 찰떡, 닦은 콩, 속도전가루 등 우리 반 20여 명이 먹을 수 있는 음식과 간식을 마련해왔다. 아이들은 짧은 만남을 뒤로하고 서둘러 기차에 올랐다. 떠들썩하던 열차 안은 어머니들이 정성스레 준비한 꽈배기를 먹느라 일순 조용해졌다. 어떤 아이들은 밀린 잠을 청했고 문답식 경연 공부를 하는 이들도 있었다. 8시간 정도 달렸을까? 단천역과 김책역을 통과한 기차는 어느덧 길주역에 도착했다. 우리는 길주-혜산행 열차를 갈아타려고 다시 짐을 챙겼다.

정식 군복은 아니지만 국방색의 옷을 입고 배낭을 하나씩 짊어진 아이들은 학교에서와 달리 제법 의젓해 보였다. 일제에 빼앗긴 나라를 되찾느라 풍찬노숙하며 투쟁한 항일 유격대원들의 발자취를 좇아 생각거리가 많아졌는지 눈빛은 진지했고 몸가짐은 조심스러웠다.

길주가 고향인 나는 기차역 대합실에 들어가 어머니를 찾았다.

"어머니."

집에서부터 40리(약 16km) 길을 찾아온 어머니를 반갑게 불렀다.

"영희야, 아이들과 함께 먹어라."

어머니는 내게 큼지막한 보따리를 건넸다.

보자기에는 어머니가 정성스레 만든 찰떡이며 절편이 가득 들어 있었다. 나는 어머니와 바로 헤어져야 하는 아쉬움을 뒤로했다.

학생들을 실은 기차는 다시금 혜산으로 출발했다.

기차가 목적지에 가까워질수록 창밖으로는 울창한 나무들이 바다처럼 끝없이 펼쳐졌다. 인간의 손이 닿을 수 없는, 말 그대로 원시림이었다. 백두산에는 아직 도착하지도 않았지만 학생들은 원시림의 장엄한 광경에 저마다 가슴 깊은 곳으로부터 차오르는 뜨거운 기운을 느끼고 있었다.

## 선영의 부모님

답사의 첫 일정은 혜산이었다. 혜산은 압록강을 사이에 두고 중국과 마주한 국경도시다. 바다와 멀리 떨어져 있고 지형이 높아 여름에도 서늘할 정도로 기온이 낮은 지역이다.

아이들은 변변한 교통수단도 없이 허리까지 찬 눈밭을 몇 시간씩 걸어서 행군했다. 땀이 나고 식기를 반복했다. 낡고 뒤떨어진 숙영소* 시설 때문에 목욕 한번 제대로 할 수도 없었다. 겨우 고양이 세수를 할 정도여서, 우리 반 아이들은 답사 기간 내내 서로의 진한 체취를 맡으며 아무렇지 않은 듯 어울려 지냈다.

무엇보다 강원도에서는 겪어보지 못한 매서운 추위가 아이들을 괴롭혔다. 양치질을 하느라 입에 물을 머금으면 금세 이가 시렸다. 콧물이 떨어지기도 전에 콧속에서 얼어버려 숨을 들이마실 때마다 "떡, 떡" 소리가 났다. 얼음물에 머리를 감으면 머리카락이 고드름처럼 변했다. 여학생들은 사각으로 된 두꺼운 수건으로 머리와 귀, 코를 꼼꼼히 감쌌지만 그래도 볼은 늘 빨갛게 얼어 고생이 이만저만 아니었다. 압록강과 두만강 상류에 위치한 양강도는 겨울에 영하 40도까지 기온이 떨어지는 고원지대였다.

혜산이 고향인 학생의 집에서는 고생하는 아이들을 위해 한 끼

---

● 숙영소: 숙영지

식사를 마련해주었다. 우리 반에는 소대장 선영의 집이 있었다. 재정 1반에도 한 명이 더 있었다. 선영의 집에는 아들만 셋이어서 여자라고는 그의 어머니밖에 없었다. 한꺼번에 많은 음식을 만들려면 우리 손이 필요했다.

나와 미영, 경미가 선영의 집에 도착하니 그의 어머니가 반갑게 맞아주었다.

"어서 와라, 다들 얼굴이 꽁꽁 얼었구나."

어머니는 아이들에게 감자떡을 해줄 요량이었는지 감자 가루 익반죽을 내놓았다.

감자가 특산물인 양강도에서는 언 감자나 갈색빛이 도는 오래된 감자만을 골라 가루로 만들어 반죽한 다음, 그 속에 팥을 넣고 송편처럼 빚어 먹었다. 높은 산간지대에서 나는 들쭉도 양강도의 빼놓을 수 없는 특산물이었다. 들쭉은 술과 젤리, 단물 등으로 가공해 수출했다. 혜산에는 매우 큰 들쭉 가공 공장이 있다.

"손이 좀 녹거든, 예쁘게 빚어라."

어머니의 말에 우리는 저마다 자리를 잡고 떡을 빚기 시작했다.

부엌에서 달그락거리는 소리가 요란하더니 어머니가 다시 마루로 나왔다. 아이들이 빚어놓은 떡을 살피며 한 말씀 하셨다.

"미영이 떡은 제각각이구나, 그러면 시집 잘 못 간다던데."

어머니가 웃으며 농을 했다.

"만두나 송편을 예쁘게 빚으면 예쁜 딸을 낳는다"라는 남한 말처럼 북한에서도 "떡을 잘 빚으면 시집을 잘 간다"라는 어른들의 말이 있다.

"영희가 만든 게 제일 예쁘구나. 며느리를 삼으려 하면 널 맞아야 겠다."

어머니는 새빨개진 내 얼굴을 보며 환하게 웃었다.

내가 만든 떡은 들쭝날쭝* 한데 얼결에 칭찬을 받으니 몸 둘 바를 몰랐다. 아니, 며느리를 삼는다는 이야기에 얼굴을 들 수 없을 정도로 부끄러웠다.

선영의 어머니가 그런 말을 한 데는 이유가 있었다.

당시만 해도 혜산에서는 비교적 자유롭게 중국을 오갈 수 있었다. 선영도 어릴 적에 꽁꽁 언 압록강 위에서 접경 지역 조선족과 스케이트를 타거나 여름에는 함께 수영도 했다고 한다. 때로는 국경을 넘어 일상품 같은 물건을 사오기도 했단다. 그때 선영의 어머니가 남자 형제만 있는 집안에선 좀처럼 볼 수 없는 머리핀과 손수건을 발견하고 선영에게 여자가 생긴 것을 눈치챘다. 그뿐만이 아니었다. 선영의 어머니는 나에 대한 이야기를 누군가로부터 전해 듣고 있었다.

최근 아이들 사이에선 내가 가는 곳이면 어김없이 선영이 나타난다는 말이 심심찮게 떠돌았다. 그 정도로 우리 둘을 눈여겨보는

* 들쭝날쭝: 들쭉날쭉

사람들이 많았다. 선영과 내가 동무 이상의 관계이길 바랐던 한 고향 언니도 그런 이들 중 하나였다. 마침 3대혁명소조*로 혜산에 간 그녀는 선영의 집을 가끔 방문하게 되었고, 자연스레 선영의 어머니에게 내 이야기를 자주 꺼냈다고 한다.

상황이 이렇다 보니 나는 선영의 어머니 앞에서 행동 하나, 말한마디를 조심하지 않을 수 없었다. 어머니가 내게 보이는 호의에 보답하고 싶었다. 나쁘지 않은 나의 첫인상을 깨뜨리고 싶지 않았다. 그 후 나에 대한 선영 어머니의 평가를 직접 들은 적은 없지만, 내 생각엔 아마도 80점 이상은 주시지 않았을까 싶다. 그만큼 내가 선영을 알게 모르게 신경 쓰고 있다는 의미이기도 했다.

선영의 집에서 식사를 한 후 아이들은 모두 답사 중인 학생들이 머물고 있는 혜산 시내의 여관으로 돌아왔다.

다음 날, 반 아이들은 다른 집으로 초대를 받았다.

식사를 마치고 여관으로 가는 도중에 나와 선영은 따로 길을 잡았다. 어둑한 밤길을 걸어 그의 집으로 향하고 있었다.

"선영 동무, 어제 무슨 일이 있었는지 아십니까? 어머니가 내가 만든 떡이 제일 예쁘다고 하셨습니다. 그러면서 하시는 말씀이 ……."

---

* 3대혁명소조: 대학생들이 졸업 즉시 사상, 기술, 문화의 3대혁명 수행을 돕는다는 명목하에 노동당의 파견장을 받고 전국의 생산 현장으로 나가 3년간 근무해야 하는 제도.

내가 전날 있었던 일을 신나서 설명하자, 그는 쑥스러운 듯 자꾸 헛기침을 했다.

선영이 집에 미리 기별을 했는지 때마침 함께 있던 그의 아버지가 나를 반갑게 맞아주었다.

"학생의 일은 첫째도, 둘째도 공부다."

"너희 둘 다 객지 생활에 힘들겠지만, 지금처럼 서로 도우면서 기숙사 생활의 어려움을 잘 이겨내길 바란다."

그의 아버지는 나에게 따뜻한 당부의 말을 잊지 않았다. 훗날 선영이 모교의 교수가 된 것은 집안 내력이었다. 그의 아버지는 교수였다. 하지만 선영은 정작 교수직을 탐탁지 않아 했다. 북한에서 물질적·경제적으로 도움이 되는 쪽은 대학보다 현장이었다. 더욱이 선영은 학자답게 순박하고 고지식해서 가정 살림에 도움이 될 만한 일을 전혀 벌이지 못하는 아버지를 불만스러워 했다. 그는 누구보다 돈을 벌고 싶어 했다. 이러한 가정사가 아니더라도 모두가 하나같이 입을 모아 칭찬하는 그의 친화력은 대학교수라는 울타리보다 과장, 부장, 지배인(사장)이라는 넓은 세상에 더 어울릴 수도 있었다.

아버지 말씀이 끝나자 어머니가 나의 집안에 대해 이것저것 물었다.

"고향 선배한테 들으니까 참 잘 자란 것 같던데, 부모님은 뭘 하시지?"

"형제자매는?"

선영의 어머니 또한 대학교수였다. 북한에서 부모가 모두 교수라는 건 성분이 좋다는 의미였다. 그런 아들의 앞날에 혹여 걸림돌이 될까 봐 그의 어머니는 내 집안의 뿌리를 확인하고 싶었던 모양이었다.

"아버지는 의사이시고, 어머니도 의사였는데 저희를 키우느라 오래전에 그만두셨습니다. 언니는 ……."

내 목소리가 가늘게 떨렸다.

나는 그때까지 결혼에 대해 진지하게 생각해보지 않았다. 다만 결혼은 부부의 연을 맺는 당사자들이 가장 중요하다고 막연히 여기고 있었을 뿐이었다. 그러나 자꾸만 길어지는 선영 어머니의 말을 듣다 보니 결혼은 한 집안과 집안의 결합이라는 현실이 피부에와 닿았다.

"남동생도 저처럼 대학 기숙사에서 생활하고 있습니다."

어른들이라면 곧잘 던질 수 있는 질문이었음에도 나는 왠지 불편한 마음에 자리를 뜨고 싶었다.

촌수도 따지기 힘든 조상의 행적 때문에 하루아침에 운명이 바뀌어버린 사람들이 피눈물을 흘리는 곳이 북한이었다. 필요하다면 죽은 자의 사돈에 팔촌까지 샅샅이 캐내 한 사람의 출셋길을 막고 차별하는 곳이었다. 부모라면 어느 누구라도 자식의 배필을 고르는 데 신중할 수밖에 없었다. 그렇게 이해하면서도, 가족을 심문하는 듯한 그녀의 계속된 질문에는 속상한 마음을 지울 수 없었다.

여관으로 돌아가는 길은 원산에서와 달리 유난히 컴컴했다. 마치 내 마음처럼 불빛 한 점 보이지 않는 어둠이었다.

'이럴 때 따뜻한 말 한마디라도 해주면 좋으련만.'

나와 나란히 걷고 있는 선영은 좀 전부터 아무 말이 없었다. 내가 부탁하면 무엇이든 들어주던 그가 내 속내를 아는지 모르는지 묵묵히 앞만 보며 걷고 있었다.

'나를 좋아하지 않는 게 아닐까?'

나는 문득 그의 마음이 궁금해졌다. 곰곰이 생각해보니 그에게 좋아한다는 말을 들은 기억이 나지 않았다. 우리 둘을 이미 연인 사이라고 단정하는 동무들도 많았고 그의 눈빛과 행동은 집요하게 나를 향하고 있었지만, 문득 궁금해졌다.

'좋아한다면서, 왜 좋아한다는 말을 하지 않는 거지?'

사랑을 확인하고 싶은 마음은 여자라면 다 똑같을 터였다. 게다가 선영의 부모님을 직접 만나 뵈었다. 결혼을 전제로 한 듯한 질문들까지 받지 않았던가.

답사 길에 머무른 여관에서는 대학에서와 달리 저녁 점호가 없었다. 여자와 남자가 자는 방은 가까이 붙어 있어 서로 이야기를 나눌 기회가 많았다. 고백하기에 이만한 장소도, 이만한 때도 없었다. 물론 틈이 날 때마다 우리는 많은 이야기를 나누었다. 하지만 '좋아한다'는 말은 여느 평범한 이야기와 전혀 다른 것이었다. 선영이 진실로 나를 좋아한다면 지금이 기회였다.

발끝을 보고 걷던 나는 고개를 흔들었다. 선영의 어머니 일로 예민해진 거라고 스스로를 다독였다. 학업에 전념했던 대학의 울타리를 벗어난 탓에 이런 투정을 할 여유가 생긴 거라며 스스로를 나무랐다.

나는 다시금 하늘을 쳐다보며 한숨을 쉬었다. 한 걸음 내딛으면서 또 긴 숨을 내쉬었다. 다독이고 나무라보아도 답답한 마음은 풀리지 않았다. 그러다 문득 선영이 고백을 하지 않는다면 내가 먼저 나설 수도 있다고 생각했다. 내숭을 모르는 활달한 성격답게 "좋아한다. 좋아하느냐"라고 말을 꺼내면 그만이었다. 하지만 아무리 똑부러지는 성격이라도 나는 북한의 여자였다. 가부장적 유교 의식을 익히며 자랐다. 썩 좋아하지 않아도 상대 남자가 좋다고 하면 마다하지 못하는 순종적인 여자였다.

'혹시 다른 반에 좋아하는 여자가 있나? 아니야, 선영이는 아니야……. 아니지, 그걸 내가 어떻게 알아? 정말 그럴지도 모르잖아.'

내 머릿속의 궁금증은 어느덧 의심으로 변해가고 있었다. 속으로는 그에게 여자란 나뿐이라고 생각하면서도, 어둠에 잠긴 선영의 얼굴을 바라보니 점점 더 마음이 복잡해졌다. 이렇게 가까이 걷고 있는데도 서로의 마음은 천 리나 떨어져 있는 듯, 나는 여관의 희미한 불빛을 보며 또다시 깊은 한숨을 내쉬었다.

곤장덕의 옷 썰매

백두산 답사는 추위와의 싸움이었다. 더불어 자신과의 싸움이기
도 했다.

백두밀영부터 삼지연군에 이르는 길은 경사진 비탈이었고, 눈이
쌓여 몹시 미끄러웠다. 새벽 5시에 출발한 학생들의 행군은 오후
1시까지 끝나야 했다. 시간에 맞추려면 마냥 걸을 수만은 없는 노
릇이었다. 한참을 걷다가 무거운 배낭을 짊어진 채 뛰었다. 걷고
뛰고 걷고 뛰고를 반복하는 과정은 그야말로 고난의 행군이었다.
고갯길을 오르는 동안 숨이 가쁘고 다리가 끊어질 듯 아파도 서로
에게 짐이 되지 않으려고 묵묵히 한 걸음 한 걸음 내딛었다.

비바람이 사나운 줄을 내 어이 모르랴
벼랑길이 험난한 줄을 그 어찌 모르랴

누군가 혁명가를 선창했다.
눈꺼풀조차 무거워 제대로 뜨기 어려우면서도 어디서 그런 힘이
솟아났는지 괴이한 일이었다. 선창을 따라하는 목소리가 하나둘
늘어갔다. 어느덧 고갯마루를 쩌렁쩌렁 울리는 거대한 함성이 되
었다.

나 하나 목숨은 버려도

나 하나 행복은 버려도

기어이 가리라 이 한길, 혁명의 한길

노래가 바퀴 달린 신발이라도 되는 듯 행군의 속도는 전보다 빨라졌다. 아이들은 여전히 숨을 헐떡이면서도 한결 편안한 표정을 짓고 있었다.

나도 목청껏 따라하며 뒤쪽을 살폈다. 승남이 허리띠를 풀어 뒤에서 오는 미영을 끌어주며 격려하고 있었다. 행렬에서 뒤처지기라도 할까 봐 그녀를 살뜰히 챙기는 모습이 그의 투박한 생김새처럼 믿음직스러웠다.

나는 그의 짝사랑이 성사되길 누구보다 응원하는 사람이었다. 더불어 승남을 싫어하지 않으면서도 선뜻 마음을 열지 못하는 미영의 입장도 잘 알고 있었다. 둘은 달라도 너무 달랐다. 부사령관의 딸인 미영은 꽃무늬 블라우스와 평양에서 유행하는 점퍼를 입고 다니는 멋쟁이였다. 노동자의 아들인 승남은 머리부터 발끝까지 어수룩해 누가 봐도 전형적인 시골 사람이었다. 그래도 반에서 공부를 가장 잘했다. 모든 것을 과학적으로 이해하려는 그의 탐구심은 높이 살 만한 자질이었다. 타고난 것도 있겠지만, 노동자라는 출신을 의식해 뭐든 열심히 배우고 익혀 만회하려는 집념의 산물이기도 했다.

2학년 어느 수업 시간이었다.

선생님이 김일성 휘하의 빨치산이 동에 번쩍, 서에 번쩍하면서 일제를 무찔렀다고 연대별 전투 사례를 들어 설명하는 중이었다.

"선생님, 질문 있습니다."

갑자기 승남이 손을 들었다. 그의 탐구심이 여지없이 발동되는 순간이었다.

"어떻게 사람의 몸으로 하루 만에 동해에 갔다가 서해에 갔다가 할 수 있습니까? 그게 정녕 가능한 일입니까?"

그의 말에 교실이 고요해졌다. 당돌하다 못해 등골이 서늘한 질문이 아닐 수 없었다. 다른 주제도 아닌 김일성의 항일투쟁 업적에 의심을 품는 일이었다. 감히 생각조차 할 수 없는 일이다. 다행히도 선생님은 승남이 공부를 너무 열심히 한 나머지 그런 의문을 품을 수 있다고 인정했다. 배우고 익히는 학생이라면 학교에서도 충분히 그런 질문을 할 수 있다고 판단했다. 땀을 흘려가면서 왜 그런 말이 나오게 되었는지 자세히 설명해주는 선생님의 모습도 승남의 탐구심만큼 뜨거운 것이었다. 하지만 승남은 애국심이 투철한 제대군인 출신 학생들이 보내는 감때사나운 시선만큼은 피해갈 수 없었다. 고스란히 감내해야 했다.

"영희 동무!"

나는 선영이 부르는 소리에 뒤를 돌아보았다.

"영희 동무, 이거 잡아."

선영이 검정 허리띠를 건네며 소리쳤다.

나는 군말 없이 손을 내밀었다. 허리띠가 그의 손이라도 되는 양 힘껏 잡았다. 객차를 잇는 고리처럼 허리띠를 앞뒤로 잡은 선영과 나는 함께 발을 맞추었다. 내 배낭까지 짊어진 선영은 힘든 기색도 없이 걸었다. 나 또한 어제의 일은 까맣게 잊어버린 채 그에게 짐이 되지 않도록 씩씩하게 발걸음을 옮겼다.

옆에서 걷고 있는 경미가 다리에 힘이 풀린 듯 비틀거렸다.

"선영 동무, 내 배낭은 내가 메고 가겠습니다. 그런데 ……."

내 말이 채 끝나기도 전에 상황을 눈치챈 선영이 말했다.

"경미 동무, 배낭 이리 다오."

경미가 나를 한번 쳐다보더니 고개를 끄덕였다.

친구의 친구는 나의 친구라는 소신대로 짝이 없는 경미를 챙기는 그는 인정 많은 남자였다. 백두산 답사에서 선영은 동무로서도 훌륭했지만 소대장으로서의 활약도 대단했다.

곤장덕에 올랐을 때의 일이다. 정상에 도착한 아이들이 해냈다는 성취감을 맛본 것도 잠시, 아무도 밟지 않은 생눈이 허리까지 쌓여 있는 광경에 입을 다물지 못했다. 악으로 깡으로 어떻게 올라오긴 했지만 그 눈을 어찌 헤치고 다시 내려가야 할지 엄두를 내지 못한 채 갈팡질팡하고 있었다. 아무리 생각해봐도 좋은 수가 없었다. 내려가긴 내려가야 하는데 도저히 눈밭을 지나갈 체력도, 깡다구도 남아 있지 않았다.

"동무들, 좋은 수가 있다. 눈밭이니까 썰매를 타듯 내려가면 손쉽지 않겠어?"

역시 선영이었다.

선영은 아이들 앞에서 시범을 보였다. 솜옷 속에 입고 있던 겉옷을 벗어 눈 위에 깔고 앉았다. 겉옷은 썰매의 널빤지가 되고 옷의 앞자락은 핸들이 되는 셈이었다.

소대장이 하는 것을 지켜보고 있던 승남과 기철 동지, 그리고 학철이 환호성을 지르며 겉옷을 벗기 시작했다. 여학생들은 시골 생활을 한 승남과 군인이었던 기철 동지와 함께 타려고 야단이었다. 도시에서 나고 자란 샌님 같은 학철은 인기가 없었다. 그곳은 이깔나무*가 빽빽하게 들어찬 밀림이었다. 운전을 잘못하면 비탈을 내려오다가 자칫 나무에 곤두박질칠 위험이 컸다.

아이들이 이름 붙인 '통일 열차'가 하나둘 산 아래로 미끄러져 내려갔다. 선영의 뒤에 탄 나는 점점 빨라지는 썰매의 속도에 눈을 질끈 감았다. 그의 허리를 세게 그러잡았다. 눈밭에 나뒹굴면 어쩌나 겁이 나서 빨리 내려가고 싶었지만, 막상 도착하고 보니 너무 짧아 늘 아쉬웠던 썰매보다 더 신났던 옷 썰매였다. 우리 반은 소대장의 기지로 단숨에, 그리고 무사히 곤장덕을 내려올 수 있었다.

드디어 15일간의 대장정이 끝났다.

* 이깔나무: 잎갈나무

나는 백두산 답사를 잊지 못할 것 같았다. 선영, 승남, 학철, 미영, 경미와 리명수폭포, 삼지연을 배경으로 찍은 수많은 사진은 평생 간직할 추억이었다.

숙영소 시설이 좋았던 삼지연은 기회가 되면 언젠가 꼭 다시 가고 싶은 장소로 깊은 인상을 남겼다. 연못 주변에 늘어선 돌 조각상 때문이리라. 항일투쟁에 공을 세운 여대원들의 모습을 새겨놓은 조각상은 어찌나 세밀하고 정교한지 바라보던 몇몇 여학생이 자신도 모르게 눈물을 흘리기도 했다. 적들에게 발각되지 않도록 눈처럼 새하얀 포를 어깨에 두른 대원의 모습, 동북에서 투쟁하다 마침내 조국의 땅을 밟으며 감격하던 대원의 얼굴을 보고 있노라면 저절로 시가 읊조려졌다.

조국이여, 진정 너는 무엇이기에
너의 한 치의 땅을 위해
이 어린 청춘들 웃으며 꽃처럼 졌고
쓰러지면서도 두 팔 가득 너를 그러안고 갔더냐
진달래 꽃향기에 눈감고 간 여대원도 있었더라

일제에 빼앗긴 조국을 되찾기 위해 청춘을, 목숨을 꽃잎처럼 홀홀 버렸던 대원들. 추위와 배고픔, 적들의 추격에 시달리는 고난의 행군 속에서도 고향의 '진달래 꽃향기'를 맡고 죽을 수 있다면 그게 바로 영웅의 삶이라고 생각했다. 함께 간 아이들은 모두 고개를 끄덕였다.

그처럼 청춘의 피를 들끓게 했던 백두산 답사가 북한의 1인 독재 체제를 유지하기 위한 세뇌 교육의 한 방편이었을지라도, 분명한 가지는 옳았다. 불가능해 보이는 일일수록 여럿이 함께해야 하고, 함께라면 능히 헤쳐나갈 수 있다는 사실이다. 눈이 쌓인 고갯길을 어찌 혼자 올라갈 수 있으랴. 걷고 또 걸어도 끝이 보이지 않는 길을 어찌 혼자 완주할 수 있으랴.

지금도 멀고 험한 길을 가야 할 때면 위안이 되는 소중한 진실이 아닐 수 없다.


## 여동무를 위한 인간 발판

혜산역을 떠나 길주에 도착하니 평양과 원산으로 가는 기차를 기다리는 사람들로 대합실이 꽉 차 있었다. 학교로 돌아가는 아이들의 얼굴은 눈에 그을리고 얼어서 붉고 까맣게 변했지만, 밝은 웃음과 흥겨운 노랫소리는 변함이 없었다.

멀리서 기적 소리가 들리자 모여 있던 남학생들이 재빨리 흩어졌다. 기차에 오르기 위한 준비였다. 원산에서 출발할 땐 길주까지 모두 앉아서 올 수 있었지만, 학교로 돌아가는 길은 환승역이라 기차 안은 통로까지 사람들이 가득 차서 오르는 것도 쉽지 않았다. 발판이 아닌 창문을 이용해 틈을 비집고 들어가는 수밖에. 게다가 한 창문에 너무 많은 학생이 몰리면 안전사고를 염려해 기차가 떠나버리기 일쑤여서 남학생들은 띄엄띄엄 떨어져 적당한 장소를 골랐다. 여학생들을 안전하게 태우고 짐까지 실어 보내려면 순간의 선택과 날쌘 몸놀림이 필요했다.

백두산 답사는 여전히 끝나지 않은 셈이었다. 학교에 무사히 도착할 때까지 서로 돕고 의지해 해결할 일들이 아직 많이 남아 있었다.

"등을 밟고 올라, 어서어서!"

기차가 도착하자마자 선영이 나를 창으로 밀어 올렸다.

승남과 기철도 각자 맡은 창문으로 여학생들을 위한 인간 발판 노릇을 하느라 정신이 없었다. 모든 여학생들이 자리를 잡자 이번에는 배낭을 집어던지기 시작했다. 모든 짐이 실린 다음에야 남학생들은 비로소 기차의 창에 매달렸다.

기차에서도 남학생들은 여학생들을 챙기는 데 여념이 없다. 통로조차 사람들로 북적였지만, 그 틈을 비집고 들어가 자리를 마련했다. 그러고는 덜컹거리는 기차 속에서 꼬박 10시간이고 12시간이고 서서 갔다. 백두산 답사 때문에 지칠 대로 지쳐 깜박 졸다가 자기도 모르게 무릎이 꺾이면 밑에 앉아 있는 사람 머리로 주저앉는 일도 벌어졌다. 그럴 때면 날벼락을 당한 사람도, 미안해서 어쩔 줄 모르는 학생도 너털웃음을 터뜨리곤 했다.

한번 돌아난 새순은 꽃샘추위 속에서도, 비바람을 맞으면서도 부쩍 자라나듯 몸은 힘들지 몰라도 아이들의 가슴은 그 어느 때보다 활기로 넘쳤다. 백두산 답사에 관해 대화를 나누고 시를 외우며 노래를 불렀다. 기차간은 북새통이었지만 승객들은 싫은 기색 없이 오히려 박수를 쳐주며 학생들의 장단을 맞춰주었다.

기차 안에서도 어김없이 밥때가 돌아왔다. 남학생들은 또다시 여학생들을 위해 종잇장처럼 얇은 나무로 만든 곽밥*을 사느라 비좁은 기차간을 백두산 밀림 속이라도 되는 양 누비고 다녔다.

기차에서는 밥을 먹을 수 있는 자리가 창가뿐이었다. 창가에는 작은 밥상처럼 밥을 놓고 먹을 수 있는 받침대가 있었다.

"학생들, 여기 와서 밥 먹어라."

생면부지의 사람이 자리를 피해준 덕분에 우리는 잠시나마 편안하게 식사를 할 수 있었다.

북한에서는 기차에 타면 서로 통성명을 한다. 한 정거장을 타고 가더라도 이름이 뭔지 무슨 볼일로 기차를 탔는지 등을 묻고 대답한다. 어렵게 살지만 그만큼 남을 생각하는 사람들의 인정이자 따뜻한 마음씨다. 한 아저씨는 "잠깐 앉아라"면서 자신의 자리를 기꺼이 내주기도 했다.

"어느 대학에 다니는 학생들이니?"

---

* 곽밥: 도시락

시를 읊조리는 아이들의 소리에 맞춰 고개를 까닥거리던 아주머니가 물었다.

"원산경제대학입니다."

가슴에 단 대학 배지를 내밀며 자랑스럽게 대답했다. 북한에서 최고로 치는 경제대학의 학생이라는 사실이 나는 새삼 뿌듯했다.

아주머니는 내 얼굴을 찬찬히 보면서 다시 말했다.

"어디 갔다 오는 길이네?"

"백두산 답사를 마치고 오는 길입니다."

"가서 뭘 배웠고?"

"빨치산 대원들의 투쟁 정신을 배우고 왔습니다."

나는 아주머니를 비롯한 다른 이들에게 백두산의 장엄하고 웅장한 광경과 그 기를 받아 치열하게 싸웠던 항일 유격대원들의 발자취에 관해 열띤 어조로 설명했다. 지금 생각해보면 그 모습은 다소 치기 어렸다. 그런데도 사람들은 앳된 얼굴의 학생이 뺨이 붉어지도록 모험담을 늘어놓는 광경이 어여뻐 보였던지 흐뭇하게 바라봐주었다.

이렇듯 사람들과 이야기를 나누고 아이들과 노래를 부르는 사이 어느덧 기차는 원산에 가까워지고 있었다. 몸은 고단할지언정 마음은 따뜻하고 넉넉해지는 한때였다. 다시는 돌아오지 않을 젊음의 한순간이었다.

# 대학
## 생활

## 외출의 또 다른 이유

식량 사정이 나쁘지 않았던 북한의 1980년대였지만 기숙사에서
주는 밥은 뙤약볕에 널어놓은 빨래가 마르듯 한창 크는 우리의 허
기를 달래기엔 턱없이 부족한 양이었다. 더군다나 쌀밥과 갖가지
반찬도 아니었다. 우리에게 먹거리는 성적만큼이나 민감하고 절박
한 문제가 아닐 수 없었다.

평소 기숙사에서는 옥수수와 쌀을 반반씩 섞은 밥을 주었지만
가끔씩 푸슬푸슬 흩어지는 안남미와 옥수수를 섞어주기도 했다.
반찬은 배추나 양배추, 오이 등 제철 채소로 만든 김치와 소금국이

빠지지 않았다. 겨울이면 소금물에 절인 명태가 나오기도 했다.

"한동안 안남미를 먹였더니, 닭이 알을 낳지 않았대."

"정말이야?"

"가금연구소에서 시험한 결과라던데?"

"것 봐, 지금까지 우리가 먹은 건 쌀이 아니라 물먹은 겨였다고."

"설마······ 우리도 그 닭처럼 되는 건 아니겠지?"

"그만 좀 해, 배 꺼진다."

식사 때면 아이들은 학교에 떠도는 온갖 얘기들을 주고받느라 안남미로 지은 밥을 먹지 않았어도 먹은 것을 금세 소화시켰다. 하루 종일 90분씩 5교시 수업을 받으며 다 같이 움직이고 평가받는 집단생활로 늘 긴장하면서 지낸 탓에 더 배가 고팠는지도 모른다.

식사로 밥만 나온 것은 아니다. 산간 지역이 많은 북한에서는 생산량이 많은 옥수수를 이용해 국수도 만들었다. 옥수수 면발은 밀가루처럼 희지 않았다. 깎아놓은 감자처럼 군데군데 시커멓고 노란빛이 돌았다. 면발을 삶은 뒤 찬물에 오래 담가두면, 아니 10분만 담가놓아도 너끈히 몇 인분을 해결할 수 있을 만큼 불어 오르는 특징이 있었다. 공급되는 식재료는 넉넉지 않은데 먹어야 할 입이 많은 대학 식당에서 일하는 식당 엄마(기숙사 식당에서 밥을 해주는 직원)들이 자주 쓰는 방법이었다.

아이들은 이따금 "우리 배 속에 들어가 불어야 할 국수가 이미 불어서 배 속에 들어간다"며 우스갯소리를 하곤 했다.

식당 엄마들은 부엌일 외에도 아이들에게 신경을 많이 썼다. 아픈 이에겐 쌀밥을 해주었으며, 방학인데도 집에 가지 못하고 학교 경비를 서는 아이가 있으면 평소엔 먹지 못했던 음식을 맛보게 해줄 때도 있었다. 양도 어찌나 넉넉한지 며칠씩 두고 먹어도 될 정도였다.

"이거 학습장입니다. 아이들에게 주십시오."

나는 방학을 보내고 돌아오는 길에 규격지(A4 용지)를 식당 엄마들에게 선물한 적이 있었다.

종이가 귀한 북한에서 규격지는 쉽게 구할 수 없는 물건이다. 고향에서 20여 리 떨어진 길주군에는 북한에서 제일가는 종이 공장인 길주펄프공장이 있다. 임산업이 큰 비중을 차지하는 함경도나 양강도, 자강도 인근에서는 길주펄프공장에서 배출되는 통나무 부산물을 원료로 신문지나 필기지, 도배지 등 다양한 종이류를 생산했다.

다른 아이들도 종종 각자 고향에서 나는 특산품을 가져와 선물했다. 그때마다 식당 엄마는 쌀밥과 반찬을 챙겨주며 보답했다. 아이들의 특산품은 뇌물이라기보다 일종의 처세에 가까웠다. 도움을 주면 받고 도움을 받으면 주는 게 인지상정. 어머니 대신 끼니를 챙겨주는 그녀들과 친하게 지내서 나쁠 것도, 손해 볼 일도 없을 테니까.

호실 다다미에 엎드려 입술연지를 바르던 명애가 갑자기 잃어버린 물건을 어디에 두었는지 떠오르기라도 한 듯 반가운 얼굴로 아이들을 향해 물었다.

"오늘은 외출하는 애가 얼마나 될까?"

창가에 서 있던 경미가 대답했다.

"글쎄, 비가 와서 모르지."

명애가 입술을 삐죽 내밀어 보이더니 퉁명스럽게 말했다.

"쳇, 그러면 불공평하잖아. 지난번엔 우리가 외출해서 다른 애들이 곱빼기로 먹었는데 말이야."

주말에 외출하는 아이가 생기면 그의 식사는 다른 아이들의 차지가 되었다. 눈치가 보여 식당에서는 먹지 못하고 비닐 보자기에 건더기만 싸와 호실에서 먹었다. 수저나 쟁반과 같은 일용품이 귀한 까닭에 아이들은 손가락을 젓가락 삼아 소금으로 간한 국수 가락을 집어 먹었다. 푸슬푸슬한 밥은 비닐의 한 귀퉁이를 이용해 주먹밥처럼 꾹꾹 뭉쳐 먹었다. 마치 야외로 소풍을 나온 듯 더 꿀맛이었다. 다 먹은 뒤에는 비닐을 깨끗이 씻어 말려, 다음번 외출하는 이의 식사를 가져올 때를 대비했다. 비닐에는 '선물'이라는 글자가 크게 쓰여 있다. 지난 김일성 생일에 받은 선물을 쌌던 그 보자기였다.

아이들은 자신이 속한 호실에 외출생이 없으면 가끔 다른 호실에 원정을 가기도 했다.

"○○야, 있니?"

동무를 보러 온 것처럼 꾸미고는 슬쩍 들어가 음식을 나누어 먹었다. 주말마다 벌어지는 대학 기숙사의 정겨운 풍경이었다.

나도 일부러 외출을 나갈 때가 있었다. 매번 남의 신세를 지기도 미안하고 내가 외출을 하면 다른 아이들이 그만큼 배불리 먹을 수 있으니 공동생활의 일원으로서 남을 배려하는 마음이었다. 기숙사 외출의 또 다른 이유이기도 했다. 외출만큼 배고픈 아이들이 바라는 것이 또 있었는데, 바로 명절이었다.


## 날마다 명절이었으면

북한에는 5대 명절이 있다. 1월 1일 신정, 2월 16일 김정일 생일, 4월 15일 김일성 생일, 9월 9일 공화국 창립일, 10월 10일 당 창립일이다. 그날만큼은 쌀밥, 떡, 여러 반찬은 물론 꽈배기와 만두까지 먹을 수 있었다. 이렇게 특식을 먹을 때면 저절로 콧노래가 나온다.

"날마다 명절이면 좋겠네, 아아 정말 좋겠네."

게다가 명절 다음 날에는 수업이 없는 자유 시간이었으므로 집이 비교적 가까운 아이들은 간식을 가져오려고 도둑 기차를 탔다.

함흥이 고향인 명애는 명절이 돌아오면 언제나 3시간 거리에 있는 고향으로 달려갔다. 명절은 길어봤자 이틀밖에 되지 않으므로 집에서 하룻밤을 자면 다음 날 부리나케 보따리를 싸 들고 대학으로 돌아와야 했다. 그런 수고를 감내하고서라도 집으로 가는 것은 간식을 더 챙겨올 수 있기 때문이었다.

날이 추워지면 아이들이 간식 대용으로 집에서 가져오는 건 김치였다. 그런 날이면 다른 호실의 아이들까지 합세하기 일쑤였다. 커다란 양동이에 가득했던 김치를 한자리에서 다 먹어치웠다. 반찬이 아닌 간식으로 집어 먹은 김치 때문에 다음 날 아이들은 어김없이 배탈이 났다. 4월과 9월 명절 즈음에도 비슷한 소동이 벌어지곤 했다. 한꺼번에 너무 많은 음식을 먹어 탈이 난 아이들은 위장약을 찾느라 애를 먹었다.

집에서 방학을 보낸 아이들이 학교로 돌아올 때는 당연히 짐이 많을 수밖에 없다. 바리바리 싼 짐에는 간식이 들어 있었다. 오죽하면 아이들의 짐을 보고 계절을 짐작할 수 있을까. 높은 기온과 습도로 음식을 오래 보관할 수 없는 여름에는 짐이 눈에 띄게 작았다. 그러나 겨울에는 일찍 학교에 도착한 아이들이 나중에 오는 동무들을 역전으로 마중 가야 할 만큼 짐이 한가득했다. 집에서는 아이들이 배고프지 않게 조금이라도 더 오래 먹을 수 있도록 상하지 않는 간식을 만드느라 골머리를 앓았다.

중요한 건 아이들의 배꼽시계가 주말과 명절이 아니더라도 언제 어디서든 어김없이 째깍째깍 흐르고 있다는 사실이었다. 군것질은 계속되어야만 했다.

우리 대학 여자 기숙사 주변에는 먹거리를 파는 장사치들이 있었다. 인근에 사는 아주머니들이 집에서 직접 속도전가루로 떡을 만들어 학생들에게 팔았다. 일반 식당보다 가격이 싸고 양도 푸짐해 아이들은 그 유혹을 뿌리치기 어려웠다. 학교가 생긴 이래 오랫동안 떡을 팔아온 아주머니들은 수업이 비는 점심시간과 수업이 끝난 저녁시간을 골라 찾아왔다. 학생들의 배고픈 속을 훤히 들여다보았다.

"속도전가루떡 사세요, 속도전가루떡 사세요!"

점심을 먹고 잠깐 기숙사에 올라와 있던 나는 아주머니의 고함 소리에 창문으로 고개를 내밀었다. 울타리 밖에는 떡을 파는 아주머니들이 벌써 와 있었다. 울타리 안쪽에는 손에 비닐 보자기를 쥔 학생들이 길게 줄지어 서 있었다.

"내가 나갔다 올게. 비닐 보자기를 어디에 뒀더라?"

미영이 아이들에게 걷은 돈과 보자기를 챙겨 복도로 뛰어나갔다.

평일에 학생들은 학교 밖으로 나갈 수 없었다. 학교 안으로 잡상인이 들어오는 건 금지였다. 울타리를 사이에 두고 안쪽에는 학생들이, 바깥쪽에는 아주머니들이 이산가족처럼 만나고 싶어도 만날 수 없는 상황을 연출했다. 간식을 먹겠다는 아이들의 집념과, 떡을 팔아 집에 있는 자식들의 배를 조금이라도 곯지 않게 하려는 아주머니들의 일념에 불가능이란 없다. 아이들은 울타리 너머로 돈을 집어던졌다. 밖에서 돈을 확인한 아주머니들은 아이들이 하는 것처럼 떡을 울타리 안으로 던졌다. 파는 이와 사는 이가 굳이 서로의 얼굴을 보지 않아도 거래가 성사되는 순간이었다.

후미진 울타리를 따라 길게 줄을 선 아이들이 다시금 소리쳤다.

"아주머니, 저녁에 다시 오십시오! 꼭이요!"

점심시간은 짧았고, 그 안에 떡을 사지 못한 이들은 간절한 목소리로 아주머니에게 부탁했다. 아주머니들은 그 약속을 믿고 날이 어둑해지면 다시 학교로 떡을 팔러 왔다.

유난히 고소한 맛을 자랑하는 속도전가루떡. 사서 먹는 것도 맛있지만 만들어 먹으면 더 맛있다. 한 호실에서 속도전가루떡을 만들면 그 냄새가 기숙사 한 층 전체로 퍼졌다. 설령 어제 먹었더라도 오늘 또다시 먹고 싶게끔 참을 수 없는 냄새를 풍겼다. 집에서 가져온 속도전가루가 떨어진 호실에서는 학교 울타리 너머 아주머니를 통해서라도 떡을 사 먹고 나서야 밀린 공부를 하거나 잠을 청할 수 있었다.

떡, 만두, 꽈배기 등 여러 간식이 있어도 대학생들이 자주 먹는 것으로는 역시 닦은 강냉이가 최고였다. 특히 공부할 때면 그만한 간식도 없었다. 닦은 강냉이를 한 움큼씩 집어 들고 책장을 넘기며 씹어 먹는 맛이 그만이었다. 시험 기간에는 왜 그리 늘 입이 궁금한 건지, 아이들은 딱딱한 강냉이를 하도 많이 씹어 턱이 아프면서도 아랑곳하지 않았다. 방학 때마다 각자 집에서 가져온 5킬로그램이나 되는 강냉이는 얼마 못 가 동이 났다. 북한의 대학생 중에 사각턱이 많은 것도 바로 강냉이 때문이라는 믿지 못할 말이 나도는 이유였다. 총 5년 6개월의 대학 생활 동안 아이들이 먹어치운 닭은 강냉이의 양은 개인당 100킬로그램을 훨씬 웃돌았다.

먹을 수 있는 간식의 종류와 양이 한정되어 있어 기숙사 호실의 살림, 즉 간식을 담당하는 아이의 임무가 얼마나 막중한지 굳이 말하지 않아도 될 성싶다. 실제로 출신 성분이 좋고 살림살이를 잘하는 호실 아이들의 경우, 다른 호실 아이들에 비해 얼굴빛이나 표정이 밝았다. "뱃살이 퍼지면 이맛살이 퍼진다"라는 북한의 옛말처럼 먹는 일만 한 걱정거리도 없을 테니까.


구답시험*의 두려움


나는 평상복으로 갈아입고 다시 교실로 향했다. 얼마 후에 있을 기말시험을 앞두고 공부하러 가는 길이었다. 저만치 앞서가는 미영과 명애를 쫓느라 뛰다시피 걸었다. 시험에 관한 이야기를 나누는지 아이들은 걸어가면서도 책을 펼쳐 보이며 서로 손짓을 했다. 고향이 모두 함경도인 그들과 방학 때마다 함흥 방면으로 가는 기차를 함께 타고 다닌 지도 오래되었다. 이젠 별다른 말을 하지 않

● 구답시험: 구두시험

아도 서로 무슨 생각을 하는지 알아맞힐 만큼 친한 사이가 되었다. 우리는 요샛말로 '절친'이었다.

교실 문을 열자 공부 삼매경에 빠진 반 아이들의 뒷모습이 보였다. 벌써 며칠째 쪽잠을 자며 공부하느라 다들 신경이 곤두서 있었기에 우리는 까치발을 들고 가만가만 교실 안으로 들어갔다.

시험 기간이 되면 학교에는 수업이 없다. 아침, 점심, 저녁 세 번의 점호를 제외한 모든 시간이 자유로웠다. 아이들은 각자 계획을 세워 공부에 매진했다. 많은 학생이 한곳에 모여 교과서의 내용을 암송하다 보면 시끄러워 집중이 안 될 듯하지만, 다들 잠을 자지 못해 퀭한 눈을 하고도 놀라울 만큼 자기 공부에 빠져들었다.

"철없던 그 시절엔 하루가 한 달같이 길더니 ……."

저녁을 먹고 얼마 지나지 않아 졸음이 밀려왔는지 누군가 노래를 선창했다.

어디선가 또 다른 목소리가 합세했다.

"어쩐지 오늘은 한 달이 하루보다 더 짧아."

그러더니 금세 합창이 되었다.


안타까워라, 안타까워라
할 일은 많고 많은데
흐르는 세월은 내 마음 몰라주네

다들 밀려오는 잠을 쫓느라 더 크게 불렀고, 나도 질 수 없었다. 시험을 앞두고 오늘이 한 달처럼 길어졌으면 하는 마음은 모두가 똑같았다. 더 늦게 오거나 아예 오지 않았으면 싶던 기말시험이 바로 내일이었다.

나는 재정학 교과서를 다시 한 번 살펴보다가 기지개를 펴며 고개를 들었다. 자리에 못 박힌 듯 꼼짝 않고 시험공부에 전념하는 아이들의 뒷모습이 어쩐지 정겹고 든든해 보였다. "이제 그만 잔다"라고 말하곤 남들 모르게 일어나 다시 공부하는 그들의 모습은 단지 상대를 이기기 위해서가 아니라 스스로, 또는 동무들 앞에 부끄럽지 않은 사람이 되고 싶은 마음에서 비롯되었다. 북한의 대학생은 나라와 사회에 도움이 되는 일꾼의 자리인 만큼 더 많이 배우고 익혀 갈고닦은 실력과 재능을 모두에게 환원해야 하는 사명이 따랐다.

요사이 쪽잠을 자며 강행군을 한 탓에 교실 앞쪽에 앉은 미영과 경미는 연신 하품을 해댔다. 그러나 부진했던 지난 성적을 만회하려는지 교과서를 외우는 목소리만큼은 크고 또랑또랑했다. 내가 속한 반과 학교, 더 나아가 나라에 도움이 되는 인재가 되려 하는 공부이기에 다들 더 열심히 노력했는지도 모른다.

나는 교실의 창밖을 바라보았다. 사위가 어느새 어둑해져 있었다. 대학 교실만이 반딧불처럼 주위를 환히 밝혔다. 불빛을 좀처럼 찾아볼 수 없는 북한의 밤. 공공시설과 재원이 턱없이 부족한 현실은 아쉽지만, 그러기에 북한의 밤 풍경은 멋진 도화지나 마찬가지였다. 흰 종이보다 더 맑고 더 널찍해서 내가 원하는 모든 것을 그려넣을 수 있었다.

언젠가 학교에서 야간 보초를 서며 밤하늘을 올려다보았다. 거기에 경제를 전공하는 대학생으로서 앞날을 그려보았다. 보고 싶은 부모님과 동생들의 얼굴도 마음껏 그렸다. 꿈, 열정, 사랑이라는 말도, 조국, 충성, 동지애 같은 사회주의 일꾼으로서의 신념도 끄적거렸다. 교대하러 온 동무의 인기척이 들릴 때까지 쓰고 또 써도 밤하늘은 채워지지 않을 만큼 광대했다. 학교를 졸업하고 앞으로 이루어야 할 나의 과업이 그만큼 많다는 증거 같아서 가슴이 벅차올랐다. 그 뒤로 나는 필기구 없이도 언제 어디서든 적을 수 있는 커다란 수첩을 갖고 다니게 되었다. 고개를 들어 올려다보면 항상 반겨주는 하늘이 있으니까.

나만의 생각에 잠겨 있다가 교실 창문의 틈새로 들어오는 바람이 얼마나 매서운지 뒤늦게 알아챘다. 코끝이 싸했다. 덩달아 누군가 콜록거렸다. 나는 정신을 차리고 다시 책 속으로 빠져들었다.

"영희 동무."

"……."

"영희 동무, 영희 동무."

누군가 부르는 소리에 나는 얼른 뒤를 돌아보았다. 교실 문밖에서 손짓하고 있는 선영이 보였다.

내가 다가가자 그는 책을 들어 보이며 속삭이듯 말했다.

"우리 함께 복도에 나가서 공부하자."

나는 까치발을 하고 교실을 빠져나왔다.

3층으로 내려가는 계단 한쪽에 자리를 잡은 선영은 미리 준비해 온 손수건을 바닥에 깔아놓으며 내게 가리켰다.

"여자들은 말이야, 차가운 데 앉으면 안 좋다고 하더라."

이제 갓 스무 살을 넘긴 선영이 어디서 그런 말을 들었는지 나는 말없이 웃었다.

시험 기간만큼 북한의 남학생과 여학생이 가까워질 수 있는 기회도 드물었다. 그때만큼은 점호 후에는 물론이고 아무 때나 서로의 교실에 올라갈 수 있었다. 구답시험 준비는 남학생과 여학생이 자연스럽게 짝을 이뤄 서로 묻고 대답하며 공부도 하고 마음도 나눌 수 있는 계기가 되었다.

"공부는 많이 했고?"

선영의 물음에 나는 자신 없는 목소리로 말했다.

"그럭저럭했습니다. 그런데 선생님 앞에 설 생각을 하면 지금도 악몽을 꿉니다. 잘 알고 있는 것도 입술이 떨어지지 않아 대답하지 못하면 어쩌나 싶은 게 …… 교과서를 통째로 외운다 한들 발표력이 부족하면 아무 소용없지 않겠습니까?"

나는 지난 구답시험에서 너무 긴장한 나머지 머리가 어지럽고 가슴이 답답해 쓰러질 뻔했다. 그때의 충격에서 아직도 벗어나지 못하고 있었다.

"구답은 너무 어렵습니다."

당시 북한의 대학 시험은 책 내용을 이해해서 푸는 필답과 문제의 답을 직접 말해야 하는 구답, 두 가지로 나뉘었다. 아이들이 어려워하는 건 뭐니 뭐니 해도 구답시험이었다. 교과서를 수십 번 통달한다면 내용은 비교적 잘 알 수 있겠지만, 공부한 내용을 선생님 앞에서 바른 목소리로 정확히, 그리고 하나도 빠짐없이 대답하는 일은 녹록지 않았다. 실력도 중요하지만 발표력과 담력도 필요한 시험이다.

"긴장하지 마, 마음 푹 놓고 공부한 걸 대답하면 돼."

담담하게 말해주는 선영을 바라보며 나는 어깨를 으쓱해 보였다.

어느 때보다도 따뜻하고 부드러운 그의 목소리가 힘이 되었는지 나는 금세 활기찬 모습으로 돌아와 한 가지 제안을 했다.

"선영 동무는 어디까지 공부했습니까? 얼추 됐으면, 우리 서로 묻고 대답해보면 좋겠습니다."

"그래, 영희 동무부터 가격의 종류에 대해서 말해봐라."

"알겠습니다. 가격에는 도매가격, 소매가격, 합의가격이 있고, 또 요금 ……."

이상하게도 혼자 공부할 때보다 내용이 속속들이 이해되었다.

나는 가격제정학 교과서를 모두 훑은 다음에야 선영과 헤어져 기숙사로 돌아왔다.

막상 자려고 자리에 누우니 또다시 구답시험의 악몽이 밀려들었다. 내가 이리저리 뒤척이는 통에 덩달아 잠에서 깬 경미가 끙, 소리를 내며 돌아누웠다. 나는 선영이 했던 말을 떠올리며 억지로 잠을 청했다.

며칠 후 필답시험이 있었다.

필답은 1안과 2안, 두 개의 안으로 나뉘어 문제가 나왔다. 밤새 공부한 보람이 있었던지 막힘없이 답안지를 채웠다. 시험이 시작되고 한참이 지나자 아이들은 하나둘 시험지를 내고 밖으로 나갔다. 틀린 글자는 없는지, 문장은 매끄럽게 넘어가는지 살피며 답안지를 마무리하고 있던 나는 교실을 나서던 선영과 눈이 마주쳤다. 그는 눈을 크게 떴다. 아마도 '시험을 잘 봤냐'는 물음이리라. 나는 밝은 표정으로 머리를 끄덕였다.

오후에는 구답시험이 기다리고 있었다.

학생들은 각기 다른 문제가 적힌 30여 개의 표 중에 한 가지를 뽑아 해당 문제에 대한 답을 선생님들 앞에서 발표해야 했다. 부정행위를 막고 학생들이 문제를 얼마나 이해하고 있는지 알아내는 데 효율적인 시험 방법이라고 할 수 있다. 가령 '가격의 종류는 무엇인가?'라는 질문표를 뽑으면, 먼저 가격의 종류를 대고 일일이 자세한 설명을 덧붙여야 한다. 아는 만큼 대답하는 시험이기에 구답을 하고 나오는 시간은 실력에 따라 천차만별이었다. 교과서에 나와 있는 내용을 그대로 얘기하려면 남들보다 더 많은 시간이 걸

리므로 시간이 길어질수록 마음 놓고 실력을 발휘했다는 뜻이었다. 선생님들도 학생이 아는 것을 모두 답할 때까지 몇 시간이 걸리든 참고 기다려주었다.

"아무것도 묻지 마."

번호가 앞선 아이들이 구답시험을 마치고 나오면서 다른 아이들을 향해 손을 내저었다. 하나같이 풀기가 빠진 교복의 옷깃처럼 고개를 숙인 채 힘없이 걸어 나왔다. 굳이 말하지 않아도 시험을 망친 듯 보였다. 교과서가 연애소설이 아닌 이상 어느 누가 처음부터 끝까지 줄줄 외울 수 있겠는가. 구답시험은 모두가 피하고 싶은 수렁이나 마찬가지였다. 단 한 명을 제외하면 말이다.

현순은 남들보다 한참 늦게 교실에서 나왔다. 구답은 대부분 10분에서 길어봤자 15분을 넘기지 못하고 나오는 경우가 많은데, 거의 20분 이상을 외우고 나온 듯했다. 게다가 턱을 치켜든 모습이 마치 문답식 경연 대회에서 1등이라도 한 듯 자신만만했다. 발걸음은 징검다리를 건너듯 사뿐했다.

'개성 인삼을 먹어서 기억력이 좋은 거야.'

나는 복도에서 초조한 마음으로 순서를 기다리며 중얼거렸다. 제대로 감지 않아 강냉이수염* 처럼 엉키고 떡 진 현순의 머리카락을 바라보니 또다시 질투심이 발동했다. 그녀는 개성에서 온 아

● 강냉이수염: 옥수수염

이였다. 개성의 특산품인 인삼은 학습 능력과 기억력을 증진시키고 뇌 기능을 활성화하는 효과가 있다고 들었다.

'아버지가 개성공산대학교에서 선생을 하는 데다 현순은 외동딸이니 개성 인삼이니 뭐니 얼마나 많은 정성을 쏟았을까…….'

현순은 '인간 사진기'라는 별명처럼 한번 본 모든 것을 기억했다. 책에 나와 있는 그대로 내용을 줄줄 외워서 시험만 보면 10점 만점을 받았다. 필답에서도 으레 내용을 요약해 쓰는 아이들과 달리 토씨 하나 틀리지 않고 책을 베끼는 수준이었다. 보통 두세 장이면 족할 답안지를 그녀는 대여섯 장씩 쓰곤 했다.

내 이름이 호명되었다. 시험장에 들어서자 책상 위에 놓인 질문표는 몇 개 남아 있지 않았다. 선택의 여지가 많지 않으니 불리한 것 같다는 생각이 들었다. 기왕이면 내가 잘 알고 있거나 그리 까다롭지 않은 문제를 뽑길 간절히 바라며 손을 뻗었다. 떨리는 마음을 애써 억누르고 오른쪽에서 두 번째 것을 집었다. 질문표를 펼쳐 보는 순간 안도의 한숨을 내쉬었다. 세 문제 중 첫 번째도, 두 번째도 자신 있게 발표할 수 있는 내용이었다.

"괜찮게 설명했습니다. 다음 문제."

선생님의 말에 나는 땀이 난 손을 그러쥐었다.

앞선 문제는 선생님이 말한 대로 잘했는데, 잘했다는 말을 들으니 갑자기 눈앞이 캄캄해지고 머릿속이 백지처럼 하얘졌다. 분명 수도 없이 외운 내용이었는데 막상 떠오르는 게 없었다. 등줄기를 타고 식은땀이 흘렀다. 너무 빨리 긴장을 풀었던 탓인지 마지막 문제에서 그만 실수를 하고 만 것이다.

"허허, 두 문제는 잘 대답했는데 마지막 문제는 아쉽네요. 이젠 나가보세요."

나는 선생님에게 인사를 하고는 비척거리며 교실을 빠져나왔다.

"영희야, 어땠어? 대답 잘했어?"

복도에서 나를 기다리고 있던 미영이 물었다.

"몰라, 그저 그래."

나는 고개를 흔들며 눈살을 찌푸렸다.

나는 운보다 실력을 믿는 노력파여서 누구보다도 더 열심히 노력했는데 결과가 좋지 않아 기분이 별로였다.

"영희야, 다음 시험은 잘 볼 테니까 걱정 마."

미영의 위로에 건성으로 고개를 끄덕였다.

교실로 올라가면서도 나는 마지막 문제 때문에 기운이 없었다. 공부한 만큼 대답하지 못해 속상했고 그것 때문에 성적이 떨어질까 봐 걱정이었다. 하지만 이내 구답의 마지막 문제는 끝까지 열심히 공부하지 않았거나 너무 쉽게 긴장을 풀어 실수한 결과라는 생각이 들었다. 아깝게 놓친 마지막 문제에 자꾸 연연하다 보면 남은 시험까지 망칠 게 불 보듯 뻔했다.

"그래, 더 열심히 공부하자."

다소 마음이 풀린 나는 미영의 어깨에 팔을 두르며 걸음을 재촉했다.

시험은 아직 끝나지 않았다.


개성 깍쟁이


겨울방학이 끝나고 아이들은 한 학년씩 올라 상급생이 되었다. 남의 옷을 입은 듯 멋없고 어색했던 투피스 정장 교복도 빳빳한 주름을 잡아 말끔하게 차려입으며 나름대로 멋을 부릴 줄 알았고, 한밤중에 들리는 새소리나 작은 기척에 쉽게 뒤척이곤 했던 기숙사 생활에도 완벽히 적응했다. 방학이 되어 집에 가면 오히려 선잠을 잘 정도였다. 대학은 어느새 아이들에게 아늑하고 든든한 울타리가 되어 있었다. 불과 얼마 전까지 누가 봐도 신입생인 듯한 어리어리하고 열없는 표정으로 학교 정문을 들어섰던 일이 아득하기만 했다.

"영희야, 같이 가자!"

뒤를 돌아보니 경미가 책을 안은 채 단발머리를 나풀거리며 뛰어오고 있었다. 워낙 조용했고, 여러 아이들과 교류하는 편이 아닌 경미는 내가 속내를 털어놓을 수 있는 몇 안 되는 친한 동무 중 하나였다.

다시금 찾아온 시험을 앞두고 교실은 공부하는 아이들로 빼곡했다. 책장을 넘기는 소리조차 들리지 않을 정도로 다들 시험공부에 빠져 있었다. 언제 왔는지 현순도 교실 뒤편에 앉아 있었다. 아이들은 모두 시험 기간 내내 밤을 새우거나 쪽잠을 자지만, 그녀는 낮잠까지 자고 느지막이 공부하러 나온 듯 보였다.

"직직."

아이들이 자꾸 뒤를 힐긋거렸다.

"직직, 직직."

현순이 색연필로 밑줄 긋는 소리였다. 그 소리가 어찌나 요란한지 나를 비롯한 여기저기서 불만이 터져나왔다. 다른 아이들을 아랑곳하지 않고 자기 교과서에 밑줄 긋는 데만 집중하는 그녀의 행동에 모두 이력이 날 법도 했다.

"현순아, 그러다 교과서 찢어진다."

"직 …… 직 …… 직."

얼마나 시간이 흘렀을까. 아이들 중 하나가 볼멘소리를 내며 투덜거렸다.

"에잇, 정말."

몇몇 아이들이 신경질을 부리며 책을 들고 복도로 나가버렸다.

현순은 여느 아이들처럼 책 내용을 소리 내서 외우는 대신 줄을 긋고 동그라미를 치며 눈으로 외웠다. 하는 짓도 좀 별쭝난 데가 있었다. 대학에서 맞이한 첫 방학이 끝나자마자 뽀글대는 파마를 하고 나타나 남학생들 앞에서 온갖 내숭을 떨었다. 약한 척, 가냘

픈 척, 많이 안 먹는 척, 온갖 척, 척, 척 …….

그녀는 전교에서 몇 안 되는 개성 출신이었다. 북한에서 개성은 평양 다음으로 시설과 보급이 잘 갖춰진 도시였다. 고려의 도읍지였기에 유적지가 많고, 개성 인삼을 이용한 고급스러운 특산품도 나왔다. 외부에 잘 알려진 도시답게 텔레비전 보급률도 높았다. 출장이 아니면 북한 사람들은 좀처럼 가볼 수 없는 판문점과 가까운 지역이기도 했다. 그래서 출신 성분이 확실한 사람들만 모여 살았다. 특유의 지역색도 있다. 함경도를 포함한 북쪽 사람들이 활동적이고 몸을 사리지 않는 투지가 있다면, 황해도 사람들은 마음도 느긋하고 몸도 느리다는 평판을 받았다. 개성은 평양처럼 대도시인 까닭에 개성 사람은 정신적·물질적으로 발달한 반면, 몸을 사리고 의지가 약하다는 말이 있었다. 개성 아이들도 크게 다르지 않았다. 다른 지역 아이들에 비해 머리가 좋고 감각이 있었다. 오락 수단인 영화와 문학을 접할 기회가 많아서 그런지는 몰라도 뒤집어 말하면, 좀 별났다.

"야야, 이것 좀 봐라."

어느 날이었다. 반 아이 중 하나가 소란을 떨며 편지를 흔들어 보였다. 무슨 일인가 싶어 아이들이 우르르 몰려들었다.

전화가 흔치 않았던 당시 북한에서는 모든 안부를 편지로 주고받았다. 학교 정문의 우편함에는 미처 찾아가지 못한 편지가 몇 통씩 꽂혀 있기 일쑤였다. 평소 깍쟁이처럼 굴어 아이들에게 얄밉게 보인 그녀의 편지가 그날따라 아이들의 표적이 되었다.

현순아, 엄마가 늘 말하지만 여자는 항상 다소곳해야 한다. 남자가 옆에 있으면 웃을 때도 얼굴을 한쪽으로 기울이거나 입을 꼭 가려라. '호호호' 하고 웃어라. '하하하' 크게 입을 벌리면 여자로서의 몸가짐이 아니니 꼭 명심하고.

이른바 '교양' 있는 엄마의 '교양' 넘치는 가르침이 아닐 수 없었다. 하지만 아이들이 그녀를 밉게 보았던 결정적 이유는 정작 그녀의 앙큼한 속셈이 아닌 다른 것이었다.

기숙사 호실에서는 아이들이 가져온 간식을 한 궤에 모아두고 함께 나누어 먹었다. 잘사는 집 아이는 떡이며 닦은 콩을 넉넉하게 가져왔고, 형편이 넉넉하지 않은 집 아이는 옥수수 닦은 것과 속도 전가루를 조금씩 가져왔다. '간식은 다 같이 가져오고, 다 같이 먹는다'는 원칙에 문제될 것은 없었다.

하루는 현순이 있던 호실에서 고소한 냄새가 풍겼다. 아이들은 어디에서 냄새가 풍기는지 두리번거렸다. 머리끝까지 이불을 뒤집어쓴 아이가 있었다. 현순이었다. 모두 득달같이 그녀에게로 다가갔다.

현순의 이불은 바깥에서 함부로 들출 수 없도록 지퍼가 달려 있었다. 지퍼로 채우면 겨우 한 사람만 들어갈 수 있어서 아이들은

"이불도 개성 깍쟁이"라고 숙덕거렸다. 밤마다 서로의 이불 속을 파고들며 살갑게 구는 기숙사 아이들과 분명 다른 모습이었다.

"너, 뭐야?"

"지금 뭐 먹고 있니?"

고소한 냄새에 침을 삼키며 아이들이 물었다.

"아니다. 아니야."

현순은 발뺌했다.

"냄새 나는데, 뭐 먹고 있는 거 아니야?"

아이들도 지지 않고 현순을 다그쳤다.

"약, 약이야. 약 먹고 있어 ……. 엄마가 만들어준 인진고다."

얼굴도 보이지 않은 채 우물우물 대답하는 현순의 목소리가 들렸다.

그 말에 아이들은 일단 물러났다. 몹시 쓴 약은 곡물 가루와 섞어 환으로 만들기도 했다. 약초 특유의 쌉쓰름한 향이 나지 않아 다들 미심쩍어 하면서도 아파서 먹는 약이라는 말에 더 이상 추궁하는 것도 동무로서의 예의는 아니라고 생각했다.

며칠이 지나 또 다른 현순의 편지가 낭송되었다. 내용을 살피던 아이는 몹시 화가 난 듯 편지를 다 읽지도 않고 구겨 던졌다. 다른 아이들이 무슨 일이냐며 냉큼 편지를 집어 큰 소리로 읽었다.

현순아, 며칠 전에 보낸 소포는 잘 받았니? 집 떠난 네가 걱정

돼서 엄마가 다식을 좀 만들었다. 얼마 되지 않으니까 혼자서 먹어라. …… 아이들이 물으면 인진고라고 말하렴.

아뿔싸, 아이들의 짐작은 불행히도 들어맞았다. 이불을 뒤집어 쓴 채 인진고를 먹는다고 했던 현순은 혼자만 다식을 먹고 있었던 것이다.

다식은 닦은 옥수수 가루를 엿이나 조청과 섞어 반죽한 다음, 손가락만 한 크기로 자른 것을 말한다. 잘 변질되지 않아 오래 두고 먹을 수 있다.

머리끝까지 화가 난 아이들이 씩씩대며 현순이 있는 호실로 몰려갔다. 때마침 지퍼가 달린 이불 속에 들어가 있던 현순이 아이들의 기세에 눌려 밖으로 나왔다.

"무슨 일이야?"

아직도 상황을 파악하지 못한 현순은 어리둥절한 표정을 지었다.

"너 일전에 몰래 다식 먹었지?"

그녀가 서슬찬* 추궁에 놀라는 눈치였다.

"다 알고 있으니까 사실대로 말해."

대답을 하지 못한 채 우물거리는 그녀를 몇몇이 집요하게 물고 늘어졌다.

● 서슬찬: 날카로운 기세가 있는

다식은 아무리 많이 먹어도 배가 부르지 않았다. '오로지' 맛으로 먹고 '유일하게' 맛으로 먹는, 북한에서 흔치 않은 간식이었다. 아이들이 유난스럽게 현순을 추궁하는 것도 어찌 보면 당연한 일이었다.

"아니, 그게 …… 그게 말이야 …….

현순은 계속 말을 얼버무렸다.

"너는 그깟 다식 때문에 모두 다 같이 먹는다는 호실의 규칙을 어겼어. 혼자만 배부르겠다고 얌치머리도 없이 그런 거짓부렁을 해? 너 혼자 살겠다고?"

상황을 가만히 지켜보고 있던 다른 몇몇이 현순의 이기주의적인 행동을 비판했다.

"그런 게 아니다. 배가 고파서 그랬어, 배가 고파서."

현순은 머리를 떨구고 울먹이며 말했다.

하지만 때는 늦었다. 다식은 이미 그녀의 배 속에서 소화가 되었고, 아이들은 고소한 냄새를 풍기던 다식 생각에 분한 마음을 참지 못했다. '나'보다는 '우리'가 먼저라는 믿음을 깨버린 그녀를 향한 배신감 때문이었다. 공동생활을 하는 기숙사에서 현순처럼 혼자 몰래 간식을 먹는 일은 웃고 지나갈 단순한 사건이 아니었다. 비판받고 처벌받아야 할, 과장해 말하자면 범죄나 다름없었다.

사건 이후 현순은 아이들로부터 한동안 따돌림을 당했다. 북한에서는 다른 일보다도 개인주의, 이기주의로 비판받는 일을 가장 부끄럽게 여긴다. 그런 사실을 잘 아는 그녀 또한 한동안 '없는 사람'처럼 조용히 기숙사와 교실을 오갔다.

아이들은 그 후로 더는 편지를 뜯어보지 않았다. 아마도 현순 어머니가 시킨 행동이나 그대로 따라한 현순 모두에게 정이 떨어진 모양이었다.

오로지 자신밖에 몰라 평판이 좋지 않았지만, 현순은 나와도 인연이 있었다.

인간 사진기로 통할 만큼 기억력이 좋았던 현순은 공부에서만큼은 남학생들의 부러움을 받았다. 얌체 짓을 해서 따돌림을 당해도 그 점에서는 나를 포함한 우리 반 여자아이들의 시기와 질투의 대상이 되었다.

나는 현순과 한 책상을 썼다. 현순은 나를 짝꿍 이상으로 좋아했다. 그녀는 하는 짓이 유별나 여학생들 사이에서 종종 많은 오해를 불러일으켰는데, 몇 번 내가 나서서 풀어준 것이 계기가 되었다. 현순의 눈에는 내가 자신을 두둔해준 것으로 비쳤던 것이다.

정치경제학 시간이었다.

한 책상을 쓰고 있던 나와 현순은 맨 앞줄에 앉아 선생님의 목소리에 귀를 기울였다. 정치경제학 선생님은 평소에도 열성적인 강의를 펼치는 분으로 잘 알려져 있었다. 때마침 그날, 선생님이 다소 흥분한 어조를 띤 채 공산주의 사회로의 각 발전 단계를 설명하던 참이었다. 선생님은 수업 시간 내내 어김없이 우렁찬 목소리로 열변을 토했다. 손바닥으로 칠판을 쾅쾅 치기도 하며, 분필을 들고 칠판의 한쪽 끝에서 다른 한쪽 끝으로 내달리기도 했다. 선생님은 온몸을 활용해서 학생들이 수업에 더 집중할 수 있도록 애쓰고 있었다.

"공산주의 사회는 우리가 일한 만큼 가져가는 게 아니라 필요한 만큼 가져가는 사회다."

나는 상상만으로도 황홀한 그런 사회가 빨리 왔으면 좋겠다 싶고, 선생님의 설명이 매우 생생하고 멋있다고 생각하면서도 그의 침 세례만큼은 어떻게든 피할 요량으로 몸을 움찔거렸다. 교탁 앞에 앉아 있으면 선생님이 힘주어 한 마디 한 마디 소리칠 때마다 튀는 침방울을 고스란히 맞을 수밖에 없었다. 어쩔 수 없이 나와 현순은 교탁으로부터 책상을 조금씩 뒤로 물렸다. 수업 시간이 흐를수록 우리 책상은 점점 더 선생님과 멀어졌다.

이런 사정을 아는지 모르는지 선생님은 아랑곳하지 않고 분필로 발전 단계를 따라 화살표를 그렸다. 이상적인 사회에 대한 열망을 담아 분필을 쥔 손에 한가득 힘을 실은 듯했다. 그 순간 분필이 부러지면서 칠판을 "찌익" 긁는 소름끼치는 소리가 교실 안에 퍼져나갔다.

"모두가 평등하게 잘살 수 있는 사회, 인류가 그리는 이상 사회이다!"

아, 어쩌랴. 그 이상 사회를 보기도 전에 우리는 또 다른 것을 보고 말았다. 선생님의 양복 겨드랑이가 화살표처럼 쫙 찢어지는 모습을.

그러고도 한참 동안 선생님은 칠판을 이리저리 옮겨 다니며 팔을 추켜올리고 흔들면서 강의를 펼쳤다.

"너희들 뭐야? 왜 웃어? 수업 안 듣고 왜 딴짓이야?"

이상한 낌새를 알아차린 선생님이 그제야 나와 현순을 추궁했다.

우리는 선생님의 야단을 걱정하면서도, 본의 아니게 실례를 범했음에도 터져나오는 웃음을 참지 못하고 자꾸 키득거렸다.

"둘 다 학과 사무실로 따라와."

상황이 보통 심각한 게 아니었지만 복도를 걷는 중에도 우리는 웃음을 참느라 얼굴이 빨개졌다.

"학생의 본분은 학업인데, 웃기나 하고 말이야. 학생이 공부할 자세가 안 되어 있으면 도대체 어떡해 하…….."

학과 사무실에서 선생님의 한바탕 일장 연설이 또 시작되려는 찰나, 현순이 용기 있게 선생님의 말을 가로챘다.

"저, 선생님, 겨드랑이 좀 보십시오."

현순의 말에 팔을 치켜들었던 선생님은 적잖이 당황하는 눈치였다. 우리 둘을 바라보더니 멋쩍게 팔을 내리며 웃음을 터뜨렸다.

나는 그때처럼 현순과 마음이 잘 통했던 때도 없다고 여긴다. 단한 번이었지만, 암기력 좋고 똑똑한 그녀가 아이들과 좀 더 잘 지내면 얼마나 좋을까 딱하고 답답한 마음이 들었다. 하지만 두 가지를 모두 얻을 수 없는 법. 현순은 졸업할 때까지 공부를 잘했지만 아이들 사이에서 변함없는 개성 깍쟁이로 남았다.


## 방귀쟁이 짝꿍

또 다른 개성 깍쟁이는 순이였다. 그녀는 좀 다른 의미에서 깍쟁이 짓을 했다.

방학이 끝나고 학교로 돌아올 때면 아이들은 항상 짐이 한가득이었다. 기숙사에서 동무들과 함께 먹을 간식을 싸 오려면 별수 없었다. 그런데 순이는 언제나 혼자 먹을 만큼만 가져왔다. 집이 가난했다면 충분히 이해할 수 있지만 그녀의 집은 넉넉한 편이었다. 그런데도 순이는 아이들에게 미움을 받지 않았다. 또 다른 개성 출신의 현순과 달리 사회성이 좋았다.

북한에서는 구정이나 군 창립절 등 명절날이 되면 지인들에게 안부 카드를 보내곤 한다. 붓글씨를 잘 쓰는 순이는 부학습장 종이를 뜯어 카드의 글씨를 부탁하는 애들을 마다하지 않았다. 그네들이 불러주는 대로 아무 말 없이 정성스레 안부 카드를 써주곤 했다.

3학년 들어 나는 그녀와 한 책상을 쓰게 되었다. 평소 위가 좋지 않았던 순이는 방귀를 자주 뀌었다. 수업 중에도 종종 그랬다. 처음에는 자리를 옮길까도 생각했지만, 순이가 얼굴이 찡그러지도록 방귀를 참는 모습을 보니 동정심이 생겼다. 하지만 그녀와 짝꿍을 한 이후부터 종종 내가 방귀를 뀐 것으로 오해를 받았다. 그럴 때면 어쩔 수 없이 속이 상했다.

"누구야? 영희 동무냐, 순이 동무냐?"

나도 함께 코를 감싸 쥐고 싶을 만큼 방귀 냄새가 지독해 곤욕을 치렀는데, 주변의 아이들은 교실에 퍼지는 냄새에 득달같이 따져 물었다. 짝꿍 순이의 체면을 생각해 꿋꿋하게 참고 있던 나는 아무 소리도 하지 않았다.

"대체 누구야?"

수업이 끝나고 반 아이들이 몰려들었다.

그 시간의 방귀는 왜 그리 지독하고 냄새가 빠지질 않는지, 바람 한 점 없는 7월의 무더운 날씨 탓도 있었지만 아이들의 반응이 이해되지 않는 것도 아니었다.

"누구냐고 대체 ……."

뒷자리에 앉았던 학철이 느닷없이 목소리를 높였다.

학철은 공부를 잘했지만 평소 분위기 파악을 잘 하지 못하는 '형광등'이었다. 나는 대꾸할 마음도 들지 않았다. 더욱이 '방귀'라는 단어도 부끄러워 견딜 수 없는데 "누가 뀌었냐"고 큰소리로 떠드는 바람에 고개를 푹 숙였다. 당사자인 순이는 귀까지 새빨개져 발끝만 내려다보고 있었다. 나는 끝까지 아무 말도 하지 않았다. 냄새가 고약하긴 해도 속이 좋지 않아 터져나오는 생리 현상에 왈가왈

부 따져묻는 것은 예의가 아니었다.

순이의 방귀는 얼마 후 생활총화 시간에 비판거리로 등장했다.

학철은 자기가 생각해도 멋쩍었는지 헛기침을 하며 운을 뗐다.

"영희 동무와 순이 동무를 모두 비판하겠다. 위장이 안 좋으면 평소에 약을 먹고 소화가 잘되도록 준비를 해야지, 자꾸 수업 시간에 냄새를 피우니 집중을 못하겠단 말이야. 바른 학습 태도가 아니다. 둘 중 누구인지 몰라서 둘 다 비판하긴 하지만 다음 시간에는 그러지 않았으면 한다."

나는 그의 말에 동의도 부정도 하지 않은 채 침묵했다.

옆에 있던 순이가 갑자기 내 손을 잡고 흐느끼기 시작했다. 자기의 고통을 몰라주는 동무들을 향한 야속함과 지금 이 순간 자신과 함께해준 나에 대한 고마움이 한꺼번에 밀려온 모양이었다.

주변 공기가 무거워지면서 일순 긴장 어린 분위기가 감돌았다.

"학철 동무."

초급단체위원장이 입을 열었다.

"지금 호상* 비판하는 자세가 옳지 않습니다. 누구나 다 아는 비본질적인 문제를 제기하고 있으며, 동무의 잘못을 함께 가슴 아파하는 진심이 담겨 있지 않습니다. 그런 호상비판은 생활총화의 요구와 거리가 멉니다."

---

* 호상: 상호

잠시나마 머쓱해진 생활총화의 분위기를 의식한 초급단체위원장의 말은 구구절절 옳았다. 여기저기서 학철 동무를 비판하는 목소리가 흘러나오기 시작했다.

"옳습니다. 학철 동무는 평소에도 여성들을 얕보며 아무 말이나 함부로 하는 태도를 고쳤으면 좋겠습니다."

얼굴이 상기된 미영이 날카롭게 쏘아붙였다.

"맞습니다."

"옳지 않습니다."

여학생들이 흥분해 동의를 표했다. 그동안 같은 마음을 갖고 있었다가 생활총화 자리에서 공론화되자 감춰둔 속마음들이 터져나온 듯했다.

학철의 곁에 앉아 있던 철영이 급변한 상황에 어쩔 줄 몰라 하는 학철의 머리를 손으로 쥐어박는 시늉을 했다. 명애는 그런 철영의 모양새가 장하게 보였는지 '잘했다'는 손짓을 보냈다.

이날의 호상비판이 은을 냈는지* 순이는 집에서 보내온 창출고를 꼭 챙겨 먹기 시작했다. 방귀가 나오면 교실 밖으로 나갔다가 다시 돌아오곤 했다. 수업 분위기를 해치지 않으려는 나름의 자구책이었다. 수업 도중에 조용히 나가는 그녀의 뒷모습을 보는 아이들은 나를 한번 쳐다보곤 빙긋이 웃었다.

* 은을 내다: 효과를 내다

생활총화 이후로 학철은 한동안 여자애들로부터 따돌림(왕따)을 당해야 했다. 그의 바지 주름을 챙겨주거나 수업 후 교실 청소를 함께하는 여학생이 아무도 없었다.

여학생들이 의식했든 의식하지 않았든 한데 똘똘 뭉친 이 사건이 있고 나서, 이를 못 본 척하던 제대군인들을 비롯한 남학생들 사이에서 시간이 흐를수록 여학생들을 배척하는 이상기류가 감지되었다. "초록이 동색"이라고 하는 불만의 목소리가 흘러나왔다.

"붙는 불에 기름 붓는다"라는 말처럼 이즈음 재정 2반 남학생과 여학생의 충돌을 부추기는 또 다른 사건이 발생하고 말았다. 여학생 전원이 대학교의 비상소집에서 빠진 것이다.

당시 원산에는 소련의 유명 예술단 공연이 펼쳐지고 있었다. 철영의 어머니가 아들의 성화에 못 이겨 여러 장의 집체* 관람권을 어렵게 구해왔다. 2반 여학생들에게도 예술단이 펼치는 멋진 공연을 구경할 수 있는 흔치 않은 기회였다. 나는 "대학에서 비상소집이 있다"고 알려주는 선영의 말을 못 들은 척했다. 여학생들끼리다 함께 공연을 보고 싶기도 했지만 최근 학철을 둘러싼 남학생들의 하는 짓이 못마땅한 것도 없지 않았다.

여학생들이 빠진 비상소집에 나간 남학생들은 짝 잃은 기러기였다. 소대장 선영이 대표로 호된 추궁을 받았다. 이에 대한 앙갚음

* 집체: 여럿이 모여 하나를 이룬 집단이나 조직

인지 선영은 그때부터 우리 앞에서 학철을 노골적으로 비호했다.

"학철 본인이 생활총화에서 고쳐나가겠다고 다짐했다. 변화의 모습을 지금 당장 보여주는 것보다 자신의 과오를 인정하는 것이 훨씬 더 중요하다. 성격상 늦게 고쳐질 수도 있는 것이지, 그렇게 다그칠 일이 아니다."

나는 선영의 말에 지지 않고 받아쳤다. 생활총화 이후에도 여학생을 얕보는 듯한 그의 태도에 변화가 없는 것을 두고 볼 수 없었다.

'같은 남학생이라고 비호하는 것이다. 특정 개인이 아니라 소대 전체의 화목을 이끌어갈 소대장의 자세가 아니다.'

선영과 나의 설전은 기철 동지와 우리 반 제대군인들의 도움으로 봉합되었지만, 처음으로 모두가 보는 앞에서 다투는 모습을 보였다.

지극히 비밀스럽고 사적인 '방귀 문제'가 남녀 성 대결로 치달은 것을 보면 그때 우리는 치기 어렸다. 그런 일을 겪고 나서 얼마 지나지 않아 아무 일 없었다는 듯 함께 어울려 웃을 수 있었던 것도 젊기에 가능한 일이었다.

순이는 방귀 냄새로 다른 아이들의 수업을 방해했을지 몰라도 공부는 잘했다. 같은 개성 출신인 현순을 남모르게 질투했다. 둘은 일종의 맞수였다. 현순은 수석으로 학교에 입학했을 만큼 성적이 뛰어났고 얼굴도 예쁜 편이었다. 반면에 순이는 키가 작았고, 끝이 뾰족한 조개턱 때문에 콤플렉스를 갖고 있었다.

하나는 얄미운 깍쟁이, 또 다른 하나는 고약한 방귀쟁이. 그야말로 '개성' 넘치는 개성 출신 동무들이 아닐 수 없었다.


양심 고백, 그리고 퇴학


나는 대학에서 많은 동무를 사귀었지만 동무를 잃는 경험도 했다. 같은 호실을 쓰며 한동안 친하게 지냈던 아이였기에 그 충격은 한동안 가시지 않았다. 사람에게 받은 상처는 그 어떤 상처보다도 깊고 쓰렸다.

1982년 어느 날이었다.

아버지가 송금을 해주었다. 객지에서 고생하는 나를 걱정했던 아버지는 간식도 사 먹고 필요한 것을 사라며 당신의 한 달 치 급여에 해당하는 100원이라는 큰돈을 부쳤다.

마침 수업이 있던 나는 우체국에서 찾아온 현금을 호실의 책꽂이에 꽂아놓고 교실로 향했다. 방과 후 공부까지 하다 보니 오후 늦은 시간에 기숙사로 돌아왔다.

'이상하네, 분명 여기에 뒀는데 …….'

나는 기숙사에 돌아와 제일 먼저 책꽂이를 살폈다. 책을 모조리 꺼내 하나하나 펼쳐보았다.

"왜 그러니?"

내가 뭔가를 찾고 있자, 미영이 다가오며 물었다.

"교실에 올라가기 전에 아버지가 보내주신 송금을 찾아서 책 틈에 끼워뒀는데, 아무리 찾아봐도 없어."

마지막 책갈피까지 꼼꼼히 살펴본 나는 맥없이 다다미 위에 주저앉았다.

"어머, 혹시 누가 가져간 거 아니야?"

나는 미영에게 목소리를 낮추라는 듯 인상을 썼다.

미영이 내 곁에 바싹 붙으며 속삭였다.

"어떡해? 얼른 선생님한테 말해야지."

나는 고개를 흔들었다.

"안 돼. 잃어버린 나도 잘못을 했잖아. 생각 좀 해보자."

"영희야, 돈을 다루는 공부를 하는 우리 과에서 돈이 없어졌어. 이건 두고 볼 일이 아니다. 한두 푼도 아니고 자그마치 100원이나 되는데, 가만 덮어둘 순 없다고."

의외로 강경하게 나오는 미영이었다.

재정과에서 이런 불미스러운 일이 벌어졌다는 것에 나도 왠지 찜찜했다.

"네 말도 맞아. 그런데 선생님께 알리면 추궁할 테고 그리되면 가져간 사람은 어떻게 되겠어? 아니다, 그냥 없던 일로 하는 게 낫겠어."

그러나 미영은 자신의 뜻을 꺾지 않았다. 잃어버린 돈도 문제지만 돈을 훔친 누군가를 가만 놔두면 안 된다는 입장이었다.

"우린 국가의 돈을 다루는 사람들이야. 그런데 남의 돈을 훔친 사람이 기업소에 나가게 되면, 자질이 안 된 사람이 간부가 되면 앞으로 더 큰 사달이 날지도 몰라."

한참을 서로 입씨름한 끝에 우리는 결국 선생님을 찾아갔다.

자초지종을 들은 선생님은 같은 호실을 쓰는 다섯 명의 아이들을 모두 불러 모았다.

"너희 호실에서 돈이 없어졌다. 재정과 2반 9호실에서 말이다."

상황을 설명하는 선생님의 목소리는 창가에 깃든 어둠처럼 무겁고 두렵게 들렸다. 숨죽인 아이들은 교실의 불빛이 버거운 듯 어깨를 잔뜩 움츠렸고, 기도하듯 두 손을 모은 채 시선을 아래로 떨구고 있었다.

"학교를 졸업하면 나라의 금고를 다뤄야 할 너희들에게 이런 일이 생겨 유감이다. 그래서 이번 일은 그냥 넘어갈 수 없다. 하지만 양심적으로 고백하는 사람이 나온다면 덮어줄 것이다. 어떠한 처벌도 받지 않을 테고, 또 지금처럼 학교도 다닐 수 있을 것이다."

말을 마친 선생님은 아이들의 이름이 적힌 종이를 내밀었다.

"불을 끄겠다. 종이는 곧 너희들의 양심이다."

순간, 교실이 어두워졌다. 책상에 앉은 아이들은 그제야 하나둘 고개를 들었다.

나는 책상 위에 놓인 빈 종이를 물끄러미 바라보았다. 연필을 쥔 손이 저려왔다. 누군가 내쉬는 가벼운 한숨이 내 가슴을 짓눌렀다. 이 모든 일의 발단이 나 때문이라는 사실에 당장이라도 자리를 박차며 나가고 싶었다. 곧이어 "슥, 슥" 누군가 종이 위에 표시를 하는 소리가 들렸다.

"실망스럽구나. 다시 한 번 기회를 주겠다. 내일 다시 여기에 모이도록."

선생님은 아이들에게서 걷은 종이를 구기며 교실을 나섰다.

종이에는 모두 가위표가 되어 있었다. 돈을 잃어버린 사람이 있었지만 돈을 훔친 사람은 아무도 없었다.

울상이 된 나는 아이들의 눈을 바로 보지 못하고 서둘러 교실을 빠져나왔다.

"너 때문이다. 큰돈을 잘 관리했으면 이렇게 고생할 일도 없잖아."

밤 12시까지 범인을 찾는 선생님의 수사는 벌써 사흘째 이어지고 있었다. 아이들은 나를 탓하기 시작했다.

"돈을 잃어버려서 속상한 사람한테 왜 그래? 훔쳐간 사람이 나쁜 거지, 왜 영희한테 화풀이를 하는 거야?"

"며칠째 잠도 못 자고 공부도 못 하니까 그렇지."

"정말 훔친 사람이 있으면 빨리 고백해. 지금이라도 늦지 않았으니까 자수하는 길이 너도 살고 우리도 살 길이라고."

아이들 사이에 분란이 일었다. 몸도 피곤하고 마음도 상한 터라 서로에 대한 원망과 질시가 커져 갔다.

"마지막이다. 만약 오늘도 나오지 않는다면 모두 퇴학시키겠다."

보다 못한 선생님의 최후통첩이었다. 교실에 우두커니 앉은 아이들은 서로의 얼굴을 쳐다보며 마른침을 삼켰다.

훔친 아이가 드디어 자백을 했다. 범인은 다름 아닌 나와 우체국에 함께 갔던 동무였다. 결국 그 동무는 전체 대학생들이 모여 진행하는 전교대학생총회에서 비판을 받고 출학 처분을 받았다.

나는 미영과 함께 선생님을 찾아가 부탁했다.

"안 됩니다. 돈을 탐내도록 만든 제 잘못도 큽니다. 출학 처분을 취소해주십시오."

그러자 선생님이 내뱉듯 말했다.

"총회에서 결론이 났다. 당비서 선생님의 결심도 있고. 어쩔 수 없어."

나는 스스로 고백하면 죄를 덮어주겠다고 한 선생님의 약속을 상기시켰다.

"선생님도 약속하지 않았습니까? 양심 고백을 하면 학교에 남을 수 있다고 하지 않으셨습니까? 교육자로서 거짓말을 한 것은 옳지 않다고 봅니다."

미영도 한마디 거들었다.

"그럼, 우리 모두 당비서 선생님을 찾아가겠습니다."

하지만 미영과 나의 노력은 물거품이 되었다. 이 사건 외에도 지금까지 호실에서 일어난 자질구레한 도난 사건 모두가 그의 짓으로 판명 났기 때문이었다.

국가에서 왜 무료로 공부를 시켜주는가. 나라의 미래를 떠안고 나갈 민족간부를 만들려는 것 아닌가. 다른 전공도 아닌 재정학 전공자가 재물에 눈독을 들인다면 졸업 후에 국가 재산을 횡령 또는 낭비하지 않으리란 법도 없지 않겠는가. 이런저런 심사숙고 끝에 대학교 당위원회는 그가 공부할 자질이 없다고 결론 내렸다.

최종적으로 출학이 아니라 퇴학으로 처분 단계가 낮춰진 것이 그나마 다행이었다. 북한 사회에서는 학교에서 한번 출학을 당하면 교육받을 권리를 영영 잃게 된다.

'어떠한 순간에도 양심은 지켜야 한다. 하지만 솔직한 게 능사는 아니다.'

나는 이 사건을 계기로 다소 모순된 교훈을 얻었다. 범인을 찾느라 협박 섞인 거짓말을 했던 선생님의 입장을 이해하면서도 동무들을 구하기 위해 자신을 솔직히 밝혔던 그 아이의 얼굴을 지울 수 없었다. 양심을 저버리긴 했지만 마지막 그 용기에는 박수를 쳐주고 싶다.


똥통에 빠진 아이

퇴학 사건으로 어수선할 때 학교에 또 다른 불미스러운 사건이 일어났다.

"시퍼런 불이었어, 시퍼렇다 못해 하얗더라니까. 어휴, 무서워."

수업이 끝나고 쉬는 시간에 반 아이가 어젯밤 화장실에서 있었던 이야기를 들려주었다.

최근 기숙사 바깥에 위치한 화장실에서 도깨비불이 나온다는 소문이 돌아 여학생들이 무서워했다. 화장실을 혼자 갈 수 없었다. 특히 날이 어두워지면 용변이 급해도 애써 참았다가 모두 모여 함께 가곤 했다. 저녁 점호 전과 잠자기 전에는 반드시 미리 화장실에 다녀왔다. 겨울에는 기상 시간인 새벽 다섯 시에도 밖이 깜깜해서 아이들은 화장실에 가는 걸 꺼려했다. 급기야 꼼수를 썼다.

학교의 화장실은 구덩이를 파고 그 위에 콘크리트로 덮어씌운 재래식이었다. 칸마저 넉넉하지 않아 기다리다 못한 아이들은 화장실 뒤편으로 가서 소변을 보았다. 문제는 주위가 어두컴컴하고 구덩이가 깊어 발을 헛디디면 자칫 화장실과 연결된 똥통에 빠질 수 있다는 것이다.

어느 날이었다. 저녁 점호를 앞두고 볼일을 보러 온 아이들이 화장실 앞에 긴 줄로 서서 기다리고 있었다.

"뒤로 갈까?"

미영이 급한 모양인지 다리를 비비 꼬면서 내게 말했다.

"근데 조심해야 해. 날이 흐려서 발밑이 하나도 보이지 않아."

구름이 낀 모양인지 밤하늘엔 별빛조차 없었다.

"다 됐니?"

"응, 옷 좀 올리고."

나는 미영과 함께 화장실 뒤편에서 일을 마친 뒤 모퉁이를 돌아 나오던 참이었다.

"사람이 빠졌다, 사람이 빠졌다!"

사색이 된 한 아이가 소리를 지르며 대학교 정문 경비실로 뛰어 가고 있었다.

"누가 빠졌다고?"

우리는 황급히 화장실 뒤편으로 갔다. 담처럼 둘러싼 아이들 틈을 비집고 고개를 내밀었다.

아뿔싸, 똥통 위로 상반신만 내놓은 한 아이의 모습이 보였다.

"이걸 잡아."

누군가 긴 막대를 던졌지만 그걸 잡으려고 허우적대는 사이 아이는 좀 더 깊게 똥통 속으로 빠져들었다.

"어떡해, 어떡해."

고생을 하긴 했어도 아이는 무사히 구출되었다.

사연인즉 아이는 저녁 점호에 늦지 않기 위해 화장실 뒤편에서 몹시 서두르다가 그만 발을 헛디디고 말았다. 설상가상으로 모두 자기 일에 바빠 누가 빠졌는지 알지 못해 사달이 벌어졌다. 물에서라면 풍덩 하고 빠지는 소리가 났을 테지만 똥통에서는 스르륵 잠기듯 빠져들었으므로 아무도 눈치챌 수 없었다.

그 후로 달빛이 없는 날에는 아이들 모두가 화장실 뒤편에 얼씬
도 하지 않았다. 물론 달 밝은 밤에는 발밑을 조심하며 용변을 보
았지만.

"여자 동무들은 왜 자꾸 똥통에 빠지는 거야?"

사건이 있은 다음부터 남학생들은 여학생들을 그리 놀렸다.

서서 볼일을 보는 남자들은 알 수 없는 비밀이라는 듯 여학생들
은 얼굴을 숙인 채 아무런 대꾸도 하지 않았다.


여학생은 왜 화장을 할까

"영희야 운동장에 나가보자, 얼른."

수업이 모두 끝난 어느 오후였다. 명애가 내 손을 잡아끌며 밖으
로 나가자고 야단이었다. 어쩌나 서두르는지 자신이 맨발인 것도
모르는 모양이었다. 기숙사 창밖으로 "계획과 4학년 ○○○", "재
정과 4학년 ○○○" 하는 목소리가 어렴풋이 들렸다.

오후에 선생님들이 기숙사를 검열했다는 소리를 들었는데 몰래
감춰둔 화장품이 들통난 듯싶었다.

운동장에 나가보니 아니나 다를까 살결물*이며 분크림,* 입술

---

● 살결물: 스킨

연지들이 어지러이 쌓여 있었다. 화장품의 뚜껑이 열렸는지 아님 깨졌는지 운동장의 흙이 멍울멍울 덩이져 지저분했고, 그 옆으로 좀 전에 호명된 듯 보이는 상급생들이 고개를 숙인 채 말없이 서 있었다.

"저 언니들, 졸업 전에 엄청 비판받겠다."

나는 졸업을 앞두고 불명예를 안게 될 상급생들이 걱정되어 중얼거렸다.

"아까워서 어쩌나."

명애는 회수당한 화장품이 아까워 안타까운 표정을 지었다. 명애는 늘 겨드랑이에 종이 향수를 끼고 다닐 정도로 멋을 부렸으니 검열을 두려워하면서도 화장하지 않을 수 없는 상급생들의 마음을 그 누구보다 잘 헤아릴 터였다.

북한의 여대생들은 화장을 하지 않았다. 신입생들은 살결물조차 바르지 않은 민낯으로 다녔고 3학년이 되어서야 눈치를 봐가며 화장을 시작했다. 졸업반 때는 대놓고 머리 스타일과 얼굴에 신경을 썼다. 요즘은 옅은 화장 정도는 허락된다고 하는데, 당시에는 화장을 하는 상급생들이 선생님들의 표적이 될 만큼 "학생의 본분은 공부"라는 다소 엄격하고 보수적인 잣대가 대학을 휘저었다.

나도 스물한 살이 되어서야 화장을 했다. 1, 2학년 때는 기숙사

• 분크림: 파운데이션

안에서만 입술연지를 바르고 제멋에 돌아다녔지만, 상급생이 된 다음부터는 당연하다는 듯 화장을 하고 밖으로 나갔다. 오히려 민낯으로 나다니는 게 이상할 정도였다. 남학생들은 몰라보게 여성스럽고 예뻐진 여학생들의 모습에 적잖이 놀라면서도 반기는 눈치였다.

"공부 못하는 놈들이 꼭 하지 말라는 짓을 골라서 한다니까. 왜, 남학생들에게 추파를 던지고 싶어? 다들 비판서 쓰고 총회에서 비판받을 준비 톡톡히 해."

선생님의 비난은 호됐지만 전교에 "ㅇㅇㅇ은 공부 못하는 깡통인데 얼굴 치장이나 하고 다니는 속물이야"라는 소문이 퍼지는 것보다 훨씬 나았다.

언젠가는 기숙사 검열에서 한 반 모두가 걸렸는데 그게 빌미가 되어 기숙사 전체로 검열이 확대된 적도 있었다. 그때 복도에 쌓인 화장품이 얼마나 많았던지, 그것을 사느라 아이들이 들인 돈과 품을 따지면 명애의 말이 이해되고도 남았다.

더 큰일도 있었다. 화장품 때문에 전교생이 모여 학생들을 세워 놓고 비판하는 총회가 벌어졌다.

"성적도 형편없는 것들이 얼굴에만 신경을 쓴다."

인신공격, 인격 모독에 가까운 비난이었지만 다들 아무런 변명도 하지 못했다. 조만간 사회에 나갈 졸업생들이었음에도 마치 큰 죄를 지은 듯 입을 다물고 있었다.

결국 이날 발각된 화장품들은 전부 쓰레기통 속으로 사라지고 말았다.

다소 살벌한 분위기 속에서도 학생들은 유명한 화장품 공장이 있는 신의주와 평양의 아이들에게 물건을 구해달라고 사정했다. 당시 지방에서 만들어진 살결물은 향이 좋지 않았고, 분크림은 바르면 덕지덕지해서 보기에도 좋지 않았다. 그런데 신의주와 평양의 화장품은 생산량이 적고 대부분 세대별로 배당하는 터라 '빽'이 없으면 돈이 있어도 구하기 어려웠다. 화장품의 종류는 많지 않았지만 대부분이 수십 가지의 천연 약재와 추출물, 그리고 수질 좋은 샘물을 원료로 하는 최고급품이었다. 그쪽이 고향인 아이들은 방학이 끝나면 부탁받은 화장품을 한가득 갖고 학교로 돌아왔다.

이렇듯 어렵사리 마련한 것을 학기 중에 압수당하면 아이들은 다음 방학에 또다시 부탁했다. 압수당하고 부탁하고 압수당하고 부탁하고……. 이런 악순환을 반복하면서도 남자들에게 잘 보이고 싶은 청춘의 마음은 쉽게 사그라지지 않았다. 여학생들이 화장을 한다는 건 남학생들을 동무가 아닌 '남자'로 여기기 시작했다는 의미였다.

# 송도원
## 해수욕장

충격의 비키니 수영복

9월 9일, 북한의 국경절이다.

학교는 하루 종일 학생들이 벌이는 노래 경연과 예술 공연, 토론
회 및 전시회와 체육 행사로 떠들썩했다. 명절에만 나오는 이밥과
떡, 그리고 꽈배기와 만두로 배까지 든든하게 채운 아이들은 한 달
간 연습한 노래와 춤을 펼쳐보였다.

명절이 되기 전부터 교정은 이미 학생들의 웃음소리와 흥분으로
축제 분위기였다. 건물에 불 꺼진 창이 보이지 않을 만큼 학구열이
불타올랐던 교실도 이때만큼은 듬성듬성 환할 뿐이었다. 학생들은

손에 책을 들고 다니긴 했지만 보여주기 위한 '폼'에 불과했다.

이날 저녁에 열린 군중 무용에서 선영과 나는 한 쌍의 새 같았다. 환상의 커플이었다. 우리 둘의 발동작과 손동작은 정확했고, 일부러 호흡을 맞추지 않아도 마치 그림자처럼 움직여주는 선영덕에 나는 새벽까지 군무를 추어도 거뜬할 듯싶었다.

"날마다 명절이면 좋겠네, 날마다 명절이면 좋겠네"라는 노랫말처럼, 수업도 없고 갖가지 반찬과 간식까지 먹을 수 있는 명절이 지나가는 것을 아쉬워하듯 밤늦도록 아이들의 열기는 가시지 않았다.

어제 저녁에는 하늘에 구름이 잔뜩 끼었지만 보름달처럼 둥글고 환한 아이들의 얼굴이 곳곳을 밝게 비추어 어느 누구도 날이 흐렸다고 생각할 수 없었다.

다음 날, 구름 한 점 없는 파란 하늘이 드러났다.

반 아이 몇몇이 집에 갈 채비를 했다. 명애는 또 도둑 기차를 타고 함흥으로 떠나려 준비 중이었고, 집이 먼 아이들은 호실에서 쉬거나 밀린 공부를 하며 하루를 어떻게 보낼지 궁리했다.

"우리 송도원에 놀러 가자."

선영이 다 함께 수영도 하며 시내 구경을 가자고 제안했다.

짐을 챙기던 아이들은 다시 짐을 풀었고 무료함에 하품을 하던 아이들은 환호성을 질렀다. 기숙사에는 어제 먹다 남은 반찬과 떡이 있었다.

한낮의 열기가 아직도 따가운 9월의 쾌청한 하루였다.

저 멀리 송도원 해수욕장이 보였다. 원산 사람들이 모두 바닷가에 몰려나온 것처럼 피서지의 분위기가 물씬 전해졌다.

원산 시내와 그리 멀지 않은 곳에 위치한 송도원은 높낮이가 다른 수려한 산줄기와 동해의 맑고 푸른 파도, 바다 기슭을 따라 펼쳐진 흰 모래사장, 무리 지어 핀 붉은 해당화와 짙푸른 소나무 숲이 어우러져 경관이 빼어났다. 여가를 보낼 장소가 마땅치 않은 북한에서 송도원은 명절이면 피서 철의 남한 해운대처럼 사람들로 붐벼 발 디딜 틈이 없는 곳이다. 게다가 바다에서 산의 정취까지 즐길 수 있어 외국인들도 즐겨 찾는 세계적 명소다.

"저기, 저기."

미영이 고개를 들지 못하고 내 팔을 잡아끌었다.

한 떼의 외국인들이 모래사장에서 배구를 하고 있었다.

"못 본 척하자. 얼른 지나가자고."

나는 노란 머리칼과 흰 피부, 뭣보다 비키니 수영복에 깜짝 놀랐지만 아무렇지 않은 척 재빨리 눈을 돌렸다.

앞서가던 다른 아이들도 곁눈으로는 외국인들의 팬티와 브래지어 차림을 흘깃거리면서도 못 보았다는 듯 태연스레 그 옆을 지나쳤다.

"어떻게 내가 더 부끄럽지?"

해수욕장에 마련된 탈의실에서 미영이 얼굴을 붉히며 말했다. 외국인들의 비키니 수영복은 적잖이 충격이었다.

나는 대여한 원피스 수영복을 살피며 맞장구를 쳤다.

"그러게, 거의 발가벗은 거나 마찬가지잖니. 문화가 달라도 어쩜 저리 다르나."

나는 수영복에 달린 감색 치마를 손으로 판판히 펴면서 고개를 저었다.

그도 그럴 것이 북한의 여학생들은 수영복 입은 모습을 남이 볼까 봐 부끄러워 탈의실을 나가는 순간 바다까지 줄달음쳤다. 비키니도 아니고 원피스 수영복을 입었음에도 남학생들의 시선을 의식한 행동이었다. 남자들이 보기 전 얼른 바닷속에 몸을 담그려면 숨도 쉬지 않고 한걸음에 백사장을 가로질러야 한다. 수영복을 입은 채로 남학생들과 함께 모래사장에 있을 순 없는 노릇이었다.

"너무 끼는 거 같아."

수영복으로 갈아입은 후 가슴 부위가 도드라져 보여 나는 자꾸 신경이 쓰였다.

바닷속에서는 남자와 여자가 한데 어울려 물을 튀기고 물장구를 치며 서로의 발을 잡아당기고 장난을 쳐도 아무렇지 않았지만, 물밖에 나오면 사정이 달라졌다. 수영복도 엄연한 옷이지만 가슴이며 허리 곡선이 고스란히 드러났다. 남자에게 나의 몸매를 보여준다는 상상만으로도 부끄러워 온몸이 달아오를 지경이었다.

좀 전에 본 외국 여자들의 모습을 떠올렸다. 팬티와 브래지어 차림으로 백사장을 뛰어다니는 모습은 몸서리가 쳐지지만, 한편으론 자유롭게 보이기도 했다. 나는 선영과 수영복 차림으로 나란히 백사장을 거니는 광경을 그려보았다. 갑자기 두 뺨이 달아올랐다. 이상하게 처다보는 미영의 시선을 뒤로하며 얼른 고개를 숙였다. 얼굴에 손 부채질을 했다. 마치 송도원의 해당화 꽃송이를 꺾어 꽂아놓은 듯 내 귓가가 붉어졌다.

해수욕이 끝나갈 무렵 우리는 또다시 도망치듯 샤워장으로 뛰어갔다. 남자들은 아직도 물놀이에 정신이 없었지만 바다에는 여학생이라곤 단 한 명도 찾아볼 수 없었다. 다들 우리처럼 줄달음쳐 옷을 갈아입고 있거나 매점에서 간식을 사고 있었다.

"빵이랑 단물이요."

미영이 돈을 내밀며 말했다.

속에 아무것도 들어 있지 않은 소박한 밀가루 빵. 바닷가에서만 맛볼 수 있는 빵이다. 그래도 아이들은 단팥빵이나 크림빵처럼 허겁지겁 먹어치웠다.


명애의 사랑 방식


철영의 집은 송도원 해수욕장과 그리 멀지 않은 곳에 있었다. 그 덕에 철영은 기숙사에서 자지 않고 집에서 학교를 다니는 흔치 않은 자택생이었다.

나와 미영은 원산 시내 구경을 나올 때면 어김없이 그의 집에 들르곤 했다. 철영 어머니는 매번 반갑게 맞아주었다. 우리가 밀가루와 식용유를 가지고 가면 꽈배기 만드는 것을 도와주셨고, 미리 담가둔 깍두기를 한가득 싸주시기도 했다. 오늘처럼 일요일에 원산 구경을 나왔다가 너무 늦은 날이면 철영의 집에서 자고 아침 일찍 대학으로 향했다. 철영의 집은 두 칸짜리 방에 부엌이 따로 있는 20여 평 남짓의 크지 않은 아파트였으나 철영과 어머니, 미영과 나 이렇게 넷이 자는 데는 전혀 불편하지 않았다. 우리가 학교로 가기 위해 아침 일찍 일어나 씻은 후 교복을 차려입고 있으면 어머니가 따뜻한 밥을 차려주시기도 했다.

바로 그 철영을 명애가 좋아했다. 그와 결혼을 하고 싶어 할 만큼 푹 빠져 있었다.

철영은 전사자 가족이었다. 강원도 안전국 정치부장이었던 그의 아버지는 업무를 수행하던 중 순직했다. 북한은 전사자의 아내에게는 일을 주어 살림을 보살폈고, 그 가족의 자녀들은 혁명학원에 보내주었다. 북한에는 광복 전 항일투쟁이나 광복 후 6·25 전쟁, 남파공작 수행 등으로 사망한 부모들을 대신해 그들의 자녀를 양육하는 특수학교, 즉 혁명학원이 여럿 있었다. 전사자의 자녀들은 그곳에서 초등학교 때부터 군복을 입고 대학에 갈 때까지 군사교육을 받았다.

북한에서 '혁명학원' 출신은 출셋길이 보장되었다. 철영이 공부를 썩 잘하진 못했지만 많은 여학생의 관심을 받을 수 있었던 것도 화려한 출신 배경 때문이었다.

나는 명애가 여자로서 자존심도 없이 철영에게 매달리는 게 싫었다. 물론 철영은 나의 친한 동무였다. 그는 키가 늘씬하게 컸고, 얼굴이 잘생겼다. 하지만 공부에는 별 관심이 없고 성적도 썩 좋지 않았다. 명애는 왜 그런 그를 좋아하는 걸까. 나는 이해할 수 없었다. 그녀가 사랑보다는 출세를 하고 싶어서 그런다고 생각했다. 결혼해 대우받으며 편안히 살고 싶어 그를 쫓아다니는 거라고 여겼다. 나는 그런 그녀가 어쩐지 측은하기도 했다. 명애가 철영의 해바라기가 된 데는 그럴 만한 사정이 있었으니까.

언젠가 기숙사 호실에서 명애가 아이들에게 초콜릿을 간식으로 내놓았다.

"먹어봐, 우리 아저씨(형부)가 나 먹으라고 준 거야."

명애의 형부는 공군 조종사였다. 북한에서는 조종사들에 대한 대우가 좀 특별하다. 다들 군사 대학을 졸업한 장교 출신인 데다 군인들조차 자주 구경할 수 없는 전투기를 다루고 있어 고급 담배와 달걀, 초콜릿, 베개 빵(베개 모양을 한 3kg 상당의 빵) 등 배급품도 최고 수준으로 지급되었다.

3년 전에 우리 대학을 졸업한 그녀의 언니는 남들이 부러워하는 공군 조종사와 결혼했다.

"다들 언니더러 '사모님, 사모님' 하는 거 있지?"

"정말?"

"부럽다. 그리고 또 뭐가 있는데?"

학교에는 초콜릿을 처음 먹어본 애들도 많았다. 그런 아이들의 관심을 온몸에 받는 이때만큼은 명애가 우쭐할 만도 했다. 그녀가 평소에 틈만 나면 언니 이야기를 자주 꺼냈던 것도 그런 이유였을 것이다.

공군 조종사와 결혼한 여자들은 설령 대학을 나온 고급 인력일지라도 집에서 살림을 하는 게 보통이었다. 남편의 명예를 자신의 명예로 삼고 내조를 했다. 아마도 명애는 그런 삶을 동경한 모양이었다.

"언니는 비행기 엔진 소리만 듣고도 남편이다, 아니다 하는 것을 금방 알아맞힐 수 있대. 정말 대단하지 않니?"

명애가 늘 종이 향수를 갖고 다니며 멋을 부리는 것도 언니처럼 성분 좋고 출신 좋은 남자와 결혼해 편안히 살고 싶은 욕망에서 비롯되었음을 짐작할 수 있다. 그런 욕망이 여자의 자존심이나 자신의 진정한 행복보다 강했던 그녀는 대학 생활 내내 철영을 쫓아다녔다.

# 대학생
# 교도대

다림발의 노하우

"중위 동지, 대원 김영희 명령대로 도착했습니다."

중대장에게 거수경례를 하는 내 모습은 영락없는 군인이다.

군복을 입은 다른 아이들도 군기가 바짝 선 모습이었다. 미영의
오목한 눈매는 평소와 달리 매섭게 보였고, 경미는 제법 여군다운
분위기를 냈다. 지독할 정도로 종이 향수 냄새를 풍기며 멋을 부리
던 명애도 이날만큼은 긴장을 했는지 다소 딱딱한 표정으로 차렷
자세를 하고 있었다.

우리 학급은 1983년 4월, 평양의 낙랑구역에 있는 수도방어사령

부로 출발했다. 그곳에서 6개월 동안 현역 군인과 똑같이 병실 생활을 하며 고사포 훈련을 받을 예정이었다. 우리 대학이 평양으로 출발할 때 농업대학 학생들은 강원도 통천의 해안포로 떠났는데, 그들에 비해 그나마 우리는 운이 좋은 편이었다.

북한의 대학생들에게 교도대 훈련 과정은 필수였는데 이 과정을 반드시 이수해야만 대학을 졸업할 수 있었기 때문이다. 교도대는 군 제대자들로 조직되는 북한의 예비 전력으로, 북한이 말하는 민방위무력의 주력이라 할 수 있다.

학생들의 군사훈련은 중대장이나 소대장 등 현역 군관들이 맡았고, 모든 일과 생활은 남한의 특무상사(원사)와 유사한 사관장의 관리와 통제를 받았다.

나는 고사포의 포신을 위아래로 움직이는 '고저(高低)' 담당이었다. 미영은 좌우와 수평을 맞추는 임무를 맡았다. 1980년대 북한의 고사포는 컴퓨터가 아니라 사람의 손으로 일일이 작동시켰다. 포를 위아래와 좌우로 움직이는 조준, 포탄을 나르고 재는 장탄, 탄피의 처리 등 모든 과정이 수동이었다.

아이들은 군인들의 일과에 맞춰 아침 6시에 일어나 오전에는 소대별로 고사포와 자동보총* 훈련을 하고 체력 단련 차원에서 약 8킬로미터 정도를 달렸다. 오후에는 정치사상 학습을 받았다. 또

* 자동보총: 자동소총

한 학생인 만큼 훈련 중에도 교실이 아닌 병영에서 한 과목의 수업을 들었다.

학교에서와 마찬가지로 나는 병실에서도 깔끔하기로 유명했다. 훈련을 마치고 돌아오면 군복은 먼지와 흙으로 더러워지기 마련이다. 매일 빨 수 없어 두 벌을 번갈아 입어도 군복에서는 늘 땀내가 났고 손질을 해도 왠지 구깃거렸다. 특히 면으로 만들어진 군복은 구김이 잘 갔다. 나는 하루도 빠짐없이 군복을 잘 접어서 이불 아래에 넣고 잠을 잤다. 그렇게 하면 다음 날 다림질을 한 것처럼 군복 바지와 팔 부분에 일자 주름이 생겼다. 일명 '다림발'을 만드는 나만의 노하우였다.

돌이켜보면 이런 깔끔한 습관은 어릴 때부터 만들어진 것 같다. 우리 가족은 아버지, 어머니, 언니, 그리고 내 아래로 여동생과 세 명의 남동생이 있었다. 언니와 나는 5살 터울이었다. 동생들이 많았으므로 더 부대끼며 살 수밖에 없었다. 언니가 없을 땐 내가 동생들을 보살폈다. 집 청소며 동생들의 교복 다림질까지 둘째인 나의 몫이었다. 이런 생활에 익숙해서인지 아니면 원래 타고난 성격인지 몰라도 나는 깔끔하기로 유명했다.

방학이 되어 집에 내려가면 나는 어김없이 대청소를 했다. 집 뒤에 있는 우물에서 물을 길어와 가재도구며 그릇을 몽땅 꺼내놓고 씻기 시작했다. 내가 없는 사이 찬장 밑에 숨어 살던 온갖 해충들도 말끔히 박멸되는 시간이었다. 어머니가 아끼는, 평양에서 사온

형광색 물감이라도 반쯤 흘러나와 있으면 주저하지 않고 쓰레기통에 버렸다. 한참을 쓸고 닦고 씻고 나면 찬장 위에 포개놓은 알루미늄 소랭이*와 물 양동이가 반짝반짝 윤이 났고 먼지가 뿌옇게 꼈던 찬장 유리도 거울마냥 반들거렸다.

그러고 보면 우리 집안 여자들은 집안을 깔끔하게 하는 것과 거리가 멀었다. 언니도, 여동생도, 심지어 어머니도. 그래서 찬장 위에 먼지가 앉아도 아무도 손대지 않았다. 오롯이 내 눈에만 지저분한 것이 보이니 응당 내 몫이 되는 수밖에. 나는 그게 늘 불만이었다. 사랑하는 어머니이지만 집안을 깔끔하게 정돈하지 못하는 어머니는 못마땅했다. 오죽했으면 함경북도 사람들의 집처럼 아주 깨끗이 해놓고 살진 못할망정 먼지라도 없으면 좋겠다는 생각을 늘 했겠는가. 그래서 "정리정돈 되지 않은 우리 집은 게으른 평양 사람의 집"이라고 부끄러워하며 나는 어디에 가서든 깔끔한 사람이 되어야겠다고 마음을 먹었다. 그것이 계기가 되었는지도 모르겠다.

앞서 말한 대로 교도대에서 나의 군복 차림은 언제나 깨끗했다. 눈에 띌 정도였다. 남들처럼 똑같은 군복을 받았으면서도 특별한 비법이 있는 것처럼 보였다.

"너는 꼭 새 군복을 입은 것 같구나."

● 소랭이: 대야

모표를 칫솔로 싹싹 문지르는 나를 보고 아이들이 감탄을 연발했다.

수시로 옷매무새를 가다듬고 반짝반짝 윤이 나도록 모표를 닦는 노력 덕분에 나는 군인으로서의 몸단장에서 최고 점수를 받았다. 학교의 상학검열처럼 군에서도 아침 식사 전에 매일 군복과 외모를 검사했다. 그때마다 나는 항상 대열 앞에 나가 칭찬을 받았다.


## 선영과 함께 선 야간 근무

"선영 동무를 깨워주십시오."

나는 남자 병실의 근무병에게 부탁을 하던 중이었다. 밤 근무를 앞두고 있었다.

"영희 동무, 소대장에게 일러바칠까?"

직일관* 교대 준비를 하고 있던 기철 동지가 시물거리며 내게 다가왔다.

"기상 조건을 보십시오. 혼자 근무 서기가 무서워 그러는데……."

"그래?"

"그럼 차라리 기철 동지가 절 도와주시겠습니까?"

● 직일관: 일직 사령

내가 대꾸하자 기철 동지가 그제야 웃으며 손사래를 쳤다.

그날은 포탄 창고가 나의 근무 장소였다. 다른 어느 곳보다 후미지고 위장그물로 가려놓아 몹시 어둑했다. 특별히 가릴 게 없는 나였지만 혼자 있기가 어쩐지 두렵고 무서운 곳이었다. 그날따라 비바람도 몰아쳤다. 나는 한참 고민하던 끝에 단잠에 빠져 있는 선영을 깨울 결심을 했다. 함께 근무를 서자고 부탁할 요량이었다.

나는 전방의 어둠을 주시했다. 그러면서도 멀리 들려오는 풀벌레 소리와 긴 풀들이 바람에 흔들리며 서걱서걱하는 소리에 놀라 자꾸 주위를 두리번거렸다.

"대학을 떠나면 훈련만 하는 줄 알았는데, 수업에다가 시험까지 힘들지?"

선영이 나를 보며 말했다.

나는 쌀쌀한 밤공기에 어깨를 떨면서 고개를 끄덕였다. 꽃피는 4월에 평양에 왔는데 어느덧 밤공기가 쌀쌀한 10월로 접어들고 있었다. 교도대 훈련도 막바지에 접어들었다.

나는 코를 훌쩍이며 대답했다.

"그래도 선영 동무는 저번 시험에서 9점을 받지 않았습니까?"

선영이 웃으며 건너편 나무를 쳐다보았다. 두 달 전만 해도 열매가 무성했던 살구나무였다.

"봐라. 아직까지 열매들이 달려 있었으면, 샛노랗게 익어서 맛좋았겠다."

"저는 살구도 먹고 싶지만 옥수수 생각이 많이 납니다."

"저번에 많이 훔쳐서 남아 있는 게 있을지 모르겠다."

어둑한 포탄 창고에서 함께 근무를 서며 나는 선영과 도란도란 이야기를 나누었다. 대화의 시작은 학교생활이었지만 결말은 늘 먹을거리로 옮아갔다.

부대원 여섯 명이 모두 야간 근무를 섰을 때 부대 옆 과수 농장에 몰래 들어가 익지도 않은 살구를 잔뜩 훔쳐와 신맛을 빼려고 끓는 물에 삶아 먹은 일, 밭에 가서 50킬로그램짜리 포대에 옥수수를 한가득 훔쳐온 일은 해도 해도 재미있는 이야기였다. 게다가 먹는 이야기는 허기진 배를 달래는 데도 그만이었다. 그만큼 근무 시간을 빨리 가게 만들었고, 그러다 보면 식사 때가 더 빨리 돌아왔다.

"경미 동무가 직일병 설 때도 얘기해라."

선영의 가라앉은 목소리에 피곤함이 느껴졌지만 말투는 여전히 부드럽고 다정했다.

나는 가만히 그의 옆얼굴을 쳐다보았다. 나의 동무인 경미는 친하게 지내는 남자 동무가 없었다. 경미에게 여자로서 혼자 해결하지 못할 일이 생기면 매번 선영이 나서주곤 했다. "친구의 친구는 내 친구"라면서 내가 부탁하기도 전에 먼저 마음을 써주었다.

'삼 형제만 있는 집안에서 어찌 이리 여자 맘을 잘 아나?'

나는 밤하늘의 별을 올려다보며 그 누구보다 내 마음을 잘 헤아리는 다정한 남자 선영의 이름을 가만히 입속으로 되뇌었다.

식당 근무가 좋아

군대에는 여러 근무가 있다. 정문 근무, 실탄 창고 근무, 포탄 창고 근무, 진지 근무, 중대 병실 근무, 식당 근무. 학생들이 반기는 유일한 근무는 바로 식당이었다.

1980년대 초만 해도 북한의 군인들은 쌀밥을 먹었다. 양도 상당했다. 한 끼에 200그램으로, 대학생들이 기숙사에서 먹는 밥에 비하면 상당히 좋은 편이었다. 반찬은 소금에 절인 양배추와 무 등의 채소, 그리고 찐 명태가 나왔다. 부대에는 냉장고가 없고 여름엔 고춧가루를 구경하기 힘들어 대부분 절인 반찬뿐이었지만, 힘든 훈련 끝에 먹어서인지 진수성찬이 따로 없었다.

"반찬은 여섯 가지 이상을 보장하라!"

내가 속했던 중대의 방침이었다. 식재료도 구하기 어려운 마당에 여섯 가지나 되는 반찬을 어떻게 조달할까?

부대 주변 농장에 "농장 포전(채소밭)은 나의 포전"이라는 구호가 적힌 푯말이 있었다. 원래 농장 밭을 내 텃밭처럼 잘 가꾸자는 의미였지만, 다들 군복만 입으면 '농장 포전의 생산물은 나의 것'이라는 이기적인 심리가 발동했다.

이런 식이었다. 누구나 식당 근무를 서는 날이면 밭에 가서 몰래 부식 재료를 도둑질했다. 식당 근무의 경우 여자는 여자, 남자는 남자끼리 하는 게 일반적이었지만 배추나 무처럼 크고 무거운 재료를 훔치러 갈 때는 꼭 남자들을 동행했다. 힘 센 장정이 필요할 만큼 농작물이 무겁지 않은 날에는 커다란 포대에 온갖 채소를 마음껏 서리했다. 감자, 토마토, 파까지 비밀스러운 방법으로 조달하면 그다음은 조리 방법을 고민할 차례였다.

재료는 한정돼 있고 반찬은 여섯 가지를 보장해야 하고 ……. 그때부터 아이들은 시험공부를 하는 것처럼 머리를 썼다. 가지 하나로 가지 볶음, 가지 무침, 가지찜의 세 가지 요리를 만들었다. 고추는 날것으로 먹거나 볶아서 먹었고, 토마토는 이탈리아 요리처럼 기름에 볶거나 으깼다. 이 세상 어디에도 없는 '아이들표' 요리가 탄생했다. 그래도 불평하는 부대원들은 단 한 명도 없었고 반찬은 언제나 금방 동이 났다.

아침 식사를 준비하느라 새벽 세 시부터 잠을 설쳐도, 100여 명이 먹을 밥을 삽으로 휘젓느라 어깨며 팔이 빠질 듯 아파도 식당 근무는 항상 즐거웠다. 심지어 뙤약볕이 내리쬐는 한여름에 아궁이 앞에 앉아 석탄을 떼며 하루 종일 불을 봐야 하는 화구병도 전혀 싫어하는 기색이 없었다. 도리어 화구병은 교도대 훈련을 마치고 나면 살이 찌고 혈색이 살아나 돌아갔다. 농약을 치지 않고 거름으로만 기르는 무공해 채소를 비롯해 여러 식재료를 손쉽게 먹을 수 있었기 때문이었다.

무엇보다도 부대원들의 밥을 모두 푸고 나면 무쇠솥 바닥에 으레 남았던 누룽지는 식당병과 화구병을 살찌우는 보약 같았다.

"어서어서, 콩기름 넣어라."

솥에 콩기름을 붓는 식당 근무병의 손길은 늘 바쁘다. 그걸 지켜
보는 다른 근무병의 눈은 기대로 반짝거린다.

얼마간 시간이 흐르면 가마솥에 눌어붙은 누룽지가 기름을 먹어
그 모양 그대로 솥에서 떨어진다. 서너 명의 여학생이 들어가고도
남을 정도로 커다란 무쇠솥에서 탄생한 누룽지는 크기와 양, 그리
고 모양만으로도 보는 이를 압도했다.

군사훈련을 받다 보니 아이들은 학교에서보다 쉬이 시장기를 느
꼈다. 이밥을 먹었어도 구보를 하며 고사포 훈련을 받고 나면 금세
허기가 졌다. 날마다 배고픈 밤이었다. 말은 안 해도 중대에 있는
과일나무가 아른거려 다들 잠을 이루지 못했다. 눈앞에 빤히 보였
지만 공동소유라 손을 대지 못할 뿐이었다. 훈련을 받으면서도, 교
육을 받으면서도, 행진을 하면서도 아이들의 눈길은 어느새 과일
나무를 쫓고 있었다. 아이들 중 몇몇이 한밤중에 일어나 몰래 과일
을 따 먹다 들킨 적도 여러 번이었다.

나는 식당 근무를 서는 날이면 밤중에 몰래 선영을 밖으로 불러
냈다.

"왜, 무슨 일이야?"

무슨 탈이라도 난 줄 알고 놀란 눈을 한 선영 앞에 나는 자랑스
럽게 봉지를 내밀었다. 값비싼 선물보다도 더 값진 누룽지였다.

"고소합니다. 드셔보십시오."

내가 가져다준 누룽지는 하늘에 뜬 보름달보다 더 둥글고 컸다.

금세 선영의 얼굴이 밝아지더니 큰 키에 어울리지 않게 아이처럼 오도독오도독 소리를 내가며 누룽지를 깨물어 먹기 시작했다.

맛있다라는 말을 굳이 하지 않아도 그의 씹는 소리와 먹는 모습에 내 얼굴에는 저절로 미소가 번졌다. 하루 동안 쌓였던 고단함도 선영이 베어 무는 통에 작아지는 누룽지처럼 조금씩 조금씩 사그라졌다.

오도독오도독, 오도독오도독.


## 잊지 못할 기말시험

교도대 생활 기간에도 우리는 시험을 보았다. 중대상학실* 이 시험 장소로 대체되었고 대학에서 시험관들이 내려왔다. 훈련 중인 것을 감안해 시험은 재정학 한 과목만 보았다. 하지만 학교에서와 달리 공부할 시간이 턱없이 부족해 아이들은 밤잠을 미루고 책을 보았다. 나도 예외는 아니었다.

이런 와중에 소대장이 상부의 명령을 전달했다.

"시멘트를 구해오라는 명령이다."

---

• 중대상학실: 중대 상황실

아이들은 부대에서 내린 명령에 난감한 표정을 지었다. 대피소의 천장에 바를 시멘트를 도대체 어디서 구해야 할지 몰라 고개를 흔들었다.

그때 내 머릿속에 좋은 생각이 스쳐 지나갔다.

"걱정 마라. 우리 이모부면 해결할 수 있으니까."

당시 평양에는 이모가 살았다. 일이 잘되려 했는지 때마침 이모부가 관련된 일을 하고 있어 시멘트를 구할 수 있는 상황이었다. 소대 앞으로 떨어진 명령을 수행하기 위해 나는 나흘간 외출을 받고 부대 밖으로 나갈 채비를 했다.

소대 아이들은 다들 내색하지 않았지만 교복으로 갈아입고 외출하는 나를 부러운 눈길로 쳐다보았다. 코앞에 닥친 시험을 걱정해서였다. 나는 그때만큼은 교도대원이 아닌 대학생으로 돌아가 있었다.

나는 기분이 좋았지만 좋은 티를 애써 감추고 아이들의 배웅을 받았다. 명령도 수행하면서 공부할 시간도 많고 이래저래 들떠 있었다. 이번에야말로 재정학 과목에서 좋은 성적을 낼 기회였다.

'나흘이나 되니까 공부할 시간은 충분하겠다.'

그러나 세상일을 단정하는 것만큼 어리석은 짓도 없다. 한 치 앞도 못 본다는 어른들 말씀이 고루하다고 무시할 게 아니다.

시골에는 단층으로 된 일자 형태의 재래식 옛날 집이 대부분이었지만 평양에는 아파트가 많았다. 20층이 넘는 대형 아파트가 들어서 있고 여기저기 시멘트 골조 공사를 끝낸 건설 현장이 자주 눈에 띄었다. 나는 그 광경을 돌아볼 새도 없이 교과서를 펼쳐 들었다. 길거리를 다니면서도 책을 읽는 북한의 대학생들에겐 별다른 일이 아니었다.

재정학은 한마디로 국가가 돈을 어떻게 벌고 어떻게 쓰는지에 관한 학문이었다. 즉, 국가 예산의 수출입 항목을 비롯해 기관 및 기업소에서 올린 수익을 국가의 어느 분야에 집중 투입하는지 등을 배우는 다소 복잡하고 까다로운 과목이다. 나는 특히 소비재에는 거래수입금(부가세)이 붙지만, 생산재에는 왜 붙지 않는지 이해되지 않아서 고개를 갸웃거렸다.

나는 책을 보는 와중에도 두 다리를 열심히 놀렸다. 얼마나 걸었을까. 책 내용에 점점 빠져들면서 주위에 무엇이 있는지, 아니 내가 걷고 있다는 사실조차 잊어버리고 말았다.

"아얏!"

갑자기 바닥이 빙글빙글 돌면서 다리에 힘이 풀렸다. 누군가 잡아주지 않았다면 무슨 포대 자루처럼 풀썩, 그 자리에 쓰러졌을지 모른다. 말로 표현할 수 없을 정도의 통증이 느껴진 것은 그다음이었다.

"학생 동무, 괜찮아?"

거리를 지나던 한 아주머니가 나를 부축하며 걱정스럽게 물었다.

나는 비틀거리면서도 무슨 일이 벌어졌는지 전혀 알 수 없었다.

"……."

멀미라도 하는 듯 속이 울렁거리고 눈앞이 핑핑 돌았다. 겨우 아주머니의 얼굴을 알아본 나는 멍한 눈길로 바싹 마른 입술을 달싹였다. 말소리가 나오지 않았다.

"에구, 피가 나네. 머리가 찢어진 것 같은데, 어쩌누."

아주머니의 말에 이마를 짚자 손바닥에 새빨간 피가 묻어났다.

"아무리 공부가 중요해도 앞은 보고 다녀야지. 아파트 베란다에 찢었으니 망정이지, 더 큰일이 났으면 어떡했겠어. 쯧쯧쯧."

어릴 적부터 피만 보면 몸서리를 치던 나는 이내 쓰러질 듯 다시 한 번 크게 휘청거렸다.

나흘간의 외출을 끝내고 부대로 돌아가자 아이들은 이마에 난 상처를 보고 내게 물었다.

"다친 거야? 무슨 일 있었어?"

"그냥 좀……."

나는 책을 보며 가다가 아파트 1층 베란다에 찢었다고 솔직히 털어놓지 못했다. 혼자 공부하려고 욕심을 냈던 사실을 고백할 수 없었다. 다른 애들은 제쳐놓더라도 현순이 이 일을 알면 얼마나 고소해할지 상상하기도 싫었다.

우리가 교도대 생활을 하고 있을 때, 현순의 대단한 기억력이 개성 인삼 때문이라며 동무들끼리만 쉬쉬했던 말이 그녀의 귀에 들어갔다. 현순은 여자 동무들에게 악감정을 품고 있었다. 그런 그녀

가 나의 사건을 알게 된다면 …… 아아, 이 일은 나만의 비밀로 간
직하기로 했다.


## 군복이 도둑질을 부추기다

나는 교도대 훈련을 하면서 "군복을 입으면 도둑이 된다"라는 말
을 실감했다. 사실 군사훈련을 받아본 대학생이라면 그 누구도 부
인할 수 없고 피해갈 수도 없는 진실이었다.

우리가 교도대 훈련을 하던 1980년대 초반 북한 군대의 식량 공
급은 괜찮은 편이었지만, 비누와 수건 등의 생필품은 물론 기갑이
나 차량을 움직일 유류 같은 것은 충분히 공급받지 못했다. 부족한
물품은 어쩔 수 없이 부대원들의 도둑질로 채워졌다.

"철근을 가져오라!"

우리 소대에 새로운 명령이 떨어졌다. 아무리 물자가 부족하다
고 해도 철근과 같은 건축자재를 학생들의 힘으로 어찌 구할 수 있
단 말인가. 하지만 명령 불복종은 군인으로서 있을 수 없는 일, 아
이들이 또다시 머리를 맞대었다. 어디에 가면 철근을 구할 수 있을
까? 답은 그리 멀지 않은 곳에 있었다.

자정이 넘어 야밤을 틈타 마을에 내려간 우리 소대원들은 우물
가에 도착했다.

"아무도 안 오지?"

"이 깜깜한 밤에 누가 이쪽으로 오겠어, 빨리빨리 서두르기나 해."

당시 김일성은 가뭄에 대비할 수 있도록 농촌에 우물을 파라는 지시를 내렸다. 전국의 협동농장에서는 물을 저장할 수 있는 우물을 만들었다. 깊은 우물에 어린아이들이 빠지는 사고를 막기 위해 마을에서는 철근을 바둑판 모양으로 얼기설기 엮어 뚜껑처럼 씌워놓았다. 그것이 우리의 목표가 되었다.

"왜 이리 안 빠지지?"

"이리 나와봐, 내가 해볼게."

"쉿, 목소리 좀 낮춰."

부대와 인접한 마을에서는 장독과 김치, 돼지와 닭 등이 없어지는 사고를 여러 번 당한 터라 나름 경비가 엄했다. 우물의 철근 뚜껑도 누가 가져가지 못하게 단단히 막아놓았다.

우리는 한참 동안 실랑이를 벌인 끝에 마침내 철근을 손에 넣을 수 있었다. 이렇듯 인근 농장의 재산을 가져오는 방법으로 명령을 집행했던 것이다.

7월의 어느 날이었다. 우리 부대의 진지에 있던 확성기가 사라졌다. 확성기는 민간에서 사용하지 않는 물건이므로 아마도 다른 부대가 훔쳐간 듯싶었다. 책임 소재를 따지기보다 지금은 사라진 물건의 복구가 더 시급했다. 부대 장비는 수시로 검열하기 때문에 자칫 장비 소홀로 문책을 당할지도 모른다. 또한 포병 부대에서는 여러 문의 포가 사방에 흩어져 있어 통신소가 지시 사항을 전달하려면 각 포에서 들을 수 있는 확성기가 필요했다. 그것이 없으면 고사포든 대전차포든 고철 덩어리에 불과했다.

책임을 맡은 승남이 미영과 나를 불러냈다. 선영은 야간 근무를 서게 되어 함께할 수 없었다.

"오늘 밤, 행동 개시다."

승남의 비장한 목소리에 나와 미영은 동시에 물었다.

"어디로 말입니까?"

"2중대."

무언가 골똘히 생각하던 승남이 입을 열었다.

"요즘 군모며 신발을 싹 쓸어간다고 다들 두 눈 부릅뜨고 지키고 있을 거야."

미영이 거들었다.

"3중대에선 염장 창고(채소를 소금에 절여두는 창고)가 털렸다고 합니다."

우리 셋은 우리 중대와 가장 가까운 다른 중대로 갔다.

"무조건 콩밭에 엎드려 있으면 됩니다. 우리가 끝까지 버티면 조는 놈이 분명 나올 테고, 그 틈을 노려서 사삭, 아시겠습니까?"

작전을 설명하는 내 목소리가 사뭇 비장하게 들려왔다.

휘영청 달밤이었다.

콩밭에 몸을 숨기고 포복하듯 엎드려 있으니 진지 근무를 서고 있는 2중대의 보초병이 잘 보이지 않았다. 무더기 진 콩잎과 무릎까지 자란 잡초는 우리 셋을 잘 숨겨주었다. 유난히 밝은 달빛만이 우리 머리 위로 쏟아져 내리고 있었다.

나는 낮은 목소리로 승남을 돌아보며 말했다.

"몸이 작고 날랜 우리가 들어가겠습니다. 승남 동무는 망을 보고 계십시오."

승남은 걱정스러운 눈빛으로 미영을 한번 쳐다보고는 보초병을 건너보았다. 한껏 목소리를 낮춰 물었다.

"영희 동무, 내가 가는 게 낫지 않겠어?"

"이상한 낌새가 나면 얼른 새소리를 내십시오. 그러면 미영이도 저도 별일 없을 겁니다."

내 말이 끝나기가 무섭게 콩밭 너머의 숲에서 이상한 소리가 들렸다. 녹슨 철문이 삐거덕거리는 듯싶기도 하고 누군가 높고 가는 휘파람을 부는 것 같기도 한 소리. 분명 새의 울음일 텐데 "시, 소, 시, 시" 하는 음산한 소리가 등줄기를 서늘하게 만들었다. 긴장한 나머지 익숙한 소리도 새삼스레 달리 들리는 모양이었다.

"졸지 말고, 들키지 말고, 잘 지키십시오."

나는 승남에게 재차 다짐을 받고 미영과 2중대 진지로 향했다.

조금씩 흔들리던 콩잎이 점점 멀어지는 것을 지켜보며 승남은 우리가 무사히 돌아오기를 바랐다.

다음 날 우리 셋은 중대장의 칭찬을 받았다. 명령을 잘 집행한

공로였다. 적과의 싸움에서 승리한 장군이 된 듯 자랑스러운 일이 아닐 수 없었다. 어젯밤의 승전보는 유례없는 것이었다. 달밤의 쾌거였다. 그러나 승남은 영광의 상처처럼 다소 불명예스러운 별명을 얻었다.


## 남자들이 얻은 별명

나와 미영이 2중대로 잠입한 사이 그에게 대체 무슨 일이 벌어졌던 것일까? 왜 그는 성공적으로 확성기를 가져왔으면서도 불명예스러운 별명을 얻은 것일까? 사건의 전모는 그의 일기장에 고스란히 적혀 있었다.

승남은 학교에서처럼 부대에서도 일기를 썼다. 확성기를 무사히 훔쳐온 그다음 날, 화장실이 급했던 한 부대원이 우연히 병실에 있던 승남의 일기장을 발견했고 당연히 일기장을 뜯어 화장지로 썼다. 하지만 볼일을 보는 동안 심심풀이로 일기를 읽고 말았다.

나는 오늘 2중대의 확성기를 훔치러 갔다. 미영과 영희 동무가 진지로 갔다. 나는 눈 한번 깜박이지 않고 보초병의 동태를 살폈다. 두 시간쯤 지났을까. 나도 모르게 하품이 나왔다. 하지만 하품을 하려다 말고 입을 손으로 틀어막았다. 새소리도 풀벌레 소리도 없는 아주 고요한 밤, 하품하는 소리에 만약 보초병이 나를 발견하기라도 한다면 …….

동무들이 너무 오래 걸렸다. 진지에서 무슨 일이 생긴 것은 아닌지 입안이 바싹 타들어 갔다. 걱정을 하다 보니 배가 살살 아파 왔다. 참으려 해도 창자가 꼬이는 것처럼 괴롭고 속도 메슥거렸다. 변소에 간 사이 만약 아이들이 나온다면 큰일이었다. …… 점점 더 배가 아팠다. 배 속에서 누군가 고사포를 마구 쏘아대는 것 같았다. 아무래도 앉은 자리에서 용변을 해결하는 수밖에 다른 방도가 없다. 넓은 콩밭에 거름을 주는 셈 치자, 하물며 남의 밭에 거름도 훔치지 않나 …….

볼일을 보고 나니 배도 마음도 너무 편안해졌다.


웃지도 울지도 못할 그의 일기 덕분에 그 뒤로 승남은 '똥싸개'로 불렸다.

아이들이 '똥싸개'라고 놀리면 그는 겸연쩍은 웃음을 지으며 자리를 피했다. 한동안 미영의 얼굴을 똑바로 쳐다보지 못할 만큼 부끄러워했다. 고지식할 정도로 순진한 그의 면모를 보여주는 사건이 아닐 수 없다.

교도대 훈련 도중 별명을 얻은 이가 또 한 명 있었다. 다름 아닌 소대장 선영이었다. 그는 '잠꼬대'로 불렸다.

중대 병실은 남자 병실과 여자 병실이 마주보는 형태였다. 더위서 병실 문을 열어놓았지만 목재로 만든 1, 2층 침대에 누우면 실내가 잘 보이지 않았다. 밖에서 기웃거려도 바닥에 놓인 신발이나 벽에 걸린 옷가지만 얼핏 보일 뿐이었다. 그러나 소리는 잘 들렸다. 양쪽 병실로 갖가지 소리가 여과 없이 전달되었다.

"영희 동무!"

어느 날 밤 나를 부르는 소리에 잠에서 깼다. 소리가 난 곳은 여자 병실이 아니었다. 반대편의 또 다른 병실에서 나는 소리였다.

"영희 동무 ……, 영희 동무."

그 소리에 아이들이 하나둘 자리에서 일어났다.

"웬 소리야, 뭐야?"

"누가 부르는 거 같은데?"

"이거, 남자 병실에서 나는 것 맞지?"

"그런가."

아이들이 웅성거리는데 누군가 키득거리며 큰 소리로 대답했다.

"선영이 잠꼬대한다. 영희, 영희 하면서."

여기저기서 숨죽여 웃는 소리가 터져나왔다.

나는 모르는 척 다시 자리에 누워 이불을 머리끝까지 뒤집어썼다. 애들의 놀림거리가 되어 잠이 오지 않았다. 선영은 도대체 어떤 꿈을 꾸기에 그리도 날 애타게 부르는 것인지 남부끄러워 견딜 수가 없었다. 그러면서도 꿈속에서조차 나만을 해바라기처럼 바라보는 그의 순정이 싫지만은 않았다.

# 농촌
## 지원

머리카락 괴담

내가 대학에 입학해 처음으로 농촌 지원을 나갔던 지역은 황해북도 토산군이다. 그야말로 심심산골인 데다 최전연* 지역인 강원도 철원과 접하고 있어 막연하게나마 무서움증이 일기도 했다. 농촌의 파종은 대체로 5월에 시작하기에 대학생들은 5월 초가 되어야 농촌으로 지원을 나가곤 했는데, 그해만큼은 좀 이른 3월에 나가게 되었다.

● 최전연: 적과 가장 가까운 곳에 위치한 전방의 맨 앞 진지

"여기는 최전선이다. 언제 어디서 남쪽의 총알이 날아올지 모르는 곳이니 항상 긴장하도록! 또한 해방 이후 간첩이 많이 색출된 장소라는 걸 잊지 마라."

농장 관리위원장은 지원을 나온 학생들에게 은근히 겁을 주었다.

많은 인원을 통제하기 위해 놓은 단순한 엄포였는지도 모르지만, 최전선이 처음인 데다 말로만 듣던 '간첩' 소리에 아이들은 지레 겁을 먹었다.

"이곳에는 토지개혁 당시 남으로 넘어가지 못한 사람들이 아직까지도 숨어 있다. 혼자 개인행동을 하다 무슨 봉변을 당할지 모르니 절대 나다니지 말도록!"

지난 1946년에 실시된 북한의 토지개혁은 무상몰수 무상분배 원칙을 표방했다. 김일성의 영도하에 자원(自願)성의 원칙으로 진행되었다곤 하지만 토지를 강제로 몰수당한 지주들과 친인척들, 연고자들이 가만있을 리 없었다. 그 와중에 6·25 전쟁이 발발하고 유엔군이 북진하면서 지주들은 제 땅을 다시 찾게 되었다. 그러나 기쁨도 잠시, 중공군의 공격이 이어지면서 전선은 삼팔선으로부터 멀어졌다. 그런데도 "진달래꽃이 피면 미군이 돌아온다"는 소식을 믿은 지주들은 남하하지 않고 버텼다. 역사적 상황이 이러했기에 지리적으로 남한과 가까운 토산군에 지주나 그의 연고자가 40여 년이 더 지난 그때까지도 비밀리에 몸을 숨기고 있다는 관리위원장의 말이 터무니없게만 들리지 않았다.

"뱀보다, 아니 밧줄보다도 더 긴 머리털이 나왔다더라."

"머리카락?"

"얼마나 오래 숨어 있었으면 그렇게 긴 거야?"

"어휴, 징그러워."

"징그러운 게 아니라 무섭다, 무서워."

"글쎄, 또 지나가는 사람한테 총을 들이댔대."

관리위원장이 지시 사항을 전달하는 사이, 아이들은 자신이 발 딛고 서 있는 이곳 어딘가에 숨어 있을지도 모를 지주들과 그의 연고자들에 관해 수런거리며 몸서리를 쳤다.

그런 우리를 둘러보며 관리위원장이 또 다른 이야기를 꺼냈다.

어느 날 한 마을의 쓰레기장에서 50~60센티미터나 되는 머리카락 다발이 나왔다. 북한에서는 샴푸와 같은 생활 물자가 부족하고 미장원도 흔치 않기에 머리를 길게 기르는 사람이 없었다. 결혼한 여자들은 파마나 짧은 커트 머리, 학생들은 귀밑 혹은 어깨에 닿는 단발머리를 주로 했으므로 긴 머리카락은 자연스레 사람들의 눈에 띌 수밖에 없었다. 매우 긴 머리카락 다발을 이상하게 여긴 안전원 (경찰)이 사방을 수색하기 시작했다. 심증은 있었지만 물증이 없었으므로 그의 추적은 치밀하고 치열했다. 그러던 끝에 어느 집 마루 밑에 있던 땅굴을 발견했다. 그것은 바로 은신처.

오랜 대치 끝에 그 속에서 모습을 드러낸 사람은 그야말로 사람의 몰골이 아니었다. 햇빛을 보지 못해 피부는 백반증 환자처럼 얼룩덜룩 새하얗고, 머리는 볏짚처럼 덥수룩했으며, 여기저기 해지고 더러운 옷을 입고 있었다. 바로 몇십 년간 땅속에서 숨어 지내던 지주의 아들이었다. 매일처럼 밥을 날라다 주며 그와 내통한 사이였던 집주인은 지주 아들이 칼로 직접 잘라낸 긴 머리카락을 밤에 몰래 내다버렸다가 그만 덜미를 잡히고 말았다.

관리위원장의 '긴 머리카락' 이야기를 듣고 난 여학생들은 화장실에 가지 못했다. 어디선가 긴 머리를 한 지주 아들이 불쑥 나타나 총을 들이댈까 봐 두렵고 무서웠다. 다들 날이 어두워지면 물도 마시지 않았고 평소보다 밥을 적게 먹는 아이들도 있었다. 아주 급한 용무가 있을 때면 서너 명이 무리 지어 밖으로 나가곤 했다.

덕분에 어두워지면 혼자 나다니지 말라고 지시한 관리위원장의 말을 어기는 학생이 단 한 명도 없었다.

토산군에서는 대북 방송도 들렸다. 북쪽을 향한 남쪽의 대형 확성기는 주로 귀순한 병사들이 어떻게 잘 먹고 잘살고 있는지 들려주었다. 진행자의 목소리는 "애간장을 녹인다"는 표현이 들어맞을 만큼 안 들으려 해도 어느새 학생들의 귀를 잡아끌었다.

지오피(GOP)에서 망원경으로 남한 군인들을 구경하기도 했다. 처음엔 호기심이었지만 망원경에 눈을 갖다 댄 순간 우리는 깜짝 놀라고 말았다. 한 팔을 뻗으면 남한 군인들의 등에 손이 닿을 것처럼 너무나 가까운 거리였다. 남과 북이 이렇게 가까이 마주보고 있구나, 최전선은 이런 곳이구나, 새삼 실감하면서 아이들은 고개를 흔들었다. 무섭기도 하고 이상하기도 한 경험이 아닐 수 없었다.

전깃불이 환하게 켜져 있는 남쪽의 산도 빼놓을 수 없는 화젯거리였다.

"전기 자랑하는 거야."

"맞아, 맞아."

"그런데 전기는 절약하라고 배우지 않았니?"

공동경비구역을 사이에 두고 환하게 불이 켜진 남쪽과, 반대로 마냥 깜깜한 북쪽의 광경을 직접 목격한 대학생들의 반응이었다.

당시 북한은 모든 사정이 과히 나쁘지 않았다. 군인들은 모두 이 밥을 먹었고 군대에는 미지근한 물도 공급되었다. 그런데도 남한 땅을 가장 가까이 볼 수 있는 최전선에 와보니, 보고 싶지 않아도 볼 수밖에 없는 광경에 아이들은 몹시 어리둥절했을 것이다. 선명하게 대조되는 북쪽과 남쪽의 상황. 하지만 아이들 대부분은 못마땅한 기분을 토로할 뿐 왜 그런지 의문을 품지 않았다.

이렇듯 학생들에게 '최전선'을 실감하게 해주었던 토산군은 다른 지역보다 농촌 지원이 수월한 편이었다. 야간이나 조기 작업 없이 무조건 낮에만 일을 했다. 다들 해가 지면 합숙소에 들어가 외출을 하지 않았다. 남학생의 방도 멀리 떨어져 있어서 우리 여학생은 긴 머리카락을 한 지주와 간첩을 마주치기라도 할까 봐 밤에는 조용히 숨을 죽였다.

'동무'보다 정다운 '님'

다음으로 나간 농촌 지원의 현장은 강원도 회양군이었다.

때는 5월이었다. 해안가도 아니고 주로 산지로 이루어진 지역이었는데도 남쪽에서 날아온 전단이 심심찮게 발견되었다. 당시 발견되는 전단은 손바닥만 한 크기부터 A4 용지만 한 크기까지 다양했고 내용도 제각각이었다. 해운대나 경주처럼 아름다운 풍경을 보여주거나 귀순 병사의 이야기를 담은 것도 있었다.

북한에서는 전단을 발견하는 즉시 보지 말고 안전부(경찰서)에 가져가라고 가르쳤다. 하지만 대부분의 사람들은 일단 눈앞에 전단이 보이면 주위부터 힐끔힐끔 살피는 게 다반사였다. 혹여 전단을 보았다고 누군가 비판하거나 몰래 신고할까 봐 보는 사람이 있는지 없는지부터 확인하는 것이다.

어느 날 모내기를 하고 돌아오는 길에 우리는 전단을 발견했다.

"님을 그리며……, 그런데 님이 뭐야?"

전단에는 붉고 큰 글씨로 "님을 그리며"라고 적혀 있었다. 중간쯤에 "살짝 개봉해보세요"라는 붉은색 글귀가 선명했다.

"림?"

"임?"

"니임?"

"아니, 아니, 님!"

당시만 하더라도 북한에서 '님'은 의사 선생님과 학교 선생님, 그리고 김일성과 김정일에게 붙이는 수령님, 장군님, 원수님뿐이었다. 당연히 그런 의미 이외에 쓰인 '님'에 대해서 아이들은 모를 수밖에.

어릴 적부터 풍족함이나 여유 대신 기지와 순발력으로 어려움을 헤쳐온 우리가 아니었던가. 아이들은 전단에 그려진 그림을 보고 금세 내용을 유추해나갔다. 소녀다운 상상력까지 펼쳐보았다.

"봐봐, 이렇게 아름답게 생긴 여자가 밤하늘에 떠 있는 북두칠성을 간절한 눈빛으로 바라보고 있잖아. 그렇다면……."

"뭐야, 지금 여자가 남자를 그리워하고 있는 거니?"

"설마."

"아니 왜, 여자가 북두칠성을 보고 있잖아. 그러니까 북쪽 남자를 그리워하고 있는 거지."

"말도 안 돼. 남쪽 여자랑 북쪽 남자가?"

"소설을 써라, 소설을 써."

하지만 아이들은 북에 두고 온 남자를 간절히 기다리는 남쪽 여자 이야기에 쉽게 빠져들었다. 항간에는 전단의 예쁜 여자를 보고 남쪽으로 내려간 군인이 있다는 소문이 나돌기도 했다.

"아, 이제 생각났다. 왜 그 소련 노래 있잖니, '사랑하는 님 찾아 갈래요'라는 가사가 나오는 노래."

아이들은 그제야 '님'이라는 말이 선생님, 수령님 이외에 연인을

뜻한다는 것을 알아챘다. 그러면서도 어떻게 같은 공산권 국가에서 그런 말을 쓰는지 모르겠다며 소련의 노래를 의아해했다.

"사랑하는 님이라."

"그래도 동무보다는 님이 더 정답지 않니?"

아주 작은 목소리로 누군가 속삭이듯 말했다.

아이들은 일제히 서로를 향해 고개를 끄덕였다.

'님 …….'

그 말을 속으로 되뇌던 나도 친근하게 느껴지던 참이었다. "동무"라고 선영을 부르면 왠지 딱딱하고 격이 있는 것 같은데 "님" 하고 선영을 부르니 훨씬 더 가깝게 여겨졌다.

합숙소로 돌아가는 길에 어느 누구도 입을 떼지 않았지만, 속으로는 다들 소련의 사랑 노래를 부르지 않았을까? "삐라의 사명은 보는 순간 끝이 난다"라는 말을 몸소 느꼈던 날이었다.


쑥떡과 콩청대


우리가 봄 농촌 지원을 나갈 즈음이면 산과 들판은 쑥 천지였다. 여학생들은 틈틈이 쑥을 캐다가 쑥버무리처럼 생긴 떡을 만들어 먹었다. 얼마 전 경미의 아버지가 건빵을 가져다주었지만 우리 반 아이들의 허기는 나라님도 구제하지 못할 정도였다. 그나마 스스로 식재료를 구해 음식을 만들어 먹는 여학생들에 비하면 남학생들은 사정이 더 나빴다. 지천에 널린 쑥을 봐도 그것으로 어떻게 해야 할지 몰랐으니까.

농사일을 마친 저녁이면 나는 선영을 논둑길로 불러냈다.

"쑥떡입니다."

선영은 내가 건넨 떡을 선뜻 받지 못하고 한참을 머뭇거렸다.

"영희 동무나 마저 먹지, 왜 나를 줘?"

"아이들이랑 만들면서 하도 집어 먹었더니 배가 부릅니다."

나는 밝게 웃으며 말했다.

선영은 헛기침을 몇 번 하고는 쑥떡을 집었다. 그러고는 부러 큰 소리로 쩝쩝대며 맛있게 먹었다. 나는 알 수 있었다. 선영은 배가 부르다고 한 나의 거짓말을 알고 있음을, 선영을 생각하는 나의 마음을 모르지 않음을.

가을 농촌 지원은 옥수수와 벼를 자르고 나르며 쌓아놓는 일이다. 기계 없이 모든 공정을 사람 손으로 했다. 하루 종일 낫으로 벼를 자르고 나면 구부러진 허리가 펴지지 않을 만큼 고생이었다. 아이들은 꼬부랑 할머니가 되었다고 맥없는 웃음을 지으면서도 서로에게 힘든 기색을 내보이지 않았다. 마음은 속일 수 있을지 몰라도 배고픈 속은 감출 수 없었다. 노동이 고되다 보니 그만큼 배가 고팠다.

북한에서는 농경지를 절약하고 더 많은 작물을 수확하기 위해 논둑 옆에 콩을 심었다. 콩이 자라면서 뿌리가 땅속으로 파고들어 둑이 튼튼해지라는 의도였다. 이유야 어찌됐든 지나다니는 길에 빤히 보이는 콩을 아이들이 가만 놓아둘 리 없었다. 물론 콩은 국가의 소유다. 몰래 콩을 베어 구워 먹을 수밖에. 바로 콩청대(콩서리)였다.

마른 볏단 위에 올려놓은 콩이 불길에 타닥거리는 소리를 내며 익어가는 중이었다. 다들 군침을 삼키며 그 광경을 지켜보았다.

"남자가 그리 힘이 없어서 어찌합니까?"

미영이 겉옷으로 바람을 일으키고 있는 학철을 보며 한소리 했다. 마음은 급한데 힘을 써야 할 학철이 시늉만 하니 성이 날 만도 했다.

"알았다, 알았어."

생활총화에서 근로정신이 약하다는 비판을 자주 들었던 그였다. 무슨 일에서든 땀이 날 만큼 매진할 줄 모르던 그가 웬일로 기합까지 외치며 팔을 크게 휘둘렀다.

볏짚 속에서 잘 구워진 콩을 골라먹는 재미란 해본 사람들은 잘 안다. 뜨거운 것도 모르고 짚을 고르며 콩을 주워올리고 콩에 묻은 재를 입으로 불어가며 '함께' 먹는 그 즐거움. 사방에 날리는 재 때문에 옷이며 얼굴이 온통 까매져 서로를 쳐다보면 누구랄 것도 없이 모두가 웃음보를 터뜨리고 만다.

"야, 야, 네 코 좀 봐라."

"동무 입가는 석탄가루 묻은 것처럼 새카매졌습니다."

"동무는 언제부터 안경을 썼습니까?"

"여자가 콧수염이 났으니 시집가긴 다 글렀구나, 야."

아이들은 제대로 익은 것, 덜 익은 것, 탄 것을 구분하지 않고 손에 잡히는 대로 집어 먹으며, 또 서로의 얼굴을 쳐다보며 한바탕 웃었다.

농촌 지원에 나가면 선영은 소대장으로서 뛰어난 능력을 보여주곤 했다. '어떻게든 반 아이들이 배를 곯지 않게 하겠다'고 마음먹은 사람처럼 밭으로, 산으로, 남의 집으로 쉴 새 없이 뛰어다녔다. 만약 들키면 모든 책임을 소대장이 지도록 되어 있었기에 북한의 대학에서는 담력이 없으면 결코 소대장이 될 수 없다.

"옥수수를 닦아 먹자."

하루는 선영이 아이들을 보고 말했다.

주위에 널린 게 옥수수였지만 옥수수를 어디서 어떻게 닦아올지는 막막했다. 구체적이고 세부적인 계획이 없었다. 학교라면 식당 엄마한테 부탁이라도 해보겠지만, 그곳은 농촌의 합숙소였다.

"일단 옥수수 알갱이를 까자. 그다음 일은 내가 알아서 하마."

선영의 능력을 익히 알고 있던 아이들은 말없이 옥수수 껍질을 벗기고 손으로 문질렀다.

옥수수 알갱이가 한 자루 정도 모이자 선영은 그것을 들고 농촌 마을로 내려갔다. 이리저리 살피더니 동네 후미진 곳에 있는 어느

허름한 집으로 몰래 들어갔다. 한참 만에 나온 그는 장담한 대로 아이들 앞에 닭은 옥수수를 내놓았다. 이른바 능력자가 아니면 할 수 없는 일이었다. 나는 그런 선영이 참으로 좋았다.


## 남자가 곁에 누워도 애가 생기나

농촌 지원을 나가는 학생들은 대체로 그곳 농장원*들의 집에서 잠을 잤다. 한 집에 두세 명씩 짝을 이루어 숙박을 한다. 아주 가끔씩 그 마을의 유치원 건물을 통째로 빌리기도 하는데, 그럴 때면 한 개 반이 함께 사용했다.

철원으로 가을 농촌 지원을 갔을 때였다. 우리 반은 유치원에 숙박하게 되었다. 그 유치원은 성인 두 사람이 지나가기에도 비좁은 복도를 사이에 두고 남학생 침실과 여학생 침실이 엇갈려 있었다. 가을걷이가 한창이었다. 하루 종일 뙤약볕에서 벼와 옥수수를 베고 저녁이 되어서야 지친 몸을 이끌며 숙소로 돌아온 아이들은 강가에 나가 겨우 얼굴을 씻고 서둘러 방에 들었다. 남학생과 여학생은 모두 서로 말 섞을 기운도, 여유도 없이 금세 곯아떨어지고 말았다.

---

● 농장원: 협동 농장의 구성원

달 밝은 어느 밤이었다.

고된 가을걷이에 지친 아이들이 잠을 자고 있었다. 몸을 뒤척이 거나 코를 골 기운조차 남아 있지 않은 듯 아이들의 잠든 모습은 한 폭의 그림처럼 보였다. 요란하게 울던 풀벌레들조차 그들의 단 잠을 방해하지 않으려는 듯 잠잠했다. 아이들이 숙소로 사용하는 유치원은 어둠 속에 잠겨 적막감마저 감돌았다.

"악!"

짧고 새된 비명 소리에 그믐달도 놀란 것처럼 일순 더 밝아졌다.

"꺄앗!"

또 다른 소리.

여학생들이 자고 있는 방이었다.

"아악!"

"아아악!"

비명은 어느새 끔찍한 합창이 되어 우리 반 아이들이 묵고 있던 유치원을 울리고 있었다.

대체 무슨 일이 벌어진 것일까? 왜 여학생 방에서 비명이 들린 것인가? 여학생들은 무사한 것일까? 한밤중에 들려온 비명은 과연 무엇을 뜻하는 것인가? ……

제일 처음 비명을 질렀던 사람을 찾는다면 이 사건의 전모를 알 수 있을 것이다. 그 내막은 다음과 같았다.

잠드는 것도 모르고 곯아떨어진 지 얼마나 됐을까. 한 여학생이 눈을 떴다. 명애였다. 자신의 곁에서 잠든 아이의 얼굴이 어렴풋하게 보였다. 창가로 비쳐드는 달빛에 다른 아이들의 모습도 하나둘 드러나고 있었다. 명애는 잠결에 눈을 비비며 무언가를 주시했다. 유독 머리가 커 보이는 한 사람이 눈에 띄었다. 머리통이 맷돌처럼 크기도 했지만 익히 보아온 여자 동무들과는 뭔가 다른 느낌을 주었다. 명애는 바로 옆에 있던 여자 동무를 조심스럽게 깨웠다.

"변소에 가자."

명애는 한껏 목소리를 낮춰 말하면서 손으로는 '머리 큰' 사람을 가리켰다. 큰 목소리로 '거기 누구냐'고 물어볼 용기가 나지 않았던 그녀가 할 수 있는 최선의 행동이었다. 주위는 너무 어두웠고, 잠이 덜 깨 상황 판단을 제대로 할 수 없었다.

옆에 있던 아이도 그녀처럼 겁이 났던지 다른 아이더러 가라며 싱갱이°질을 했다. 수런거리는 소리와 이상한 낌새에 자고 있던 여학생들이 하나둘 잠에서 깨어났다. 하지만 큰 소리를 내는 이는 아무도 없었다. 다들 속삭이듯 말하면서 무슨 일이 벌어졌다고 짐작만 할 따름이었다. 그만큼 모두가 겁에 질려 있었다. 그 와중에 누군가 여학생들의 머릿수를 셌고 정원 외 한 명이 더 있다는 걸 알게 되었다.

"꺅!"

● 싱갱이: 승강이

명애가 비명을 질렀다.

여학생 이외에 다른 한 명이라면, 여학생이 아닌 다른 사람이라면……

전염이라도 되는 듯 비명 소리는 점점 더 퍼져나갔다.

"뭐야, 무슨 일이야!"

"비명 아니야!"

"여동무 방 아니네?"

복도를 사이에 두고 맞은편 방에서 자고 있던 남학생들이 모두 일어났다. 팬티 바람으로 여학생들이 자고 있는 방으로 달려왔다.

명애 옆에 누워 있었던 '머리 큰' 사람은 여학생들의 비명 소리에 벌써 창문을 뛰어넘어 도망친 후였다. 우리 반 제대군인인 홍식 동지가 침착하게 남자 인원부터 확인했다. 누구랄 것도 없이 모두 팬티 바람이었다. 그 모습을 보고 있으니 좀 전에 여학생 방에 들었던 사람은 외부인이 틀림없다는 생각이 들었다. 누구였을까? 의구심과 두려움이 깃든 눈빛으로 아이들은 서로를 바라볼 뿐이었다. 그런데 갑자기 명애가 큰 소리로 울음을 터뜨렸다.

"나 이젠 시집 다 갔어."

훌쩍거리며 떠듬거리는 명애의 말을 알아듣지 못한 아이들이 그녀를 둘러쌌다. 홍식 동지가 "왜 시집을 다 갔냐"고 물었다.

"남자가 곁에 누워 있었으니 애가 생길 테고, 그러면 시집은 못 가는 거 아닙니까."

울음 섞인 목소리로 명애는 더 서글프게 흐느꼈다.

그 말을 들은 제대군인들이 시물시물 웃었다. 영문을 모르는 여학생들은 명애의 말에 고개를 끄덕이거나 몇몇은 따라 훌쩍이기도 했다.

스무 살을 넘긴 여대생들의 성 지식치고는 순진하다 못해 유치하기 짝이 없었지만, 당시만 해도 우리 반 여학생 대부분은 그녀처럼 생각했다. 남자가 옆에만 누워도, 남자의 손만 잡아도 덜컥 아이가 생기는 줄 알았다. 교육의 부재 때문이었다. 북한에서 여학생들을 대상으로 한 성교육은 고등중학교 때 달거리에 관한 판에 박힌 강의가 전부였다. 남학생들도 아무런 성교육을 받지 않았다.

아무튼 그 일로 명애를 보면 다들 이렇게 놀리곤 했다.

"남자와 한자리에 누워도 애 생긴단다."

## 군인들의 구애 작전

농촌 지원은 아침 식사 전 새벽 4시부터 진행되는 물모판 작업으로 시작된다. 당시 북한에서는 방 크기의 커다란 모판에서 키운 모를 일일이 손으로 옮겨 심었다. 조기 작업으로 1인당 모판 한 개를 뜨는 것이 아침 시간에 배당된 작업량이었다.

아침저녁으로 물모를 뜰 땐 남자와 여자가 짝을 지었다. 한 명은 모를 뽑고 한 명은 모를 묶는다. 일종의 분업이었다. 여자끼리 하는 것보다 능률이 높았다. 손이 빠른 여자와 힘이 센 남자가 서로의 단점을 보완해주는 데다 이성 사이의 묘한 감정이 단조롭고 힘든 노동에 활력을 불어넣는 셈이었다. 낮에는 따로 모내기까지 해야 하는 학생들 나름의 묘안이기도 했다.

강원도의 5월은 다른 지역의 봄 날씨와는 달랐다. 새벽, 그것도 물속에서 모판 작업을 하다 보면 봄이라고는 하나 손과 얼굴이 시렸다. 찬물에 담근 맨발은 얼어붙기 마련이었다.

"그새 빨간 장화를 신었구나."

선영이 놀리는 소리를 듣고 나서야 나는 아래를 내려다보았다.

어느새 발목까지 피부가 붉게 변해 그의 말대로 빨간 장화를 신은 듯 보였다. 그나마 선영과 함께 일할 수 있어서 추운 줄 모르고 작업을 마칠 수 있었다. 나는 묵직한 허리를 펴며 기지개를 켰다. 어느덧 산 위로 밝은 햇빛이 비쳐오고 있었다.

우리가 농촌 동원을 나간 회양군은 1군단 사령부가 있어 군인들이 많았다. 군인들도 모내기를 도왔고 가을걷이를 할 때면 일손이 필요한 주변 농촌으로 지원을 나왔다. 그중에는 제대를 앞둔 말년 병사들도 섞여 있었다. 그들은 남는 시간을 이용해 여대생들 주변을 얼쩡거렸다.

말년 병사들의 목표이자 꿈은 세 가지였다. 첫째는 노동당 입당, 둘째는 대학 추천을 받는 것, 셋째는 결혼이다. 배경도 없고 출신 성분도 평범한 일반 병사들은 대부분 당의 방침에 따라 탄광이나 광산, 공장 등에 배치되었다. 고향으로 돌아가는 경우도 많았다. 출신과 배경은 물론 개인의 능력과 자질이 뛰어나야 받을 수 있었던 대학 추천은 매우 드문 일이었다. 우리 반의 기철 동지처럼 당에 입당하고 원산경제대학과 같은 중앙대학에 입학한 제대군인은 특별한 경우에 속했다. 그런 분위기 속에서 결혼만큼은 제대를 앞둔 모든 군인들이 어렵지 않게 시도해볼 만한 것이었다.

당시 북한에서는 남자 나이 스물일곱은 금값, 스물여덟은 은값, 스물아홉은 동값이라는 말이 나돌았다. 제대할 즈음이 바로 스물일곱이었다. 국가에서 지급하는 식량이나 군수품 등을 받을 수 있는 때였다. 그런 물품들은 생활에 적잖은 보탬이 되었으므로 여성들이 선호하는 신랑감 조건일 수밖에 없었다. 문제는 그들이 여자를 만날 수 있는 기회를 거의 얻지 못한다는 것이었다.

무슨 말인가 하면, 북한 남자들은 열일곱 살에 군에 입대해 휴가한번 가보지 못하고 10년 가까이 산골짜기에 파묻혔다. 마을이 가까운 것도 아니어서 오랜 기간 여자 구경이 쉽지 않았다. 연애를 하려 해도 별 뾰족한 수가 없었다. 그런 이유로 군부대 인근에 대학생들이 농촌 지원을 나오기라도 하면 반색했다. 여학생들도 물론 그들을 반겼다. 의도는 사뭇 달랐다. 여학생들은 그날 배당된 작업량을 빨리 끝내려면 군인들의 힘을 빌리지 않을 수 없었다. 그러고 보면 북한의 농촌 지원은 제대를 앞둔 군인들과 여대생들이 각자의 꿍꿍이를 숨긴 채 펼치는 아슬아슬한 줄타기의 마당이 아니었을까.

해가 중천에 뜨자 모내기가 한창이었다.

어디를 가나 노래가 없으면 살지 못할 정도로 흥이 넘쳤던 우리는 그날도 어김없이 노래를 불렀다.

　　병사가 고향을 얼마나 사랑했는지
　　총 메고 떠나온 산촌에 물어보라

그러면 화답이라도 하듯, 여학생들 속에 섞여 있던 제대를 앞둔 군인들이 온 논판이 떠나가라 합창으로 대답했다.

　　그러면 말해주리 길가에 심은
　　백살구 나뭇잎이
　　지금도 설레며 정답게 속삭이네

곧 제대할 군인들은 오랫동안 결혼할 이성을 찾아온 사람들답게 아무 곳에나 가지 않았다. 넓게 펼쳐진 수많은 모판 가운데 가장 흥겨운 모판을 찾아 일손을 거들었다. 그들만의 작은 기준이 있었던 것이다. 그래서 여학생들은 군인들이 즐겨 부르는 곡을 선택해 가장 크고 밝은 목소리로 노래를 불렀다. 일종의 유인작전이었다.

농촌 지원을 오래, 그리고 자주 다니는 동안 일을 빨리 끝낼 수 있는 그녀들만의 요령이 생겼다고 할 수 있다.

"동무들, 도와줘도 되겠습니까?"

꽃을 찾는 벌과 나비처럼 여대생들을 도와주려는 군인들이 무리지어 나타났다.

"좋아요."

명애가 연분홍색 수건을 날리며 큰 소리로 대답한다. 이런 때 한몫을 하는 그녀다.

군인들과 여학생들이 모판에 서로 엇갈려 섰다. 본격적인 모내기가 시작되려는 참이다. 한참 동안 별말 없이 손을 놀리던 한 군인이 말문을 열었다.

"어느 대학입니까?"

"몇 학년, 학부는?"

"이름은?"

군인들은 맞선이라도 보는 양 아이들에게 이것저것 궁금한 점을 물었다.

"사관장 동지는 어느 대학을 추천받았습니까?"

미영의 곁에 선 군인에게 물었다.

"저는 평양 김책공업종합대학 입학통지서를 받았습니다."

상관에게 대답하듯 군인의 목소리는 우렁찼다. 제대를 앞둔 군인으로 중앙대학에 입학했으니 여대생들 앞에서 꽤나 우쭐하기도 했을 터였다.

군인은 다시 미영에게 말을 걸었다.

"3학년 동무이니, 곁에 좋은 사람이 있겠습니다."

미영은 아무 대꾸도 하지 않고 누가 재촉하기라도 하는 듯 모내는 손을 바삐 움직였다.

나는 미영에게 접근하는 군인이 딱해 보였다. 한마디로 헛물켜는 모습이잖은가. 미영의 속마음은 이랬다. '일손을 덜어주어 고맙지만 엉뚱한 생각은 하지 마십시오.' 여학생들에게 애인이 있는지 없는지 슬쩍 떠보고 싶은 군인의 마음은 십분 이해하고도 남지만, 나를 비롯한 다른 여학생들의 속내도 크게 다르지 않았다. '군을 제대하고 대학생이 되어도 너희들은 이제 겨우 입학생이다. 대학의 규율에 따르면 엄연한 하급생, 우리는 3학년 상급생이야. 뭐 알기나 해?'

남한 대학에 선후배가 있듯이 북한 대학에는 상급생과 하급생이 있다. 이름이 다르기도 하지만, 상급생과 하급생의 관계는 선후배 관계와 달리 지시에 따른 복종이 권리와 의무처럼 행사된다. 단순한 위계로 볼 게 아니었다. 북한 군대의 계급제와 유사하다. 군에서 병사들이 신병 초기 하급 병사로 시작해 중급 병사와 상급 병사로 승진하는 것처럼, 군대 체계로 운영되는 대학에서도 엄격한 위계질서가 준수된다. 상하급 관계는 교내 청소와 관리를 할 때도 확연히 드러난다. 복잡하고 품이 많이 드는 일이나 화장실 청소는 하급생들이 도맡았다.

나는 제대할 군인들이 미처 알지 못하는 또 다른 진실을 알려주고 싶었다.

'너희는 결혼을 서둘러야 하는 스물일곱 살이고, 우리는 결혼을 생각하기에는 아직 이른 나이다. 그것도 모르지?'

북한 여자의 경우 스물셋은 금값, 스물넷은 은값, 스물다섯은 동값이다. 이제 갓 스무 살을 넘긴 여대생들의 입장에서는 자신들을 결혼 상대로 넘겨다보는 군인들이 제 주제도 모르고 날뛰는 것처럼 보일 수도 있었다.

미영에게 말을 걸었던 군인이 주위를 둘러보며 제안했다.

"동무들, 아까 보니 노래를 잘하던데 우리 오락회 한번 해보지 않겠습니까?"

새벽부터 이어진 작업에 지쳤던 대여섯 명의 아이들이 논둑에 둘러앉았다. 한 명씩 돌아가면서 노래를 불렀다.


푸르른 바다 설레는 파도
그리운 정 고이 안고 우리 서로 만났네
아 내 사랑, 아 내 사랑
저 하늘의 노을처럼 붉게 타는 내 사랑


내 노래가 끝나자 휘파람과 박수 소리가 터졌다.

마지막 소절의 여운이 채 가시지 않은 듯 나는 자리에 앉으며 가볍게 몸을 떨었다. 별다른 뜻 없이 시작한 노래였는데 부르다 보니 가사가 마치 선영을 향한 것처럼 느껴져 나도 모르게 얼굴이 달아올랐다.

"영희 동무는 목소리가 두꺼워서 재미없습니다."

아마도 노래에 그런 마음이 실렸는지 나를 도와주었던 제대군인이 어깃장을 놓듯 웃으며 말했다.

나는 그런 그를 이해할 수 있었다. '짝이 있는 여자라면 나도 볼일이 없다'는 듯한 그의 말이 솔직하게 들렸다. 그게 아니라면 군인 특유의 직설적 화법인지도 모르지만.

오락회를 마치고 다시 이어진 모내기는 생각보다 수월하게, 그리고 빨리 끝이 났다.

그 후로도 제대군인들은 우리가 있는 모판으로 와서 일손을 덜어주었다.


남동무들의 질투


우리 반 남학생들은 군인들의 도움을 받지 말라고 야단이었다. 선영과 학철은 정색을 하면서 화를 냈다.

"군인들을 데려와서 뭐 하는 짓이냐?"

웬만해선 화를 내지 않는 승남까지 가세했다.

"우리 반에 사내 같은 애 하나도 없다는 말까지 했다면서."

나와 미영은 오해할 일 없다며 손사래를 쳤다.

"도움을 받고 싶어서 그랬습니다. 다들 그렇게 하는데 …… 우린 왜 안 됩니까?"

"여자들이 소문나면 뭐가 좋아?"

"소문이요? 뭐라고 소문이 났습니까?"

"내용이 뭐가 중요해?"

"우리 귀까지 들어왔으면, 무슨 소문이라도 났다고 봐야 않겠어."

그 말에 우리는 고개를 숙였다. 기어 들어가는 목소리로 제대군인의 도움을 받지 않겠다고 대답했다. 하지만 숙소에 이르자마자 우리는 서로 마주보며 깔깔거렸다. 남학생들 앞에서는 다신 그러지 않겠다고 했지만, 속으로는 '그들이 찾아오는 걸 일부러 막거나 굳이 사양할 게 뭐람' 하고 생각했다. 다른 남자들의 도움을 받는 걸 시샘하는 그들의 마음을 모르지 않았던 우리로서는 그들의 비위를 맞추면서도 실속을 차릴 방법을 찾을 수밖에 없었다.

"군인들을 가까이하는 게 뭐가 어때서? 배고프단 말만 해도 큰 그릇에 이밥을 얼마나 많이 담아오는데 말이다."

제대할 군인들이 가져오는 이밥은 농촌 동원에서 먹었던 별미였지만, 건빵도 빼놓을 수 없는 간식이었다.

우리가 농촌으로 동원되면 사단장인 경미 아버지가 배고플 학생들을 위해 으레 트럭으로 건빵과 식용유를 한가득 실어왔다. 지난번에는 우리 학부 전체가 먹을 만큼 건빵과 식용유를 돌렸다. 우리는 건빵을 식용유에 튀겨 설탕을 뿌렸다. 건빵만으로도 별미인데 뜨거운 건빵 위에 녹아내린 설탕까지 가세한 그 맛이란……. 북한에서 건빵은 민간인들이 절대 맛볼 수 없는 군인들만의 비상식량이었다. 경미 아버지가 아니었다면 감히 먹을 수 없었던 그 건빵을 이곳 회양군에선 모내기를 도와주는 군인들이 가져다주었다. 누가 그런 배려를 사양할 수 있겠는가?

그들이 가져다주던 건빵 봉투에는 콩알 사탕이 들어 있었다. 새끼손톱보다 작은 사탕은 봉투 맨 아래쪽에 깔려 있었는데 눈치 빠른 아이들은 누구보다 빨리 그것을 찾아내 먹어버리곤 했다.

이상하게도 회양군에 농촌 지원을 나갔을 때는 봄비가 자주 내렸다. 그날 배정된 할당량은 무슨 수를 써서라도 반드시 마쳐야 했기에 비가 몰아치면 아이들은 젖은 몸을 덜덜 떨면서도 모내기를 멈출 수 없었다. 비바람이 심해 작업이 힘들어지면 잠시 비닐 박막(볏모가 자랄 적정한 온도를 맞추어 주는 데 쓰였던 비닐)을 쓰고 피신했다. 서로의 온기로 추위를 피하는 동안 아이들은 하던 대로 노래를 불렀다. 춥고 배고프며 힘들어도 누구 하나 싫은 내색을 하지 않았다. 농사일에 동원되고 교도대 훈련을 받아도 우리는 아직 어린 학생이었다. 힘들면 힘들다고 푸념하고 어리광을 피워도 뭐라 할 수 없는 나이였다. 그런데도 어릴 적부터 집단과 사회를 위한 헌신이 가장 귀중한 가치라고 수없이 들으며 교육받은 터라 다들 춥고 배가 고파도 견뎌낼 수 있었다. 그런 생각을 하면 우리 모두가 장하면서도 짠하기 이를 데 없다.


## 내 마음을 흔든 군부대 하사

강원도 평강군 농촌 지원에서 나는 잊지 못할 한 남자를 만났다.

대학교 4학년이자 이제 곧 사회에 나갈 졸업생으로, 나는 화장도 하고 멋도 부렸다. 어느 때보다도 자신감에 가득 차 들뜬 마음이었다. 이번 농촌 동원에 선영과 승남, 학철은 빠졌다. 그들은 앞으로 모교의 선생님이 될 예정이었다. 학교에 남아 공부를 해야만 했다. 대학 시절 내내 언제 어디든 함께했던 그들이 없어 못내 아쉬웠지만 어쩔 수 없었다. 남학생과 여학생이 서로 먹을 것을 챙겨주며 힘든 일을 나누고 격려하면서 지낸 지도 예비과 1년을 포함해 벌써 6년째였다. 그런 아쉬움이 있었지만 어느덧 고참이 된 나는 별 걱정 없이 농촌 지원을 나갔다. 하지만 평강군에 도착하자 상황이 예상치 못한 방향으로 흘러갔다.

산지에 속한 평강군에는 단독 작전이 가능할 정도로 규모가 큰 5군단 전연(전방) 부대가 있었다. 농번기가 아니면 젊은 여성을 볼 기회가 전혀 없는 지역이었으므로 여대생들이 왔다는 소식은 주위에 금방 퍼졌다. 이내 선영과 승남, 학철의 빈자리를 채우고도 남을 만큼의 군인들이 모내기를 도와주러 몰려들었다.

우리 반은 2분조에서 일하게 되었다. 분조는 북한 국영 농장들의 작업반 아래에 있는 작업 단위다. 작업반은 4~5개의 분조로 이루어지는데, 보통 15~20명의 농장원들로 구성된다. 마침 이곳에 5군단 군인들이 배정되었다.

매일매일 얼굴을 맞대고 같은 작업반에서 일을 하다 보니 학생들과 군인들은 자연스레 인사를 나누고 말을 섞게 되었다. 우리 반이 일하는 작업반에 동원된 군부대 하사는 언제부터인가 일이 끝나면 우리 반 여자들이 있는 합숙소를 부대 병실 드나들 듯 들락날락했다.

"영희 동무는 제 여동생과 무척이나 닮았습니다. 여동생을 본 지가 하도 오래되어서 얼굴이 보고 싶기도 하고 고향도 그립던 차에⋯⋯."

낮에 함께 모내기를 했던 하사가 자신의 여동생을 들먹거리며 나에게 관심을 보였다.

나는 처음엔 별 관심을 두지 않고 오히려 귀찮아했지만, 적극적인 태도로 찾아오는 그가 언제부터인가 새롭게 보였다.

그의 이름은 최병철.

북한에서는 보기 드물게 키 크고 훤칠한 얼굴의 남자였다. 더군다나 그는 부분대장의 직책을 활용해 연애 '공작'을 잘했다. 당시만 해도 군대에는 후방 물자가 풍족했다. 세 끼 모두 이밥이 나왔고 건빵과 떡 같은 간식도 자주 먹었다. 그는 고된 일을 하면서도 잘 먹지 못하는 우리를 위해 여러 먹을거리를 싸왔다. 그때마다 아이들은 배불리 먹게 되었다면서 내게 함박웃음을 지었다.

나는 그런 그를 멀리하거나 애써 피하진 않았지만, 그렇다고 마음을 내주지도 않았다.

그때까지만 해도 북한에서는 똑똑하고 공부 잘하는 아이들은 모두 대학에 진학하며, 공부 못하고 재능 없는 아이들이 주로 군대에 간다는 인식이 널리 퍼져 있었다. 고등중학교 대부분의 남학생은 나라를 지키는 '군인'이라는 허울에, 또는 군복을 입은 외양에 도취되어 공부를 소홀히 하거나 대학 진학의 꿈을 키우지 않았다. 그러나 나이가 들고 세상에 눈을 뜨면서 대학에 가지 못한 것을 뒤늦게 후회하는 이들이 적잖았다. 공부에는 때가 있다고 했던가. 제대군인의 신분으로 대학생이 되려면 누구보다 배경이 좋고 성적도 뛰어나야 했다. 제대군인이 대학에 간다는 건 어느 누구라도 꿀 수 있는 꿈이었지만, 아무나 이룰 수는 없었다. '빽'이 있어야 하며 출신 성분이 좋아야 하고 뛰어난 머리와 피나는 노력이 따르지 않으면 이룰 수 없는 그야말로 꿈같은 일이었다.

상황이 이런데도 많은 남자아이가 으레 군인을 꿈꾸었다. 남자라면 당연히 군대에 가야 사람이 된다고 믿었다. 강철이 용광로 속에서 단련되듯 강한 규율과 혹독한 훈련 속에서 강인한 사회의 일꾼이 될 수 있다고 생각했다. 현실적인 이유도 중요했다. 군대에 가면 당원이 되었다. 물론 군인이라고 모두 당원이 될 수 있는 것은 아니다. 남자들은 10년간의 군 생활을 거쳐야 입당할 수 있었는데 그만큼 나라를 지키는 일이 어렵고 값지다는 의미였다. 간혹 여자아이들 중에도 입대하는 이들이 있었다.

병철은 그런 자신의 처지를 잘 알고 있었다. 대학생인 나에 비해 자신의 조건이 처진다는 것을 누구보다 뼈저리게 느꼈을 것이다. 하지만 사랑에는 국경도 신분도 없는 법. 어쩌다 보니 여대생을 마음에 두게 된 그가 나와의 사랑을 이루려면 대학이라는 높은 담을 넘어야만 했다. 제대군인으로서 대학 추천을 받겠다는 사명이 생긴 것이다.

그의 사랑이 얼마나 깊고 절실했는지 농촌 지원이 끝난 후에도 그는 매일같이 나에게 편지를 썼다. 내 안부를 물었고 자신의 소식을 전했다.

…… 영희 동무를 위해서 나는 꼭 대학에 가겠습니다.

편지의 내용은 매번 달랐지만 대학에 가겠다는 그의 다짐은 한결같았다.

아무튼 평강군의 농촌 지원은 그가 있어서 한결 수월했다. 나뿐 아니라 반 아이들 모두 그에게 수혜를 입은 셈이었다.

소문을 듣고 날아온 선영

병철이 우리 반 여자들의 합숙소를 드나든다는 소식이 대학에까
지 퍼졌다.

"영희야, 왜 이렇게 늦었니."

"선영 동무가 아까부터 와서 기다리는데 ……."

미영이 나를 보자마자 엉뚱한 이야기를 했다. 대학에서 공부를
하고 있어야 할 선영이 나를 기다리고 있다니. 원산에서 평강까지
오려면 여행증이 있어야 하는데 어떻게 여기까지 왔다는 것인지
영문을 몰라 멍한 눈으로 그녀를 바라보았다.

어두운 얼굴로 이렇다 할 설명을 더는 하지 않는 미영을 보니 나
는 불안했다. 뭐라 묻고 싶었지만, 왠지 침울한 그녀의 표정에 선
영이 이곳에 왔다는 사실이 찬물처럼 내 머릿속을 일깨웠다. 아마
도 선영은 도둑 기차를 타고 몰래 왔으리라. 그렇게 하지 않으면
안 될 일로 나를 찾아왔으리라.

나는 급히 숙소 부근 우물가로 나갔다. 선영이 기다리고 있다는
장소였다. 아니나 다를까, 우물가에 놓인 자그마한 바위 위에 앉아
있는 그의 뒷모습이 보였다.

"그 군인은 보잘것없는 남자야."

내 기척을 느꼈는지 선영은 뒤도 돌아보지 않고 용건부터 꺼냈다.

"……."

순간 나는 당황해 아무 말도 하지 못했다. 그가 말하는 군인은 바로 병철 동지였다. 어떻게 선영이 그를 알고 있는지 모든 게 거짓말처럼 느껴졌다. 소문은 발 없이 천 리도 간다고 했지만 설마 하는 마음이었다. 혹여 대학에서 학생들의 물자를 실어 나르는 일을 맡았던 누군가로부터 나의 소식을, 아니 소문을 들은 것일까.

"대학도 가지 못한 남자야."

선영의 싸늘한 말에 나는 소름이 돋은 팔을 문질렀다. 반갑다는 인사도, 어떻게 지내냐는 안부도 없이 대뜸 병철의 이야기부터 꺼내는 모양새에 반발심이 생겨났다. '사람을 어떻게 학력만으로 평가할 수 있나'라는 말을 꺼내고 싶었지만 입속에서 자꾸 맴돌 뿐이었다.

우리 둘 사이에 불편한 침묵이 흘렀다.

나는 샘물가에 서 있는 그의 등을 올려다보았다. 불빛이 뿌옜다. 안개가 끼어서 그런 건지, 눈에 눈물이 고여 그런 건지 몰라도 나는 손등으로 눈가를 비볐다.

"무엇 때문에 그런 남자를 만나는지 몰라도……."

선영의 말에 그때까지 잠자코 있던 나는 입을 열었다. 일방적인 그의 말을 그냥 듣고 있을 수만은 없었다.

"선영 동무, 오해하지 마십시오."

그 기세에 놀란 듯 그가 얼굴을 들었다. 그제야 나를 건너보았다.

"선영 동무가 생각하는 그런 사이가 아닙니다. 그는 나한테도 잘

해주지만 우리 반 아이들에게도 잘해줍니다. 모내기도 돕고 간식도 챙겨주며 여러모로 도움을 많이 주었단 말입니다. 다들 고마워합니다."

나는 선영에게 병철 동무와 별 관계가 아니라고 말하면서도 왠지 변명을 늘어놓는 기분이 들어 찜찜했다. 선영이 즐겨 쓰던 표현처럼 '개똥 같은 자존심'이 꿈틀거리기도 해서 언짢았다. 그러나 한편으로는 나를 염려해 이곳까지 달려온 선영이 놀랍고 반가웠다. 화가 나 줄곧 냉랭한 목소리로 말하는 그의 모습에서 사랑이 절절하게 느껴졌다. 그는 내 마음을 확인하려고 네 시간이나 달려 이곳까지 한달음에 왔다.

요즘 들어 아이들은 부쩍 나를 붙들고 말했다.

"너희들은 결혼할 거야."

나에게 무엇이든 자신의 몫을 서슴없이 나눠주던 선영을 지켜봐온 증인들의 이야기였다. 없으면 없는 대로 마음이라도 주었던 그의 사랑을 나뿐 아니라 다른 이들도 오래전부터 짐작하고 있었다. 선영의 부모님은 대학교수이고 우리 부모님은 의사였으므로 두 집안이 모두 엘리트라 학력의 차이는 없었지만, 그래도 도시와 시골의 삶에는 분명한 차이가 있었다.

우물가 주변의 나무들을 바라보며 잠시 침묵하던 선영이 다시 입을 열었다.

"나를 두 번 다시 배신하지 않길 바란다."

여전히 차가운 목소리로 나를 나무라고 있었다.

"……."

나는 '그런 적이 없다'고 단호하고 확실하게 말하고 싶었지만 그 말을 입속에 가두었다. 잠자코 있었다. 그러면서도 졸업을 앞둔 지금, 나를 향한 그의 마음을 알게 되어 무척 행복했다.

하지만 선영의 말대로 보잘것없는 남자일지라도 병철의 마음을 차마 짓밟을 순 없었다. 선의와 좋은 마음으로 나를 대했던 그를 배신하고 싶지 않았다.


버들아지 움트는 달 밝은 그 밤에
따뜻한 그대 손목 내 어이 잡았을까
속절없는 마음이 눈물인 줄 알면서
알면서도 물어보자, 그대 마음을


나의 혼란스러운 마음을 알아주기라도 하듯 귓가에 노랫소리가 들려왔다.

알면서도 물어보고 싶은 것은 그대 마음이 아니라 바로 내 자신의 마음이라는 사실을 나는 스스로 깨닫고 적잖이 놀랐다.

나는 선영이 평강에 와서 했던 말을 '너는 내 여자'라는 의미로 받아들였다. 하지만 선영의 마음을 대놓고 확인한 것은 아니었다. "나를 배신하지 말라"는 말이 '나는 너와 결혼하겠다'는 약속인지 장담할 수 없었다. 하지만 나는 그렇게 받아들이는 데 주저하지 않았다.

선영은 나에게 어떤 다짐이라도 받은 양 자기 말을 한 뒤 순순히 뒤돌아섰다. 나를 다시 쳐다보지도 않은 채 어두컴컴한 길을 걸어갔다. 나는 선영의 뒷모습이 보이지 않을 때까지 양손을 꼭 맞잡고서 한참을 우물가에 앉아 있었다. 가슴이 먹먹했다. 아니, 방망이질 쳤다. 아니, 뭐라 할 수 없는 복잡한 심경이었다.


넘을 수 없는 군인과 여대생의 장벽


숙소에 돌아오니 미영과 경미를 비롯한 다른 애들이 내게 모여들었다. 하루 종일 논 작업에 지친 기색이 역력했지만 나를 위로하느라 야단법석이다. 어디서 구해왔는지 손가락만 한 고구마와 김치를 내놓으며 자신들의 연애 경험을 토대로 한마디씩 거들었다.

"선영의 마음이 이해된다."

"병철 동지도 안됐다."

"이 남자도 저 남자도 다 그렇다."

의견들이 분분했지만 결론은 내려졌다.

"영희 너, 병철 동지한테 가서 이렇게 말해라. 당신이 대학에 가면 나와 다시 만날 수 있지만, 가지 못하면 그걸로 끝이다. 아무리 생각해도 이게 최선이야."

하사 출신으로서 대학 추천을 받기도 어렵거니와 설사 추천을 받는다 하더라도 대학에 입학하는 것은 그보다 더 어려운 일이므로 애초부터 내게 관심을 두지 말게 하라는 의미였다.

나는 고개를 끄덕였다. 선영이 먼저 나를 오해했고, 자존심 강한 내 마음을 다치게도 했지만, 어쨌든 오랜 대학 생활 내내 서로의 마음을 주고받으며 지내왔던 그를 어찌 배신할 수 있겠는가.

그즈음 모내기 전투가 막바지에 이르렀다.

"병철 동지가 대학에 가면 그때 우린 다시 만날 수 있을 겁니다."

강원도를 떠나면서 나는 그렇게 말했다.

그는 아쉽고 진지한 눈빛으로 고개를 끄덕였다. 내게 편지를 쓰겠다고 말했다.

그의 말대로 편지를 통해 소식을 주고받는 동안 계절이 바뀌었다.

병철의 편지는 대학 근처의 아는 집으로 왔다. 일부러 선영이 모르게 하려고 부린 꼼수였지만, 언젠가 들킨 적도 있었다. 그때마다 선영은 내게 불쾌하고 싫은 내색을 숨기지 않았다. 그와 상관없이 나는 병철 동지에게 가끔씩 답장을 썼다. 고맙고 미안한 마음에서였다.

병철이 전업 군인으로서 배치받은 근무지는 나의 고향과 그리 멀지 않은 곳이었다. 그가 짬을 내 우리 집을 찾아갔던 사실을 나는 방학을 맞아 집에 내려갔을 때 알게 되었다. 병철이 편지에서 전혀 알리지 않았기 때문이다. 왜 그랬는지는 그리 어렵지 않게 짐작할 수 있었다.

북한에서는 출신과 형편이 비슷한 사람들끼리 결혼을 했다. 남자가 대학을 나오면 여자도 대학을 나와야 한다. 그는 대학을 졸업한 의사 출신인 우리 부모님을 보고 과연 어떤 생각을 했을까. 군관(장교)이긴 해도 대학을 나오지 않아 다음 간부 선발에서 밀릴 수밖에 없는 자신의 처지를 한탄했을 수도 있다. 자격지심 때문에 집에 갔던 사실을 아예 알리지 못했는지도 모른다.

그는 결국 대학에 가지 못했고 우리는 다시 만날 수 없었다.

나는 그때를 떠올릴 때마다 가슴 한구석이 아프다. 잘 대해준 그가 고맙고 미안해서 처음부터 냉정하게 굴지 못한 나 자신을 원망해보기도 했다. 나를 향해 어떤 마음이나 미련도 갖지 않도록 했어야 했는데 그러지 못한 걸 많이 후회했다. 그럴수록 더더욱 병철 동지의 건강과 행복을 남몰래 바라는 것으로 대신했다.

바람 세찬 저 언덕, 파도 넘어 저 멀리
기약 없이 떠나가면 언제 다시 만날까요
안녕히 가시라, 정든 님이여
부디 안녕, 부디 건강, 행복만을 바라요

# 사랑의
# 절정

## 세 커플이 그려본 미래

아이들이 좀 이상했다. 후두둑 창문을 두드리는 빗방울에도, 바닥에 떨어진 작은 나뭇잎에도, 구름 사이로 드러난 초승달에도 웃고 울며 시무룩해지고 반색하던 그들이 이제는 공부를 하다가도, 밥을 먹다가도, 길을 걷다가도 하던 일을 잠시 멈추고 초점 없는 멍한 눈으로 허공을 바라보고 있었다. 마치 썰물이 빠져나간 바다처럼 어딘지 모르게 허전해하는 모습이었다.

얼마 후에 소조 강습이 있었다. 소조 강습은 사회로 나가기 위한 준비 작업 중 하나였다. 아이들은 곧 선생님과 부모님의 울타리를 완전히 벗어나 자기 일을 스스로 책임져야 한다. 대학의 상급생으로서, 사회의 한 일원으로서, 더 나아가 한 어른으로서 오롯이 '혼자' 가야 하는 길이었다. 백두산 답사 길에 곤장덕을 오르거나 농촌 지원 기간에 모내기를 할 때처럼 내가 아닌 다른 누군가의 도움을 받을 수 없다. 이제부터는 무엇이든 혼자의 힘으로 앞날을 걸머져야 한다.

우리 졸업반 학생들은 모든 교과과정이 끝나 도로 건설에 필요한 모래와 자갈을 수집하러 자동차를 타고 어디론가 향하는 길이었다.

"이러다 내 엉덩이 남아나지 않겠다."

학철의 말에 화물자동차에 앉아 있던 아이들이 까르르 웃음을 터뜨렸다.

아무것도 잡지 않고 중심을 잡는다며 설쳐대던 학철은 엉덩이를 문지르며 머쓱하게 따라 웃었다.

채석장으로 가는 길은 산길이었다. 비포장도로였다. 자동차는 천천히 달렸지만 자갈을 밟을 때마다 심하게 덜컹거렸고 아이들의 몸도 덩달아 들썩였다. 아이들은 차의 쇠 난간에 부딪혀 무릎이 멍들고 어깨를 찧어도 아픈 줄 몰랐다. 동무들과 함께 가는 길이라면 언제나 신이 났다.

"영희랑 선영이랑 잘되었으면 좋겠다."

뜬금없는 말에 나는 학철을 빤히 쳐다보았다. 또 무슨 말을 하려나 싶어 눈을 크게 떴다. 바람에 머리카락이 헝클어지고 햇볕에 피부가 그을렸어도 그의 크고 동그란 눈과 오뚝한 콧대, 그리고 각진 턱은 다른 아이들 속에서도 두드러졌다.

배우 못지않은 외모를 지닌 학철은 제 잘난 멋에 좀 독특한 데가 있었다. 잘생긴 외모와 달리 하는 짓은 편편찮았다. 옷에는 늘 무언가를 묻히고 다녔고, 바지는 무릎이 툭 튀어나와 깔끔해 보이지 않았다.

옆에 있던 철영이 거들었다.

"나도 같은 생각이다. 이제까지 우리가 함께한 시간이 얼마냐. 연애를 한답시고 서로 알아가느라 시간 들이고 돈 들일 필요도 없고, 안 그래?"

틀린 말은 아니었다. 지난 몇 년 동안 눈뜨고 잠자기 전까지 모든 걸 함께했으니 성격이든 하는 짓이든 성적이든 속속들이 모르는 게 없었다. 하지만 너무 잘 알아서 문제였다.

"그런 말 마십시오. 우리 반엔 여자 같은 애가 없고 남자 같은 애가 없다고 한 사람이 누군데, 이제 와서 딴소리를 합니까?"

명애가 앙칼진 목소리로 반문했다.

학교생활을 하는 내내 해바라기처럼 철영만을 바라보았던 그녀는 자신의 마음을 받아주지 않는 그에게 야속한 마음을 담아 되쏘았다.

"아니, 나는……. 어쨌든 지금은 영희와 선영의 이야기를 하는 중이다.”

얼버무리는 철영을 도우려고 학철이 다시 끼어들었다.

“그렇지, 승남이랑 미영이도 잘됐으면 싶다.”

학철은 내 눈을 바로 쳐다보면서 말을 이었다.

“너희들이 모두 잘된다면 말이다, 교원 사택에 살면 얼마나 좋겠
냐. 기왕이면 위아래층에 있는 집을 얻어라. ‘영희 동무’ 하고 부르
면 선영이가 나오고 ‘승남 동무’ 하면 미영이가 나오고, 꿩 먹고 알
먹고 더 바랄 게 없다.”

나는 그제야 미소를 지었다. 선영과 내가 잘되길 바라는 그의 마
음이 고마웠다. 학철의 어깨에 손을 올리며 장난치는 선영의 모습
이 해맑았다. 그러나 사람의 일을 어느 누가 장담할 수 있을까.

차가 다시 한 번 크게 덜컹거렸다.

반 아이들 중 하나가 장난스러운 어조로 물었다.

“철영 동무와 명애는 어떻게 되겠습니까?”

학철은 헛기침을 한 번 하더니 신점을 치듯 진지하게 대답했다.

“아, 철영이랑 명애는 글쎄 …… 잘 안 될 것 같긴 하지만, 그래도
잘된다면 원산 시내 말고 교원 사택에서 살면 좋겠다. 그래야 졸
업하고 나서 학교에 오면 너희들을 한꺼번에 볼 수 있지 않겠냐.
동무들 찾아다니느라 시간 낭비할 필요도 없고. 생각만 해도 흐뭇
하다.”

학철의 말에 모두 고개를 끄덕였다.

이제 곧 졸업이었다. 다들 만감이 교차하는지 우리가 탄 화물차에는 갑작스러운 침묵이 찾아왔다. 대학에 입학한 지가 엊그제 같은데 벌써 헤어질 시간이 다가오고 있었다. 가족보다 더 가족처럼 서로를 챙기고 아껴주었던 6년이 6일처럼 짧게만 느껴졌다. 청춘은 왜 이리 아쉬운 게 많은지, 머물고 싶고 되돌아가고 싶은 마음에 멀어지는 산길의 풍경을 나는 자꾸 뒤돌아보았다.

내 눈앞으로 지난 시간이 한 편의 영화처럼 펼쳐졌다. 커다란 배낭을 지고 어수룩한 모습으로 교정에 들어서는 나의 모습이 보였다. 잘 가꾼 운동장, 6년간 매일 드나들었던 교실이 햇빛에 반짝이는 나뭇잎 사이로 잠시 드러났다가 아스라이 사라졌다. 옷장과 책장이 덩그러니 놓인 기숙사 9호실은 자동차 바퀴에 튀어오르는 돌멩이처럼 내 기억의 수면으로 자꾸 솟아올랐다. 모범호실이라고 적힌 쪽패와 라디에이터 위에 올려두고 먹었던 황태, 그리고 속도 전가루떡을 사라고 외치던 아주머니들의 반가운 외침 ……. 송도원 해수욕장의 모래사장과 무리 지어 핀 해당화는 돌아볼 때마다 점점 더 멀어지는 산길을 희붉게 물들였다. 구답시험을 준비하느라 올랐던 학교 뒷산은 돌산 위로 함께 겹쳐졌고, 나를 마중하듯 길 양쪽에 나란히 선 소나무들은 백두산의 이깔나무처럼 하늘을 찌를 듯 곧게 뻗어 있었다.

봄날의 눈석이*

화물차는 어느덧 채석장에 도착했다.

아이들은 돌을 정으로 쪼고 곡괭이로 캐면서 유행가를 불러 젖
혔다.

　잠자는 창가에 조용히 내리어

　나를 깨워준 별이여

　꿈 많은 가슴에 행복을 더해준

　그대를 나는 따르리

　아, 영원한 나의 사랑의 별이여

1980년대 중반에 나온 영화 〈봄날의 눈석이〉의 주제곡이다.

영화는 조총련계 남자와 민단계 아버지를 둔 여자가 주인공이었
다. 둘은 눈만 마주치면 서로 다투었다. 다른 체제와 사상을 가진
사람들이라 하나부터 열까지 부딪쳤다. 그러나 로미오와 줄리엣의
첫 만남처럼 사람의 힘으로 어찌할 수 없는 운명에 이끌렸다. 미운
정도 정이어서 어느새 둘은 좋아하는 사이가 되었다. 마침내 두 가
정의 얽히고설킨 감정이 봄날에 눈 녹듯 풀리면서 사랑이 이루어

● 눈석이: 눈석임(쌓인 눈이 속으로 녹아 스러짐)

진다. 해피엔드였다. 북한에서는 조총련계 남자가 민단계 여자를 변화시키는 내용으로 선전했지만, 아이들의 눈에는 그저 아름다운 한 편의 사랑 이야기일 뿐이었다.

"사랑은 불꽃같아서 모든 장벽을 녹여버린다 ……."

노랫말을 음미할수록 나는 그런 생각을 했다. 국경도, 체제도, 사상도 그 불길 앞에서 흘러내리고 만다고. 정말로 그런 사랑을 알고 있다. 두껍게 쌓인 눈을 단숨에 녹이는 봄날, 아니 불과도 같은 사랑을.

입학하자마자 대학의 연대부 자리를 맡은 똑똑한 인재였던 기철 동지. 그는 그런 사랑의 주인공이 될 만했다. 그는 스물일곱 살이 되어서야 뒤늦게 인연을 만났다. 나이는 어리지만 엄연한 스승이기도 한 여자와 사랑에 빠졌다. 조총련계 남자와 민단계 여자가 서로 사랑하는 사이가 될 줄 몰랐던 것처럼 기철 동지 또한 어린 스승과 연인이 될 것을 미처 알지 못했으리라. 하지만 그게 뭐 대수로운 일이겠는가. 그들의 사랑을 가로막는 장벽이 나타났을 때 그가 보여준 행동은 거칠 게 없었다. 그는 대학의 출학 조치를 두려워하지 않았다. 연인을 지키기 위해 출학을 당한 뒤 신소(伸訴) 편지를 썼다. 그는 마침내 학교로 다시 돌아와 연인과 결혼했다. 사랑은 그를 불굴의 전사로 만들었다. 그는 자신의 사랑을 지켜낸 사나이 중의 사나이였다.

"승남 동무!"

망에 돌을 담고 있던 나는 허리를 펴며 소리 나는 쪽을 바라보았다. 선영이 불거져 나온 바윗덩이를 가리키며 승남에게 뭐라 말을 하고 있었다. 채석장을 쩌렁쩌렁 울리는 그의 목소리를 가까이 들을 수 있는 시간도 얼마 남지 않았다는 생각이 불현듯 머릿속을 스쳐 지났다.

열여덟 소년과 열일곱 소녀로 처음 만났던 때가 어제처럼 생생히 떠올랐다. 학부장님 사택에서 선영의 교복을 빨아 다림질하고 돌아오던 길은 언제나 따스했다. 두 뺨이 얼얼할 정도로 찬바람이 불어도 마음은 봄이었다. 여자 기숙사로 찾아와 떡과 닦은 강냉이를 챙겨주는 그가 있었기 때문이다. 학년이 올라갈수록 앳된 티를 벗어나자 여자 대 남자로 호감이 생겼다. '관심이 있다'고 말로 표현하지 않았을 뿐 선영은 내게 어렵고 힘든 일이 생길 때마다 보디가드처럼 어김없이 나타났다. 교실에서나 식당에서나 그가 나를 바라보던 눈길은 여름날 태양처럼 뜨거웠다. 선영의 타오르는 눈빛을 본 아이들은 부럽고 질투 섞인 눈초리를 다시 나에게 보내곤 했다.

'최선영, 그라면 …….'

손을 잡은 적도 없고 좋아한다는 말을 들은 적도 없지만, 내가 만약 결혼을 한다면 그와 하지 않을까 여러 번 상상했었다.

농촌 지원 기간에 도둑 기차를 타고 나를 찾아 평강군에 왔던 선영. 갑자기 피식 헛웃음이 나왔다. 샘물가에서 그가 쏟아냈던 말들이 한 마디 한 마디 떠올랐다.

'앞으론 어떤 남자와도 가깝게 지내지 마라.'

'나를 두 번 다시 배신하지 않길 바란다.'

결혼을 약속한 적도, 아니 결혼을 전제로 연애를 한 것도 아니고 좋아한다는 말은 더더욱 들어본 적도 없는데 나에게 '배신'을 하지 말라니 ……. 떡을 먹기도 전에 체한 격이었지만 기분이 나쁘지 않았다. 자신의 마음을 에둘러 투박하게 표현할 수밖에 없었던 그의 마음을 아주 잘 알고 있었다. 그는 이미 나를 자신의 여자로 점찍었다.

나는 이마의 땀을 훔치고 있는 선영을 건너다보았다. 영화 〈봄날의 눈석이〉의 노랫말처럼 여자로서의 내 감정을 두드리고 깨우며 불러주고 품어준 별이 바로 거기에 있었다. 꿈으로 부풀고 앞날의 희망으로 벅차며 때로는 그늘진 마음에 빛이 되어준 이가 바로 그였다.

나는 노래에 진실한 마음을 담아 정성스레 불렀다. 지금 이 순간이 영원하길 바라며 힘차게 곡괭이를 휘둘렀다.


그대를 나는 따르리
아, 영원한 나의 사랑의 별이여

선영의 사랑 고백

대학생으로서 받아야 할 모든 수업이 끝났다. 학생들은 더 이상
교실에 올라갈 일이 없었다. 기숙사 호실에 멍하니 앉아 있던 나는
혼자서 노래를 흥얼거렸다.

'아, 영원한 나의 사랑의 별이여⋯⋯.'

나는 곧 사회인이 된다는 사실이 믿기지 않았다. 대학을 떠나야
한다는 생각에 벌써 며칠째 밤잠을 설치고 있었다.

"영희 동무!"

창문을 열고 밖을 내다보던 미영이 나를 돌아보며 말했다.

"선영 동무가 너 찾는다, 야."

나는 창밖을 내다보았다. 선영이었다. 그가 뭐라고 외쳤다. 하지
만 뭔가 이상했다. 모든 강의가 끝난 교실로 오라는 것이었다. 아
무도 없는 그곳에 대체 왜⋯⋯.

"미영아, 나랑 같이 좀 가자."

나는 제 할 일로 바쁜 미영을 얼러 교실로 함께 향했다. 인적이
없는 교실에 혼자 가려니 용기가 나지 않았다. 그는 아무 언질도
하지 않았지만 나는 뭔가 짚이는 데가 있었다.

며칠 후면 우리는 학교를 떠나 뿔뿔이 헤어진다. 졸업식까지는
시간이 남아 있었지만 3대혁명소조 강습을 받고 나면 각자의 소조
지로 떠나야 했다. 또 소조 생활이 끝나면 다시금 배치된 현장으로

이동하므로 사실상 학우들과의 이별을 의미했다.

나는 미영과 나란히 교실로 들어섰다. 선영이 갑자기 우리 둘을 막아섰다.

"미영 동무는 밖에 나가 있어. 영희 동무와 따로 할 얘기가 있다."

선영의 말에 미영은 토끼눈을 하고서 멈칫했다. 나를 한번 쳐다보고는 이내 복도로 나섰다.

나는 선영의 행동이 이상해서 그녀의 뒤를 쫓아 다시금 밖으로 나왔다.

"왜 나왔니?"

"미영아, 어디 가지 말고 여기 있어라. 기다리고 있다가 교실에서 인기척이 나면 바로 뛰어 들어오는 거다. 너도 선영 동무 표정 봤잖아. 왠지 심상치 않다."

미영은 내 말뜻을 알았는지 몰랐는지 고개를 끄덕였다.

여자 기숙사로 나를 찾아왔을 때부터 선영의 분위기는 평소와 달랐다. 새까만 눈동자는 내 얼굴을 뚫어질 듯 바라보았고 우뚝한 콧날과 굳게 다문 입술은 무언가 큰 결심을 한 사람에게서 보이는 결연한 빛마저 서려 있었다. 정말로 큰일이 일어날 조짐이었다. 아주 큰일이 ……

나는 미영을 보초병처럼 복도에 세워두고 교실 안으로 다시 들어왔다. 비품을 챙기고 있던 선영이 고개를 돌렸다. 교실의 집기와 잡다한 물품을 하급생에게 인계하는 일은 소대장으로서 마지막 임무였다.

허공에서 나와 선영의 시선이 마주쳤다. 나는 얼른 눈을 피했다. 굳이 보지 않아도 내 발동작, 손동작 하나까지 놓치지 않고 지켜보는 그의 뜨거운 시선을 느낄 수 있었다. 나는 천천히 탁자로 다가가 바로 앞에 놓인 책상 의자에 맥없이 주저앉았다.

"선영 동무는 뒤에 앉으십시오."

가까이 다가오는 그의 기척을 느낀 내가 담담하게 말했다.

"……."

그는 시키는 대로 잠자코 교실 맨 뒤쪽 책상을 향해 걸어갔다.

나는 6년간 바라보았던 칠판을 새삼 쳐다보았다. 동시에 그가 소리 내지 않고 조심스레 걸으면서도 약간 거친 숨을 몰아쉰다고 느꼈다. 곧이어 의자를 끄는 소리가 난 후 교실 안에는 정적이 감돌았다.

나는 차마 뒤를 돌아볼 수 없었다. 또다시 눈길이 마주치기라도 한다면 피할 수 없을 것 같았다. 깊은 한숨을 쉬었다가 이내 가쁜 숨을 내쉬는 그의 숨결은 어딘지 모르게 불안했고 충동적이었다.

"영희 동무……."

갑자기 터져나온 소리에 나는 어깨를 움찔 떨었다. 침묵은 짧았지만 나를 짓누를 만큼 충분히 무거웠다.

"우리가 같이 공부하고 밥을 먹고 시내 구경을 다니면서 보낸 시간들을 돌아봤어. 웃고 울고 떠들고, 간혹 다투면서 서로 쌓은 정이 평범하진 않았다."

그의 목소리는 보통 때처럼 컸지만 어조는 차분했다.

"네."

나는 다음 말을 기다렸다.

"되돌아보니 내가 그동안 단 한 번도 하지 않은 말이 있더구나."

"……."

"그게 말이다, 무언가 하면 ……."

그는 말을 다 마치지 못했다. 한숨을 쉬는 듯한 소리가 들리더니 가슴을 주먹으로 치는 듯한 소리가 연이어 들려왔다.

나는 숨소리마저 참고 있었다. 그의 다음 말이 무엇인지 알 듯 모를 듯, 두근거리는 심장을 진정시킬 수 없었다.

"좋아한다."

나는 숨이 멎는 듯했다. 오랜 대학 시절 내내 절절한 눈빛으로 대신했던 말, 그의 집에 다녀왔을 때조차 내게 하지 않았던 그 말.

"너에게 말이다, 진심으로 좋아한다는 얘기를 하지 않았다."

좋아한다는 말뿐이던가. '서로 친하게 지내자'는 말조차 너무 아꼈던 나머지 해본 적 없지 않았던가.

나는 주먹 쥔 손을 무릎에 올려놓은 채 그의 이야기를 듣고 있다가 조심스레 입을 열었다.

"친한 동무 사이에 그런 말이 왜 필요하겠습니까?"

나는 짐짓 그의 뜻에 어깃장을 놓았다. 지난 6년을 돌고 돌아 헤어지는 마당에 좋아한다는 고백을 듣게 되어 다행이다 싶다가도 어쩐지 기운이 빠졌고 슬며시 화가 나기도 했다. 그만큼 듣고 싶었던 말이라서 그런지도 몰랐다.

"무슨 말이 그래? 내가 널 여자로서 좋아하지 않는다면 너희 집까지 찾아갈 이유가 어디 있겠나."

선영의 목소리에 다급한 기운이 느껴졌다. 내 귓가에 '또 개똥같은 자존심을 내세우냐'고 타박하는 그의 속마음이 들리는 듯했다.

얼마 전 선영은 졸업 실습 기간을 틈타 우리 집을 찾아갔었다.

재정과의 실습은 공장과 기업소에 나가 재무회계를 담당하는 것이었다. 그는 김책으로 배치되었지만 실습은 뒷전이고 일주일씩이나 우리 가족과 함께 시간을 보냈다. 길주의 펄프공장으로 실습을 나갔던 나는 다른 노동자와 똑같이 기숙사 생활을 하던 중이라 그가 집에 다녀간 사실을 한참 후에야 알았다.

"성격이 시원시원한 게, 남자 중의 남자더구나."

사윗감이 될지도 모를 선영에게 좋은 인상을 받은 어머니는 반색했다. 묻지도 않았는데 아버지 또한 흡족해하신다고 덧붙였다.

"언니네 반에 선영이라는 사람, 최고야, 최고. 그 사람이랑 결혼해, 언니."

여동생은 대놓고 결혼을 하라고 조르기까지 했다.

아마도 선영은 내가 어떻게 살아왔는지, 부모님은 어떤 분들인지, 동생들은 어찌 지내는지 두 눈으로 직접 확인하고 싶었던 모양이다. 하지만 그런 깜짝쇼를 벌이고 나서도 내색 한번 하지 않았기에 나는 염탐당한 듯 왠지 찜찜했다.

사실 속마음은 그게 아니었다. 졸업 실습을 무시하면서까지 우리 집에 찾아갈 만큼 나를 향한 그의 진심과 결심, 그리고 사랑을 확인할 수 있어 내심 반가웠다.

"네가 왜 그러는지 잘 모르겠지만 내 마음은 그렇다. 그때 너희 집에 가서 느낀 점이 많았다. 너희 아버지는 동네 사람들에게 존경을 받고 계시더구나. 어머니도 내게 성심성의껏 잘 대해주셨고. 그런 부모님 밑에서 밝고 바르게 자라서 내가 널 좋아한 게 아닌가 싶더라."

그는 이미 우리 부모님의 허락을 받은 것과 마찬가지였다. 나 또한 선영의 부모님에게 좋은 점수를 받았다. 둘 사이에 남은 것은 한 가지, 결혼뿐이었다.

생각은 유영하듯 막힘이 없었지만 이 땅에 발 딛고 서 있는 나는 그리 쉽게 앞으로 나아가지 못했다. 선영이 앉아 있는 자리를 차마 돌아볼 수 없었다. 조금의 틈이라도 보인다면 그가 당장 일어나 내게로 달려올 것 같았다. 덥석 내 손을 잡으면 어떡하나 두렵고 떨렸다. 어쩌면 왈칵 달려들어 날 부둥켜안을 수도 있었다. 연인 사이에 껴안고 마음을 나누는 게 뭐 그리 대수로운 일인가. 더군다나 오늘이 지나면 이별이 아닌가. 그런데도 나는 선영이 내 마음을 확인하려 들거나 훔치려 하는 게, 그리고 그런 행동을 할까 봐 두려웠다. 참 알다가도 모를 여자의 마음이었다.

나는 숨소리도 내지 않고 석상처럼 자리에 붙박여 있었다.

잠시 후 뒤편에서 의자 끄는 소리가 나더니 그의 말이 이어졌다.

"네가 곧 대학을 떠난다고 생각하니까 원산 시내에 놀러 나갔다가 학교로 돌아오던 길이 자주 떠올랐다. 발이 아픈 널 등에 업고 걸어오면서 나누던 이야기들이 아직도 귓가에 생생하다. 내가 힘들까 봐 자꾸만 내려달라고 하던 너의 목소리도 잊을 수 없다."

그의 말끝이 조금 떨렸다. 남의 집 부엌에 들어가 강냉이를 닦아 올 정도로 담력이 센 그가 떨고 있었다.

나는 다시 주먹을 쥐었다. 조금이라도 이상한 낌새가 보이면 복도로 뛰쳐나갈 생각에 입술을 앙다물었다. 물론 소대장 선영은 나에게 일생의 단 한 번뿐인 첫사랑이었다. 그러나 그는 몹시 흥분해 있었다, 자신이 떨고 있다는 사실을 모를 만큼.

"영희 동무."

다정히 부르는 그의 목소리에 순간 돌아볼 뻔했던 나는 어떤 대답이라도 하지 않으면 지금 이 상황을 모면할 수 없겠다는 생각이 들었다. 대학에서의 수업은 모두 끝났다 해도 아직은 둘 다 학생 신분이기에 순간의 감정에 휩싸여 행동한다면 부모님과 동무를 볼 낯이 없다. 그땐 그런 생각을 했었다.

나는 주먹을 꼭 쥔 채 침착하지만 부드러운 목소리로 대답했다.

"선영 동무, 이제라도 동무의 마음을 알게 되어 기쁩니다."

교실 문을 나서는 내 두 다리는 금방이라도 주저앉을 듯 떨리고 있었다.

"별일 없었니? 무슨 얘기 했어?"

차마 교실 안은 엿보지 못하고 복도를 서성이던 미영이 내 손을 잡으며 물었다.

"너무 가까우면 오히려 보이지 않는 법이잖아."

"응? 그게 무슨 소리야?"

"저 사람한텐 나밖에 없어."

"얘기가 잘됐구나, 다행이다."

자기 일인 양 내 손을 잡고 기뻐하는 미영을 보며 나는 혼잣말을 중얼거리듯 대답했다.

"이상해. 먹구름이 낀 것처럼 마음은 왜 이리 무거울까."

소조 강습이 끝나고 며칠 후 나와 선영은 다시 학교로 돌아왔다.

소조지로 출발해야 하는 나는 짐을 챙겨들고 그와 짧은 만남을 가졌다. 모교의 선생님이 될 선영은 학교에 남을 예정이었다.

"가거들랑 몸조심해라. 넌 잘하리라 믿는다."

선영은 쫓기는 사람처럼 만나자마자 작별의 인사부터 건넸다.

"네, 선영 동무도 연구원 생활 잘하십시오."

아쉬운 마음에 선영의 발끝을 내려다보면서 나는 머뭇거렸다.

"그리고 영희 동무는 내 고백을 어찌 생각하는지 연락 다오."

선영은 그 말을 내뱉고는 성큼성큼 뒤돌아갔다.

뭐라 대답할 틈도 주지 않고 총총히 멀어지는 그의 모습을 보며 나는 작은 한숨을 쉬었다. 늘 수완이 좋았던 소대장. 내 앞에만 서면 이상하게도 '순진한' 남자가 되는 이유를 알 듯 모를 듯했다.

그에게서 좋아한다는 말을 어렵사리 들었지만 좀 더 부드럽고 세심하게 자신의 마음을 고백해주면 얼마나 좋았을까 싶은 아쉬움에 나는 그의 모습이 보이지 않을 때까지 자리에 우두커니 서 있었다. 그래도 문제될 건 없었다. 그의 마음은 확실했다. 내 마음도 다르지 않았다.

나는 명치 부근을 쓸어내렸다. 그의 고백을 들은 다음부터 이상하게도 체한 듯 가슴이 답답했다. 올려다본 하늘은 금방이라도 비가 내릴 듯 낮은 회색 구름으로 뒤덮여 있었다. 나는 서둘러 기숙사로 발걸음을 옮겼다.

첫사랑이 애틋한 건 이루어지지 않기 때문이라는 아주 흔한 말처럼 우리 둘은 다가올 앞날을 전혀 예측하지 못했다.


끝없이 걷고 싶은 평양의 밤


1987년 4월에 3대혁명소조 강습이 평양에서 열렸다. 우리는 평양 보통강호텔에 머물렀다. 18년 만에 평양을 다시 찾은 나는 아주 어릴 적이라 기억나지 않아도 왠지 친근하고 활기찬 거리의 모습에 적잖은 감동을 받았다. 밤에도 낮처럼 환한 거리, 퇴근하는 사람들의 행렬, 잘 다듬어진 가로수. 수도 평양이 왜 국가의 중심인지 잘 보여주는 광경이었다.

길을 밝히는 가로등과 삼삼오오 무리 지어 걸어가는 사람들의 표정을 유심히 살폈다. 대학이 밀집된 구역이라 그런지 교복 차림이거나 책을 손에서 놓지 않는 학생들이 대부분이었다. 평양에는 김일성종합대학, 김책공업종합대학, 김형직사범대학을 비롯한 여러 중앙대학은 물론이고, 고위 관료의 자녀들이 다니는 혁명학원, 그리고 청소년들의 예술적 재능을 키워주는 평양학생소년궁전이 있었다. 그래서인지 다른 지역보다 교복을 입은 학생들이 자주 눈에 띄었다.

경미는 거리를 가로지르는 전차의 속도에 놀라 신기한 듯 주변을 두리번거렸다.

"철영 동무, 전차 모양이 왜 다릅니까?"

"레일 위로 달리는 게 궤도전차, 전선에 연결시켜 레일 없이 가는 게 무궤도전차야."

철영은 경미의 질문에 자세히 설명해주었다.

"왜 전차를 이용하는지 아니? 일단 공해가 없어. 또 기름도 안 나는 나라에서 유용한 ……."

그는 혁명학원을 다닌 경험 때문인지 평양의 모든 것에 익숙한 듯 말을 이었다.

나도 공중에 설치된 전깃줄 하나에 의지해 미끄러지듯 앞으로 나아가는 무궤도전차를 유심히 바라보았다. 학교에서는 전기 절약 때문에 복도의 불조차 띄엄띄엄 켜는데, 저 커다란 쇳덩어리를 움직이려면 대체 전기가 얼마만큼 드는지 놀랍기도 하고 부럽기도 했다.

나와 미영, 그리고 경미와 철영은 밤낮으로 평양의 거리를 쏘다녔다. 아쉽게도 명애는 함께하지 못했다.

철영은 학교에서부터 평양까지 자신을 집요하게 따라다니던 명애를 매우 부담스럽게 여겼다. 지켜보는 이들이 민망할 정도로 그녀에게 모질게 굴었다. 돈이나 밥은 구걸할 수 있어도 사람의 마음만큼은 스스로 지킬 줄 알아야 한다는 게 그의 생각이었다.

우리는 냉면으로 유명한 옥류관에도 가보고 보통강과 대동강 강가를 따라 하염없이 걷기도 했다. 대동강 주변에는 연초록색 긴 머리를 늘어뜨린 버드나무가 강변을 따라 늘어져 있었다. 그 아래 놓인 긴 의자는 봄밤을 즐기려는 수많은 청춘의 보금자리가 되어주었다.

예로부터 평양은 버들로 우거진 풍경이 아름답기로 유명했다. 버들이 우거진 수도라는 뜻에서 유경(柳京)이라고도 불렸다. 대동강유원지, 보통강유원지, 모란봉청년공원 등 수많은 공원과 유원지가 꾸며져 있어 송도원유원지와는 또 다른 운치가 있었다.

"끝없이 걷고 싶어라, 내 사랑 평양의 밤아."

미영이 경치에 취한 듯 노래를 불렀다.

경미도, 철영도, 나도 입을 모았다.

한참을 노래하며 걷다 보니 어느새 보통강에 이르렀다.

"소조 나가서 어떻게 할지 생각해봤니? 아니지, 결혼이 먼저인가?"

철영이 문득 걸음을 멈추며 물었다.

미영과 경미가 부끄러운 듯 얼굴을 붉히며 까르르 웃음을 터뜨렸다.

"동무들이 다들 어떤 남자와 결혼할지 궁금하다."

나는 철영의 말에 고개를 크게 끄덕였다. 건너편에 있는 버드나무도 그렇다는 듯 바람에 부드럽게 흔들리고 있었다.

졸업, 소조, 결혼, ……. 대학이라는 울타리를 벗어난 지 얼마 되지도 않았지만 벌써부터 학창 시절이 먼 옛날처럼 그리워졌다. 동무들이 곁에 있는데도 자꾸 보고 싶었다. 나는 미영과 경미, 그리고 철영 동무의 얼굴을 가슴에 새기기라도 하듯 오랫동안 바라보았다.

"원산경제대학 김영희!"

호명을 받은 나는 자리에서 일어섰다.

각지에서 온 소조원들이 인민문화궁전에 모였다. 일제히 치는 박수 소리에 잠시 얼떨떨했지만 심호흡을 한 뒤 어깨를 펴고 단상으로 씩씩하게 걸어 나갔다.

소조는 노동당원, 대학생, 기술자와 과학자 등으로 구성된 명실

상부한 엘리트 출신의 조직이었다. 그 안에 당당히 자신의 이름 석 자를 올렸다는 건 집안의 영광이 아닐 수 없었다. 게다가 소조원들을 한 명씩 호명해 일일이 파견장과 배지를 전달하는 행사가 열리는 인민문화궁전은 3000석의 대회의실과 연회장을 갖춘, 기와지붕이 매우 아름다운 건물이다. 일반인은 농업대회나 경공업 일꾼대회가 아니면 평생 단 한 번도 들어가 보기 어려운 곳이었다.

회의가 끝나고 우리는 가슴에 단 배지를 서로 비교해보며 한껏 들떠 있었다. 사상, 기술, 문화라는 세 단어 아래 3대혁명소조라고 쓰인 배지는 일종의 임명장이었다. 전국 현장에 나가 그간 민족간부로서 갈고닦았던 실력을 펼치라는 나라의 명령이었다.

"미영이는 어디로 배치됐니?"

"강원도."

"나도 강원도야."

"경미는?"

"함경남도."

우리는 운 좋게도 서로 가까운 곳에 배치되었다. 파견장을 갖고 다시 학교로 복귀했다 각자 현장으로 돌아가기까지 하루 이틀 정도의 여유가 생겨 다행이었다.

기차는 다시 원산으로 향했다. 점점 멀어져가는 평양의 거리를 바라보며 내 고향 길주도 그처럼 발전할 수 있게 되길 바랐다. 길주뿐 아니라 전국의 모든 마을이 평양처럼 생기 넘치며 살기 좋은 곳이 될 수 있으면 좋겠다고 생각했다. 각지의 현장에서 기술혁신을 하느라 꽃 같은 목숨을 바친 수많은 소조원 선배들의 위업을 이어나가리라 스스로 마음을 다잡았다.

# 사랑과 우정의
# 갈림길에서

배신, 그리고 학철의 짝사랑

내가 3대혁명소조 강습에 참석하기 위해 평양에 가 있는 동안 학교에 남아 있던 선영은 한 여자를 만나고 있었다.

"사귀라는 게 아니다. 내 체면도 있으니 얼굴만 잠깐 비추고 오란 소리다."

다른 학부의 한 제대군인이 교수가 되기 위해 연구원 수순을 밟고 있는 똑똑하고 출신 좋은 선영을 가만 놔두지 않았다.

"괜찮습니다, ○○ 동지."

선영이 아무리 고사를 해도 제대군인은 쉬 물러서지 않았다.

"영희 귀에만 들어가지 않으면 되는 거 아니냐? 따지고 보면 둘이 앞날을 약속한 것도 아니고, 설사 그렇다 해도 바람피우는 것도 아니잖아. 절대로 아무한테도 말하지 않을 테니 어떤 여자인지만 봐라."

비밀은 '비밀'이라고 말하는 순간 비밀이 아니다. 그러고 보면 세상의 모든 비밀은 누설을 전제로 존재하는지도 모를 일이다. 공공연한 비밀처럼.

선영은 끝내 제대군인의 청을 이기지 못하고 다른 여자를 만나러 약속 장소에 나가고 말았다.

"영희야, 영희야, 그 얘기 들었니?"

소조 강습을 마치고 돌아온 다음 날, 흥분한 미영이 기숙사의 호실로 뛰어 들어오며 나를 찾았다. 마침 소조지로 떠나기 위해 짐을 챙기고 있던 나는 미영에게 물잔을 건네며 물었다.

"왜 그래, 무슨 일인데?"

"말해야 되나, 말아야 하나."

"뭘?"

"에이, 정말."

"뭔데 그러니?"

뜸을 들이는 미영을 내가 재우쳤다.

"그래도 넌 알고 있어야지, 암. 놀라지 마라. 선영 동무가 글쎄, 노동과에 있는 미영을 만났단다."

나는 손에 들고 있던 책을 힘없이 떨어뜨렸다.

"괜찮니? 영희야, 영희야."

미영의 목소리가 아득하게 들렸다. 머릿속에는 한 단어만 떠올랐다.

'배신자 …….'

얼마 후에 나는 강원도당에서 군 배치를 받아 강원도 소조 현장으로 출발했다. 회양군에 배치된 사실을 선영에게는 알리지 않았다. 덕원역에서 기차를 타고 고산역까지 두 시간, 다시 고산역에서 버스를 타고 두 시간 정도 철령 고개를 넘어야 회양군이 있다. 그리 멀지 않은 거리였다.

미영은 회양군을 경유해 금강군으로 가야 했다. 우리 둘은 평양-평강행 기차에 함께 올랐다. 기차 안에서 미영은 나의 기분을 살피느라 전전긍긍했고, 나는 창밖에 눈을 둔 채 아무 말도 하지 않았다.

선영이 많이 미웠다. 그렇게 신념이 약한 남자를 어떻게 믿고 살수 있겠는가? 기왕 일이 이렇게 된 바에 다른 선택을 해야 하는 건 아닌지 고민했다. 나와 선영 사이에 모종의 불미스러운 일이 생긴 걸 알고 있었던 학철은 내가 회양으로 떠나기 전날, 나에게 이런 말을 건넸다.

"선영이가 노동과 학생인 미영이를 만났다면서?"

소조지로 떠나기 앞서 나는 대학에 남게 된 동무들과의 작별 인사를 하느라 남자 기숙사에 들렀다. 그때 학철이 아는 체를 했다.

대뜸 듣고 싶지 않은 말부터 꺼내는 그의 태도에 기분이 상했지만, 신입생 시절에 속도전가루떡을 손으로 직접 만들어주던 학철의 모습을 떠올리며 애써 미소로 답했다. 그러고 보니 학철의 지금 상황은 선영과 비슷했다. 그도 모교의 선생님이 될 예정이었고 아버지가 교수였다.

"심정이 어떠냐?"

학철은 그런 복잡한 내 마음을 아는지 모르는지 다시금 물었다.

나는 대답할까 말까 고민하다가 자포자기한 심정으로 운을 뗐다.

"괘씸합니다. 자기가 한 말에 끝까지 책임을 지지 않는 사람인지 미처 몰랐습니다."

"후회하니?"

"네."

나는 단호하게 대답했다.

그 순간만큼은 진심으로 선영과 만난 것을 후회했다. 좋아한다고 고백해놓고선 다른 여자와 만난 사실을 용서할 수 없었다. 오히려 책임감 없는 남자를 마음에 두었던 내 자신을 용서하기가 더 어려웠다.

"학철 동무도 나처럼 졸업하면서 후회되는 일 있습니까?"

내 생각에 빠져 있던 나는 얼결에 그런 질문을 던졌다.

"있다."

학철은 대답하며 내 얼굴을 마주 보았다. 뭔가 망설이는 듯 입술을 달싹이던 그는 고개를 끄덕이며 다시 말을 이었다.

"그게 뭐냐면 말이다."

나는 한참 뜸을 들이는 그의 모습이 낯설어 눈을 크게 떴다.

"선영이 저렇게 변할 줄 알았다면, 내가 먼저 너한테 고백할 걸 그랬다. 널 처음부터 좋게 생각했는데, 그동안 네 곁에 선영이 있어서 그렇게 못했어."

나는 뜻하지 않은 그의 고백에 놀랐다. 그런 마음을 여태까지 숨기고 있었다니 ……. 그가 어딘지 모르게 다시 보였다. 그런 마음을 진즉 눈치채지 못한 나의 무심함이 괜히 미안해졌다. 그러자 평소 여학생들을 얕잡는 듯했던 그가 내게는 단 한 번도 그러지 않았다는 것과, 선영을 찾아 남자 기숙사에 들르면 언제나 간식을 챙겨주던 이도 다름 아닌 학철 동무였다는 사실이 확실해졌다.

방학이면 갈마-라진행 열차에 올라 열 시간을 떠들며 함께한 세월이 자그마치 6년이었다. 그가 그런 마음을 품었을 만도 했다. 하지만 나는 영화배우처럼 커다랗고 동그란 눈에 키가 훤칠한 학철을 남자로 생각해본 적이 없었다. 내게 학철은 남자가 아니었다.

"그래서 말인데, 이제라도 어떠냐?"

아무도 모르게 날 여자로서 아끼고 좋아해준 학철. 그 마음은 너무도 고맙게 느껴졌지만 그의 고백을 받아들일 순 없었다. 그러기에는 선영이 내게 준 상처가 컸다.

"우리 대학에 남자 같은 남자는 없습니다."

차디찬 나의 말에 학철이 고개를 돌렸다. 대학 생활을 하면서 아이들끼리 수시로 장난삼아 하던 말이었지만, 면전에서 보란 듯 내뱉는 나의 태도에 마음을 다쳤을 터였다.

"소조 나가면 열심히 일해야 합니다. 또 당원이 되려면 그보다 더 노력해야 합니다. 지금으로선 아무도 만나고 싶지 않습니다."

나는 본의 아니게 그에게 상처를 준 것 같아 변명하듯 말을 이었지만, 학철은 나의 속내를 알아챈 눈치였다. 들릴 듯 말 듯 한숨을 내쉰 학철이 말했다.

"소조 나가서 곰곰이 생각해봐. 내가 아니어도 …… 선영이는 다시 안 만날 거야?"

우리가 탄 기차는 벌써 고산역에 도착했다.

정신을 차린 나는 미영이 앉았던 빈자리를 손으로 쓸었다. 미영은 지금쯤 금강군을 향해 길을 서두르고 있을 것이다. 그녀와 그리 멀지 않은 곳에 배치되었지만 쓸쓸한 생각이 엄습했다. 갑자기 못 견디게 동무들이 그리웠다. 하지만 기차역에 내린 나를 맞은 것은 철령 고개를 넘는 버스였다.

철령은 강원도 회양군과 안변군 사이에 있는 고개로, 예부터 북청으로 귀양을 떠났던 이들이 넘는 높은 산마루였다. 광해군 때 인목대비 폐모론에 반대하다가 귀양살이를 했던 이항복도 이곳을 넘으면서 유명한 시조를 남겼다.

철령 높은 봉에 쉬어 넘난 저 구름아

고신원루를 비 삼아 띄워다가

임 계신 구중심처에 뿌려본들 어떠리


내 인생에도 철령 고개와 같은 고비가 찾아왔다.


## 쉽게 풀리지 않는 마음


선영과 헤어지고 1년이 지났다.


영희 동무, 내가 잘못했다. 친하게 지내는 ○○ 동지가 한 번만 만나달라고 조르는 바람에 차마 거절하지 못했다. 다른 뜻은 없었다. 나는 그의 체면을 생각해서 형식상 만났을 뿐이다. 화난 심정을 모르는 건 아니지만 오해할 일 없다. 제발 연락 다오. 미안하다.


선영은 내가 있는 회양군 소조 합숙으로 매일같이 편지를 보냈다. 주소를 어떻게 수소문했는지 모르지만 편지로 사과하고 또 사과했다.

나는 답장을 하지 않았다. 남자는 한 여자만을, 여자는 한 남자만을 가슴에 품어야 한다고 믿었던 사랑을 산산조각 낸 장본인. 한

번 깨져 버린 믿음 때문인지 그를 다시 받아들이기 어려웠다. 처음 가슴에 품었던 연인의 배신으로 생겨난 마음의 응어리는 쉽사리 풀리지 않는 법이다. 긴 시간에 걸쳐 편지를 보내는 그의 정성과 미안해하는 마음은 진심이었다. 게다가 소조지에서 여러 사람을 만나고 경험을 쌓아가면서 나는 어느 정도 그의 입장을 헤아리고 있었지만, 여전히 답장을 쓰진 않았다.

계절이 바뀌는 동안에도 잊지 않고 편지를 보내던 선영이 합숙소로 전화를 걸어왔다.

"뭐, 뭐라고요? 잘 안 들립니다."

북한에서 전화는 회사에만 있다. 게다가 전화 교환원을 여러 번 거친 회선이어서 통화 감도가 좋지 않았다.

"편지를 못 받 …… 이번 회의에 …… 원산 …….."

"네, 네?"

"꼭 만나 …… 기다리고 …….."

그러나 뚝뚝 끊기는 그의 목소리가 무엇을 말하고 있는지 나는 똑똑히 알아들을 수 있었다.

일 년에 두 차례, 원산에서 강원도 전체 소조원 회의가 열렸다. 일정이 정해져 있었다. 그래서 선영은 전화를 걸어와 내가 회의에 참석하는 날에 맞춰 꼭 만나자고 애원했다.

그간 나는 원산에 자주 출장을 갔지만 단 한 번도 그에게 연락하지 않았다. 학교에서 연구원 생활을 하고 있는 승남과 학철에게도

마찬가지였다. 그들에게 연락하면 당연히 선영과 마주하지 않을
수 없을 테니까.

나는 원산 출장길에 드디어 학교를 찾았다. 2년 만에 다시 찾은
학교는 그대로였다. 바람도, 산도, 건물도 예전과 똑같았다. 변한
것은 오로지 사람들뿐이었다. 그 생각에 미치자 왠지 모르게 우울
했다.

"야, 이게 얼마 만이야. 처녀티가 나서 못 알아보겠다. 반갑다,
동무들아."

같은 강원도 소조였던 미영과 나를 가운데 두고 남자 셋이 둥글
게 모여 빙빙 돌기 시작했다.

"동무가 이렇게 반갑구나, 이렇게 좋구나."

얼마나 신나고 즐거운지 학철은 어깨춤을 추었고, 승남은 숨이
넘어갈 듯 웃었으며, 선영은 반갑다는 소리를 연신 질러댔다.

나는 망아지처럼 천방지축 뛰어다니는 남자들의 모습이 좀 우스
웠다. 우울했던 마음은 어디론가 사라지고 어릴 시절로 되돌아간
듯 어지러운 머리를 짚으며 함께 제자리를 돌았다. 교정에 늘어선
감나무의 열매처럼 얼굴이 금세 주홍빛으로 변했지만 흥분을 감출
수 없었다.

졸업을 하고 소조에 나가 있어도 여전히 함께 뭉치면 열일곱, 열
여덟 살 학생으로 돌아갈 수 있는 건 바로 우정의 힘, 동무들이 있
어서였다.

"매일 우리 반 동무들 사진을 보면서 혼잣말을 했는데, 다들 몰랐지?"

학철이 아이들을 둘러보며 감격해 말했다.

"정말 그랬습니까?"

가을 햇빛을 손으로 가리며 미영이 물었다.

"그럼, 미영이는 뭐 하고 있을까? 경미는 잘 지내고 있나? 영희는 우리가 보고 싶지도 않나? 하면서 사진이 닳도록 들여다봤어."

승남은 오랜만에 만난 동무들을 위해 특별히 만든 떡을 집어주며 맞장구를 쳤다.

"이렇게 마주 대하니까 새삼 시간이 많이 흘렀구나 싶다. 다들 그때에 비해 변한 것 같기도 하고 학생 때 그대로인 것 같기도 하고, 참 ......."

승남은 옛날 기억이 떠오르는지 말끝을 흐렸다.

나는 소조 강습이 끝난 뒤 남자 기숙사에 가보고 나서야 알았다. 선영과 승남, 그리고 학철은 반 동무들이 보고 싶을 때마다 이불장 뒤에 사진을 붙여놓고 그리움을 달랬다는 사실을. 하루에도 몇 번씩 이불장을 열어 아이들의 얼굴을 보고 또 보았다는 사실을. 반 동무들을 향한 그들의 애정은 그렇게 깊고 순수했다.

북한의 대학교 사진첩은 학생들의 입학부터 졸업까지 활동했던 모습들을 모두 기록하기 때문에 매우 두툼하다. 남학생들은 친하게 지냈거나 점찍어둔 여학생의 독사진을 동그란 모양으로 오려 큰 종이에 붙여놓고 먼산바라기를 하곤 했다.

언젠가 나는 부모님의 대학 사진첩을 본 적이 있다. 사진 속 어머니는 기타를 치고 아코디언을 켜는 발랄한 여대생 그 자체였다. 일제 때 도쿄로 유학 갔을 만큼 교육을 많이 받은 외할아버지와 외할머니의 피를 이어받아 구김살 없는 모습이 아닐 수 없었다. 반면 말수가 적고 내성적인 아버지의 사진첩은 온통 공부밖에 모르는 순진한 남학생의 모습이었다.


## 선영의 감 배낭


날이 어두워져 원산의 한 여관으로 자리를 옮긴 우리는 밤새 이야기보따리를 풀었다. 학철과 승남이 후보 준박사(석사과정) 자격을 갖추느라 밤낮으로 연구에 매달렸던 일이며, 학생들의 수업 분위기가 예전 같지 않다는 푸념까지 지난 2년여의 연구원 시절을 설명하느라 정신이 없었다.

선영이 잠시 자리를 비운 사이 학철이 내 곁으로 다가왔다. 무슨 말인지 하려고 운을 떼다가 망설이는 눈치였다. 헛기침을 몇 번 하고는 낮은 목소리로 물었다.

"내가 그때 기숙사에서 한 얘기 생각해봤니?"

학철은 아직까지도 날 잊지 못하고 있었다. 그 마음을 어찌 받아

들어야 할지 난감하면서도 몹시 고마웠다. 나는 지금처럼 편한 동무로 지내고 싶은 마음에 웃으며 대답했다.

"동창생하고는 연애할 생각이 없습니다."

학철이 무겁게 고개를 끄덕였다. 그러나 표정만큼은 오래 미뤄둔 숙제를 해결한 듯 홀가분해 보였다.

때마침 방으로 들어오는 선영과 내 눈이 마주쳤다. 하지만 선영은 슬며시 시선을 돌렸고, 나는 짐짓 아무렇지도 않은 듯 승남의 이야기에 귀를 기울였다.

나는 원산에서 일을 마치고 다시 회양군으로 돌아왔다.

선영과는 별다른 이야기를 나누지 못했다. 지은 죄가 있어선지 그는 시종일관 침묵하거나 아이들의 이야기에 가벼운 반응만 보였다. 후보 준박사가 된 그는 이제 곧 강원도 소조를 나가기로 되어 있었다. 대학의 연구원에서 2년을 공부한 대학생들도 1년 동안 소조 생활을 할 의무가 있었다.

"소조 동지, 좀 나와보십시오."

소조 합숙소에 누군가 나를 찾아왔다는 전갈을 받았다.

정문으로 나가보니 선영이었다. 학교에 있어야 할 사람이 밤늦은 이 시간에 왜 여기 나타났을까. 나는 놀란 가슴을 쓸어내리며 달려 나갔다.

"어, 어……."

막상 그의 꼴을 보니 말문이 막혀 웃음도 아니고 신음도 아닌 이상한 소리가 튀어나왔다. 얼굴이며 옷은 검댕 칠을 한 듯 새까맣고, 자기 덩치보다도 더 큰 배낭을 짊어진 채 바닥에 주저앉아 헐떡이는 모습이라니. 선영은 전쟁터에서 살아 돌아온 병사처럼 나를 보며 헤벌쭉 웃었다.

알고 보니 원산에서 나의 출발 소식을 미처 알지 못했던 선영이 뒤늦게 화물열차를 타고 이곳까지 쫓아온 것이었다. 여행증이 없어서 대학교수라는 사람이 화물과 화물 사이에 짐처럼 끼어 앉아 실려 온 터였다.

"내가 몰래 밤에 나가 교정에서 가장 실하고 큰 걸로 골라왔다."

숨을 돌릴 새도 없이 선영은 내 앞에 배낭을 열어 보였다.

배낭 속에는 9월 가을볕에 물이 오른 감이 한가득 들어 있었다.

"침을 내서 소금물에 담가둬라. 어느 정도 삭히면 떫은맛이 빠지고 맛있을 거다."

"선영 동무⋯⋯."

내 눈가에 와락 눈물이 고였다.

단단하고 커다란 감은 돌멩이 못잖게 무거웠다. 그것을 한 짐 가득 메고 혼자서 철령 고개를 터덜터덜 넘었을 그의 모습이 눈앞에 그려졌다.

"모교를 잊지 마라. 나도 잊지 말고."

그 순간 나는 그에 대한 모든 감정이 봄날의 눈석이처럼 풀어지는 걸 느꼈다. 그가 가져온 감은 나를 향한 마음이었고 무거운 배

낡은 나에 대한 주체할 수 없는 사랑이었다.

그렇게 선영이 감을 주고 떠난 뒤 나는 한동안 잠을 이루지 못했다. 군내 소조에는 나를 좋아하는 남자들이 있었다. 부드럽고 다소 곳하진 않아도 활달하고 시원시원한 성격 때문인지 나는 많은 사람의 관심을 받았다. 그들은 하나같이 나를 아끼고 인정해주었다. 선영의 감 배낭은 감동적이었지만 한번 떠난 마음을 붙잡기엔 역부족인 듯싶었다. 더욱이 선영은 원산에, 나는 회양군에 떨어져 있었다. 마음은 몸을 이기지 못한다. 마음은 바람 한줄기에도 흔들릴 수 있다. 그 여리고 볼품없는 마음을 바위처럼 단단하고 눈부시게 만들어주는 힘, 그것은 다름 아닌 사랑. 하지만……

나는 고민했다. 하지만 혼란스러울 따름이었다. 소조 생활은 거의 끝나가고 있었으며 더는 결혼을 미룰 수 없는 나이가 되었다. 그렇다고 다시 한 번 선영을 믿기에는 그때의 상처가 아직 남아 있었다. 선영이 나를 두고 다른 여자와 맞선 보는 일이 다시금 일어나지 않는다고 어찌 장담할 수 있는가. 만약 그가 나를 붙들어준다면 못 이기는 척 결혼까지 이를 수도 있겠지만, 그러기에는 이미 모든 게 늦어버린 건 아닌지 갈피를 잡을 수 없었다. 선영을 좋아하면서도 자존심을 내세우며 냉정하게 대했던 지난날이 물밀 듯 밀려왔다. 나는 그제야 과거를 돌아보며 자기반성의 시간을 갖는 중이었다.

회양에서 만난 남동무들

　대학 교정에서와 달리 소조 기간에는 사랑과 연애가 자연스러웠다. 이십 대 초중반의 소조원들끼리 연애를 했다. 또한 주변의 군인들이 사귀자며 드러내놓고 마음을 표현하기도 했다. 그중에는 나를 일방적으로 좋아했던 남자도 있었다.

　그는 광적일 만큼 나를 따라다녔다. 그의 누나들이 나서서 내게 남동생과 사귀어달라고 간청할 정도였다. 그는 위로 누나 셋이 있는 집의 외아들이었다. 특이하게도 김일성을 만난 '접견자 가족'이었다. 이런 가족의 자식이면 출세는 이미 정해진 것이었다. 북한에서 최고의 배경이 아닐 수 없었다. 그가 나를 좋아하게 된 계기는 내가 소조로 파견된 첫해에 생겼다.

　당시 상업관리소 소조였던 나는 회양군 내 소조원들에게 관혼상제가 생기면 술을 비롯해 필요한 물자들을 해결해주었다. 그때 그의 아버지가 돌아가셨다. 부고 소식을 들은 나는 으레 하던 대로 물건을 챙겨 보냈다. 장례를 마치고 돌아온 그가 나를 찾아왔다. 어머니의 선물이라며 블라우스 옷감 두 벌을 내밀었다. 당시로선 아무나 구경하기 어려운, 단순한 호의로 받아들이기엔 값비싼 선물이었다. 그뿐이 아니었다. 그는 퇴근 시간에 맞춰 사무실 앞에서 나를 기다렸다. 내가 속한 상업관리소는 북한강 다리 너머에 있었는데 숙소로 돌아가는 나를 만나려고 때때로 북한강 다리목을 지키기도 했다. 나는 결국 다른 종업원의 집으로 피신했다. 그 후로도 그는 포기할 줄 몰랐다. 명절이면 일부러 술을 마시고 찾아와 내 방문을 보란 듯이 쾅쾅 두드렸다. 나는 그런 그를 견딜 수 없었다. 소조 합숙이라는 울타리 안에서 짧지 않은 2년을 보내는 동안 일방적으로 쫓아다니며 사랑을 고백하는 그를 피해 다니느라 정신적으로도 육체적으로도 몹시 지쳐 있었다.

아마도 그는 나를 오해한 것 같았다. 돌아가신 그의 아버지를 위해 마땅히 내가 해야 할 일을 했을 뿐인데 그것을 사적인 감정으로, 아니 제멋대로 해석하지 않았나 싶다. 북한에는 없는 말이지만 나를 쫓아다니던 그는 한마디로 스토커였다. 다행스럽게도 그는 나보다 1년 먼저 파견 기간이 끝나 대학으로 돌아갔다.

꿈에서라도 알고 싶지 않은 그의 소식을 다시 들었던 것은 내가 소조 생활을 마치고 남포에 배치되었을 즈음이었다.

어느 날, 낯모르는 이름이 적힌 편지가 합숙소로 배달되었다. 뜯어보니 그의 아내에게서 온 편지였다. 그의 아내는 순박하기 이를 데 없는 황해도 여성이었다. 장문의 편지에 담긴 내용과 분위기가 그러했다. 편지에는 "영희라는 여자 때문에 가정이 행복하지 않다"고 적혀 있었다. 그녀는 "남편이 가정을 위해 살 수 있도록 잘 설득해달라"는 절절한 간청도 잊지 않았다.

하지만 나는 회신하지 않았다. 그러고는 두 번 다시 그 일을 떠올리지 않았다. 결혼을 한 이상, 가정을 이끌어가는 것은 온전히 부부의 몫이라고 생각했기 때문이다.

나를 좋아했던 남자들 가운데는 두 살이나 어린 군인도 끼어 있었다. 내가 그를 처음 만난 것은 1군단 버스 승차장에서다.

회양에 온 지 3개월이 되던 날, 철령을 넘어야 할 일이 생겼다. 회양군 버스 사업소의 버스는 이미 떠났으므로 군단 버스를 이용해야 했다. 군인 가족도 아닌 민간인이 아무런 연고도 없이 군단 버스를 타는 건 결코 쉬운 일이 아니다. 그러나 뭐라도 해보지 않고 가만히 앉아 포기하는 것은 내 성격이 아니었다. 사연이라도 이야기해보려고 무작정 버스 승차장으로 찾아갔다. 담당자가 나오길 기다리는 사이, 한 군인이 내게 다가와 말을 걸었다.

"민간인은 버스를 탈 수가 없습니다."

그 사실을 잘 알고 있던 나는 매정하게 잘라 말하는 그의 태도에 발끈했다. 하지만 다시 마음을 다잡고 사정했다.

"상사 동지, 저는 얼마 전에 회양군에 파견된 소조원입니다. 내일 아침 원산에서 진행하는 회의에 참가해야 하는데 타고 갈 차편이 없습니다. 전 오늘 꼭 철령을 넘지 않으면 안 됩니다. 도와주십시오."

나의 이야기를 유심히 듣던 군인은 내가 상업관리소 소조라서 그런지 몰라도 군단 버스를 타도록 도와주었다. 이후 그 군인은 하루도 빠짐없이 상업관리소로 나를 찾아왔다.

그의 이름은 승렬이었다. 승렬은 나를 찾아올 때마다 소대장의 생일, 중대장의 생일, 다른 부대원의 생일이라며 술을 해결해달라고 부탁했다. 당시 북한에서는 술을 파는 곳이 없었다. 명절을 제외하면 공급해주지도 않았다. 그만큼 귀한 물자가 술이었다. 나는 소조원이라는 권한을 이용해 국정 가격으로 술을 구입해 그에게 전달했다. 소조 생활 3년 동안 내가 개인적으로 사용한 술의 양이 수백 리터는 되지 않을까 싶다.

그는 1군단 경무원(헌병)이었다. 이렇게 알게 된 인연으로 "소조 동지, 소조 동지" 하면서 귀찮을 정도로 쫓아다녔다. 나이는 어리지만 나를 향한 애정은 얼마나 깊었던지 하루에 한 번 철령 고개를 넘는 버스를 기다리느라 출장 때마다 어려움을 겪던 우리 소조원을 위해 매번 군대 버스를 내어주었다. 회양군에 있던 소조원들만 해도 수십여 명에 달했다. 한 번씩 부탁을 하더라도 수십여 번인데 승렬은 언제나 군말 없이 해결해주었다. 나보다 나이가 어리지만 않았더라도 그를 남자로 생각해보았을지 모른다.

승렬은 연상인 나를 정말로 사랑했을까? 그게 아니라면 상업관리소 소조원인 날 이용했던 것일까? 지금은 어떨지 모르겠지만 당시는 어린 남자와의 연애가 드물었다. 연하의 남자가 연상의 여자를 좋아해서 쫓아다니는 경우는 찾아보기 힘들었다. 하지만 물건을 많이 다루는 상업 소조의 여자들을 이용하는 고약한 남자들이 적잖았다. 나는 다른 소조원들과 함께 한 가지 일을 꾸몄다. 승렬의 마음을 떠보기로 한 것이다.

내가 꾸민 일의 전말은 다음과 같다.

"제가 다른 군으로 떠난다는 소문을 내십시오."

나는 그의 진심을 알기 위해 사람들에게 이렇게 부탁했다.

내가 거짓으로 소조를 떠나기로 한 전날이 되었다.

아쉬워하던 승렬이 경무 부대의 장교들과 사관들, 그리고 소조 원들을 모아놓고 송별 파티를 준비했다.

"영희 동지, 나의 진심입니다."

그는 내가 정말로 떠나는 줄 알고 정성스레 마련한 선물을 내놓았다.

나는 떨떠름한 표정으로 보자기에 곱게 싼 선물을 풀어보았다. 만년필과 손수건, 화장품이 들어 있었다. 특히 만년필은 금촉으로 만들어진 것이었는데 이는 웬만한 '빽'이 없으면 구하기 어려운 물건이었다. 진심이 아니면 준비할 수 없는 선물이었다.

그는 북한에서 최고의 토대라 불리는 보위부 출신의 아버지를 둔 키 큰 호남형의 사내였다. 만약 그와 결혼한다면 내 앞날은 밝다 못해 찬란하다고 해야 할 것이다. 알고 보니 나를 사랑하는 그의 마음도 진심이었다. 하지만 장벽은 있었다. 두 살 어린 그의 나이. 그것은 극복하기 어려웠다.

내가 생각하는 남편감은 사랑도 중요하지만 무엇보다 존경할 수 있는 대상이어야 했다. 됨됨이도 됨됨이지만 나이도 빼놓을 수 없었다. 따지고 보면 존경하는 것과 나이는 아무런 상관이 없다. 어른이라고 해서 모두 본받을 만한 언행을 보이는 게 아닌 것처럼, 아이들의 때 묻지 않은 순수한 한마디에 절로 고개가 숙여질 때가 있는 것처럼 말이다. 하지만 보수적 애정관을 지녔던 나로선 두 살 어린 승렬을 공경할 자신이 없었다. 그런 내 마음을 알아챈 승렬이 이번에는 자신의 형을 소개했다. 당시 고위급 간부 자제들은 간부로서 책임을 다하기 위해 의무적으로 군 복무를 해야 했다. 하지만 군에 입대한 그의 형은 군 생활을 견딜 수 없어 탈영을 하고 말았다. 이력에 그런 흠이 있었지만 김일성종합대학의 학생이었으므로 나랑 잘 어울린다며 설득했다. 그는 그렇게 해서라도 나와 좋은 인연을 이어가고 싶어 했다.

이렇듯 소조 3년 동안 승렬과 나는 서로 많은 도움을 주고받았다. 시간이 흘러 나는 회양을 떠났고 이듬해에 그도 제대했다. 그는 김일성종합대학 국제법과 학생이 되었다.


7년 순정의 결말


"서로 할 말이 있을 것 같습니다. 선영 동무가 와주면 좋겠습니다. 금강산 여관으로 와주십시오."

나는 선영을 호출했다. 9월 15일 상업절을 맞아 내가 있는 상업관리소에서 때마침 금강산 견학을 갔고, 나는 작고 초라한 여관에서 그를 기다렸다. 미영이 함께였다. 그를 만나기 위해 나는 여러 모로 치밀한 준비를 한 셈이었다.

그로부터 한 달 전의 일이다. 종업원과 이야기를 나누고 있는데 미영이 땀을 뻘뻘 흘리며 소조 사무실을 급하게 찾아왔다.

"영희야, 너 선영을 정말 그대로 놔둘 셈이냐?"

미영은 다짜고짜 나를 몰아붙였다.

사연인즉슨 미영의 귀에 이런 소문이 들려왔다. 대학교수로 임용될 선영을 눈독 들이는 여자들이 줄을 섰다. …… 대학 시절 내내 붙어 다녔던 선영과 내가 함께하길 그 누구보다 바랐던 미영이었다. 그녀 생각에 둘을 이대로 놔두었다가는 선영이 영영 떠날지도 모르고, 그렇게 되면 자존심 강한 내가 큰 상처를 받을 수 있으리란 것이었다. 동무 입장에서 보고만 있을 순 없는 노릇이었다.

"선영이와 네가 그간 쌓은 정이 얼마야. 양가 부모님들도 다 아는 사이잖아. 이참에 영희 네가 넓은 마음으로 사랑을 고백하면 결혼은 금방이야. 다 해결되는 거 아니야."

내 마음도 크게 다르지 않았다. 그가 감을 핑계로 석탄이 실린 화물차를 몰래 타고 찾아왔을 때부터 나도 뭔가 달라지지 않으면 안 된다는 생각을 해왔다. 선영과의 우정을 사랑으로 결실 맺기 위해선 내가 나서서 행동하지 않으면 안 된다고 여기던 차였다. 그래서 대학생 교도대 시절 포탄 창고 근무를 섰을 때 선영을 호출했던 것처럼 그를 불러냈다.

만남의 장소를 '여관'으로 선택한 것도 그런 의미였다. 선영이 원한다면 사랑하는 남녀가 갈 수 있는 데까지 가보자고 자못 비장한 결심을 했다. 미영의 간절한 바람과 부탁도 있었다. 하지만 막상 시간이 다가오자 부끄럽고 떨렸다. 그러면서도 그와의 사랑을 위해서라면 못할 게 없다고 마음을 다잡았다. '마지막'이라는 결심, 그 마지막은 새로운 시작을 위한 어쩔 수 없는 선택이기도 했다.

금강산 여관 409호. 대학 시절 생활했던 여대생 기숙사의 호실 번호와도 같았다. 6년이라는 대학 생활을 품어주었던 그 번호. 뭔가 일이 잘 풀릴 듯한 좋은 조짐이었다. 방 안에는 나의 들뜬 마음에 기쁨을 더해주듯 「청춘송가」가 실내 확성기를 통해 은은히 울려 퍼지고 있었다.

"선영이 오면, 와줘서 고맙다고 인사해. 그리곤 손부터 잡아야 한다. 알았지?"

미영이 내게 신신당부했다.

'그의 손을 잡아라.' 미영의 주문은 별 게 아니었다. 날선 주름이 잡힌 교복 바지를 건네면서 수십, 수백 번 훔쳐보았고 누룽지를 떼어주며 유심히 살펴보았던 선영의 친숙한 손이었다. 하지만 결혼을 위해 '의도적'으로 잡아야 한다는 생각이 들자 내 마음은 무거워졌다.

미영이 돌아가고 얼마나 흘렀을까.

"똑, 똑."

나는 화들짝 놀라 방문을 바라보았다. 출입문 틈으로 들어오는 바람을 막느라 붙여놓은 색 바랜 종이가 부르르 떨렸다.

선영이 방 안으로 들어섰다. 당시에는 비싸고 구하기도 쉽지 않은, 재일동포들이 간혹 메고 다닌다는 흰색 가방을 메고 있었다. 다급히 일어선 나는 그 가방을 받으며 한 손으로 선영의 손을 감싸 잡았다. 하지만 선영은 내가 내민 손을 슬그머니 뿌리쳤다. 거칠지는 않았지만 그의 그런 행동에 나는 적잖이 당황했다.

여관방 침대 위에는 설탕과 기름으로 만든 누룽지가 흰 종이 위에 놓여 있었다. 내가 그를 위해 마련한 간식이었다. 선영이 그 옆에 걸터앉으며 말했다.

"뭘 이런 걸 다 준비했어."

그러더니 가방에서 신문지로 싼 뭉치를 꺼냈다. 그것은 다름 아닌 카스텔라였다. 포장지마저 금빛 종이로 빛나는 귀한 물건이었다. 그는 카스텔라를 포장했던 꾸깃꾸깃한 신문지로 누룽지를 덮었다. 순간, 내 눈앞이 흐릿해졌다.

대학생 교도대의 긴긴 여름밤 오도독오도독 소리를 내며 함께 나누어 먹었던 누룽지를 보기 싫다는 듯, 그에게 그런 의도가 없었는지 몰라도 그 순간 나는 그렇게 느꼈다. 카스텔라에 자리를 내준 누룽지는 선영이 만나는 다른 여자에게 떠밀린 나의 작고 초라한 모습처럼 보였다. 그와 새로운 앞날을 만들어가고자 고민하며 준비한 나의 성의가, 아니 존재 자체가 무시당한 기분이었다.

이런 내 마음을 아는지 모르는지 컴컴한 백열등 아래 앉은 선영은 내 눈을 바로 쳐다보지 못했다. 한참을 머뭇거리더니 가라앉은 목소리로 운을 뗐다.

"기숙사 생활을 하는 나를 보고 부모님이 걱정 많으셨다. 너에게서는 아무리 기다려도 답장이 없고, 상황이 좀 곤란했었다."

나는 눈으로 여관방 벽지에 생긴 누런 자국들을 하나로 이으며 조용히 대답했다.

"선영 동무가 보낸 편지는 받은 것도 있고 받지 못한 것도 있습니다. 내 나름으로는 답장을 써야지 하면서도, 이래저래 바빠서 미루다 보니 그렇게 됐습니다."

또다시 뜸을 들이던 선영은 헛기침을 두어 번 한 뒤 말을 이었다.

"얼마 전에 말이다, 대학에서 영어를 가르치는 여자 선생을 만났다. 부모님 성화에 못 이겨서 …… 어쩔 수 없이 그랬다."

또다시 눈앞이 캄캄해졌다. 맞선을 보았다는 소식을 이미 들어 알고 있었지만, 그의 입으로 직접 전해 들으니 가슴이 내려앉았다.

"친한 학교 선생의 주선으로 한번 만났다. 만나고 나서 아무런 언질도 하지 않았어. 그 전에 너한테 들어야 할 답이 있어서, 아니 듣고 싶은 말이 있어서였다. 무슨 뜻인지, 알지?"

선영은 나를 잊지 않고 있었다. 이제라도 나의 결심이 있으면 내게로 돌아오겠다는 의미였다. 하지만 안타깝게도 나는 이미 그 질문에 대한 답을 내린 상태였다.

“……"

처음이 아니었다. 같은 대학 노동과에서 공부하는 후배 여대생에 이어 대학교 영어 선생님이라니. 선영이 입으로는 '나 하나밖에 없다'고 할지 몰라도 몸은 벌써 두 번씩이나 나를 배신해 다른 곳을 향하고 있었다. 아무리 형님뻘 되는 제대군인 학생의 부탁이었어도, 친한 선생님의 거절할 수 없는 부탁이었다고 한들 그러면 안 되는 것이었다. 내가 아무리 간청해도 만약 부모님이 애원한다면 충분히 딴 길을 갈 수 있는 남자라는 생각을 애써 지울 수 없었다.

“영희 동무, 무슨 말이라도 해봐."

“저는 ……."

“그래, 어떤 말이라도 좋다."

“저는 말입니다, 결론을 내렸습니다."

“……."

“선영 동무는 그 영어 선생님과 결혼하십시오"

내 눈가에 눈물이 고였다. 내 입으로 직접 그에게 다른 여자와 결혼하라고 했다. 그러지 말라는 말을 잘못한 것처럼 눈에서 굵은 눈물방울이 떨어져 내렸다. 배신감에 그런 말을 내뱉긴 했지만, 그가 너무 괘씸했지만, 진심으로 그의 손을 놓고 싶지는 않았다. 그와 나 사이에 다리처럼 놓인 수많은 추억이 떠올라 견디기 힘들었다. 그와 내가 이렇게 영영 이별한다니. 그 말을 내 스스로 해버리고 말다니.

내 대답에 별말 없이 앉아 있던 선영이 자리에서 일어섰다. 그러고는 조용히 방문을 열었다. 나는 한참을 혼자 앉아 있었다. 그가 떠났다. 지난 7년간의 순정이 사라졌다. 그 사실이 믿기지 않아 입술을 깨물고 또 깨물었다.

이후 선영은 우리 대학 영어 선생님과 결혼식을 올렸다. 소조 기간이 끝나고 미영과 나는 선영의 집에 초대를 받았다.

"안녕하십니까? 선영 선생한테 얘기를 많이 들어서 예전부터 잘 알던 분 같습니다."

선영의 아내가 나를 보며 반겼다.

"네에, 학급 친구로 가깝게 지냈습니다. 미영과 제가 도움을 많이 받았습니다."

나는 그렇게 말했다. 틀린 말은 아니었지만 왠지 그녀를 속이는 기분을 떨칠 수 없었다. 그럴수록 난 그녀에게 단지 선영의 친한 동무로 보이려고 애썼다. 아니, 그런 티조차 내지 않으려 의식하다 보니 얼굴 표정이 어색하게 일그러진 듯했다. 아무것도 모르는 그녀에게 나라는 사람은 어쩌면 남편의 오랜 동무에 지나지 않을지도 몰랐다.

"우리 선영 선생은 참 좋은 사람입니다. 그래서 결혼했습니다."

그녀는 말하면서 환하게 웃었다. 나는 고개를 끄덕였다. 선영이 내게 어떤 '남자'였는지는 몰라도 누군가를 행복하게 해줄 좋은 사람임엔 틀림없었다. 그제야 별다른 말도, 표정도 없이 그녀 옆에 앉아 있는 선영이 보였다.

"하긴 반 동무들이니까, 선영 선생이 어떤 사람인지는 저보다 더 잘 알지 않겠습니까?"

나는 그렇다고 했다. 일말의 꾸밈도 없이 남편의 동무들을 진심으로 대해주는 그녀의 마음을 다치게 하고 싶지 않았다. 나는 선영과 선영의 아내에게 가벼운 미소를 지어 보였다.

선영의 아내는 우리를 위해 해삼 요리를 상에 올렸다. 북한에서 나는 해삼은 전량 수출할 정도로 귀하디귀한 재료였다. 남편의 동무를 위해서라면 뭐든 아끼지 않는 그녀의 마음씨를 느낄 수 있었다. 그런 여자를 아내로 맞은 선영이 충분히 행복하리라 짐작할 수 있었다.

귀한 대접을 받은 뒤 선영의 집을 나왔다. 나는 말없이 미영의 손을 잡고 있었다. 미영도 잡은 손에 힘을 주었다. 아마 우리는 같은 생각을 하고 있을 터였다.

# 청춘의 끝

나는 사랑한 죄밖에 없다

나와 선영은 사랑과 우정 사이에서 결국 우정을 택했다. '선택'했
다고는 하지만 사랑이 우리 마음과 의지대로 되는 일은 아닐 것이
다. 크고 작은 오해와 집안 환경의 차이, 서로 멀리 떠나 있다는 물
리적 거리감 등 여러 요소가 나와 선영을 그렇게 이끌었던 것은 아
닐까.

사랑의 불가항력에 맞서고 엇갈리며 웃고 울었던 우리의 또 다
른 모습이 거기 있었다.

"저기, 기철 동지 아니야?"

앞서 걷던 경미가 멈춰 서며 묻는다. 저녁부터 기숙사에 물이 나오지 않아 학부장님 사택으로 빨래를 하러 가던 길이었다. 전기 사정이 나빠졌는지 아침저녁으로 한두 시간씩 나오던 물이 근래에는 수시로 나오지 않는다.

"글쎄, 그런 것도 같고 아닌 것도 같고."

나는 애매하게 대답하며 교실 방향을 바라보았다.

불현듯 지난 일이 떠올랐다. 그날 나는 여느 때처럼 학부장 선생님 댁에 들러 월요일 상학검열 때 입을 교복을 다림질하고 어두워져서야 길을 나섰다. 학교 정문을 지나 불빛 없는 어둑한 교정에 들어서 기숙사를 향해 걷고 있는데 저 앞쪽에 어른거리는 검은 그림자가 보였다.

"거기 누구십니까?"

나의 외침에 큰 그림자가 교실 방향으로 재빨리 사라졌다. 수업이 없는 일요일이 자유 시간이긴 해도 아이들 대부분은 특별한 볼일이 아니면 호실 내에서 공부를 하거나 동무들끼리 잡담을 나누는 게 보통이었다.

문득 좀 전에 스쳐 지나갔던 형체가 크다는 생각이 들었다. 어학생은 분명 아니었다. 여느 남학생들보다도 더 큰 듯싶었다.

'기철 동지?'

북한에서 흔치 않은 180센티미터의 장신. 하지만 나는 고개를 흔들었다. 기철 동지는 할 일 없이 교정을 배회할 인물이 아니었다.

그는 모든 면에서 뛰어난 학생이었다. 10년간의 군 복무를 마치고 스물일곱 살의 나이에 대학에 입학한 제대군인 학생이었다. 후방부 연대장을 거머쥐었고 직발생보다도 성적이 우수했다. 그런 그가 스물일곱이 되었는데도 아직 결혼을 하지 않았다는 건 여학생들 사이에서 흥미로운 얘깃거리였다.

군인들은 제대 후 현지에 배치되기 전까지 어떻게 해서든 약혼과 결혼을 끝내기 마련이었다. 고향 한번 못 가본 딱한 처지의 제대군인들의 경우, 복무 중에 부대 주변에 사는 여자와 눈이 맞는 경우도 더러 있었다.

언젠가 지금처럼 늦은 시간에 그쪽에서 서둘러 나오는 기철 동지를 본 것 같았다.

"영희 너, 그 소문 들었니?"

"……?"

"○○ 선생님하고 기철 동지하고 무슨 무슨 사이라고 기숙사에 소문이 쫙 퍼졌는데, 몰랐구나. 애들은 뭐라고 수군대지만 난 좀 생각이 달라. 서른이 다 된 기철 동지가 선생님과 사귄다고 해도 이상한 일은 아니잖아."

나는 경미의 말에 적잖이 놀랐지만 내색하지 않았다. 곰곰이 생각해보니 수긍이 갔다. 제대군인 출신의 경제대학 학생이라면 결혼하고 싶어 하는 처녀들이 줄을 설 만큼 탐나는 신랑감이었다. 그런데도 아직까지 누구와 사귄다는 소문조차 난 적이 없는 기철 동지였다. 과연 어떤 여자와 결혼을 할지 늘 궁금했다. 누가 되었든 그와 결혼하는 여자는 행복할 것이라고 여학생들은 입을 모았다.

그는 힘들고 어려운 일이 생기면 모두 해결해줄 듯 믿음직스럽게 보였다. 실제로도 웅심 깊은 사나이였다. 겉으로는 말수가 적고 무뚝뚝해도 나이 어린 직발생들을 오빠처럼 챙기며 아껴주었다. 후방부 연대장의 권한으로 식권을 만들어 아이들의 허기를 달래주었고, 날이 추워지면 황태를 간식거리로 나눠주기도 했다.

아이들은 그가 고향의 바다를 가슴에 품고 있어 마음이 넓고 깊다고 믿었다. 철없는 행동을 받아주고 살뜰히 챙기는 기철 동지를 모두가 스스럼없이 대했다.

"기철 동지, '국시' 해봐요."

"국시! 국시!"

"해봐요, 얼른."

그는 환하게 웃을 때 금니가 살짝 보였다. 북한에서 금니를 한 사람은 거의 없었으므로 아이들은 금니를 보는 것도 좋고 그의 미소를 보는 것은 더더욱 좋아서 대학 생활 내내 지치지도 않고 열일곱 살 소녀로 돌아간 듯 그를 향해 장난을 쳤다.

기철 동지가 아이들에게 간식으로 준 황태 이야기를 잠시 하자면, 북한에서는 1980년대 중반까지만 하더라도 명태와 황태가 많이 났다. "동태 눈깔만큼 많은 것도 없다"라는 말이 나돌 정도였다.

나도 고향 집에서 겨울이면 차로 실어온 명태를 마당에 널어 말리던 기억이 생생하다. 항구도시인 원산에서는 그 수확량이 어마어마했다.

당시 2원이면 황태 네 마리를 살 수 있었다. 아이들끼리 공동으로 돈을 모아 한꺼번에 스무 마리를 사와선 기숙사 호실에 놓고 두고두고 먹었다. 긴긴 겨울밤을 나기에 황태만 한 간식도 없었다.

황태를 두고두고 먹을 수 있는 방법은 의외로 간단하다. 아이들은 가장 먼저 황태의 살을 뜯어먹었다. 남은 부분은 라디에이터 위에 올려놓았다. 수업을 하고 돌아오면 열을 받아 꾸덕꾸덕해진 생선 살에서 구수한 냄새가 풍겼다. 식감도 더 쫄깃하고 감칠맛이 났다. 몇 날 며칠 살을 다 먹어치운 다음에는 껍질을 먹었고, 마지막으로 눈알을 씹어 먹었다. 그런 황태가 맛도 있고 영양도 높으며 뭣보다 오래 두고 먹을 수 있는 서민적인 간식이었다면, 명태 살을 이용한 건 고급 간식에 속했다.

동해에서만 맛볼 수 있는 고기떡. '고기'와 '떡'이 합쳐진 이름만으로도 우리를 유혹하는 이 간식은 으깬 생선 살과 옥수수 가루를 섞어 반죽해 찐빵처럼 쪄낸 것이다. 어묵과 비슷한 맛이 나고 왕만두보다도 커서 한 끼 식사로 그만이었다. 크기도 만족스럽고 씹으면 씹을수록 고기 맛이 나서 우리는 돈이 생길 때마다 잊지 않고 사 먹었다. 고기떡은 한 개에 50전이었다.

다시 발걸음을 떼면서 나는 경미에게 물었다.

"누구? 어느 선생님이라고?"

경미가 교복 치마에 묻은 검불을 손으로 털며 대답했다.

"왜, 계획학을 담당하는 선생님 말이야. 우리 학교 졸업생이고 나이가 스물넷이라고 하던가."

학교를 발칵 뒤집어놓은 사건은 그로부터 한참 후에 일어났다.

"교수가 왜 제자와 사랑을 하는가?"

교수들 사이에서 사상투쟁이 벌어졌다. 기철 동지와 ○○○ 선생의 사랑이 발각되고 만 것이었다. 교수가 공부할 학생을 꾀었다며 난리가 났다. 학교에서는 해당 교수의 사직을 명령했다. 하지만 기철 동지는 자신이 대신 나가겠다고 완강히 버텼다. 결국 그는 여자 선생을 구하지도 못한 채 자신마저 퇴학이 아닌 출학을 당했다.

그러나 기철 동지가 누구던가. 입학하자마자 졸업생들이 으레 맡는 연대장직을 거머쥔 당당한 후방부 연대장이었다. 제대군인이면서도 공부를 잘했던 똑똑한 인재였다. 호락호락한 인물이 아니었다. 그는 학교에서 쫓겨난 후 중앙당 신소과에 신소(민원)를 했다.

북한에는 남한의 민원제도와 유사한 신소청원이라는 제도가 있다. 주민들이 자신의 권리와 이익이 침해되었다고 생각하면 피해 사실을 제기해 다시금 조정하고 해결할 수 있도록 만든 제도다. 신소를 하려면 반드시 신소자의 이름을 밝혀야 한다. 일단 접수가 되면 조사를 하고 지역 인민위원회를 열어 사실 여부를 확인한다. 북한은 이를 통해 주민들이 불만을 조직적·공개적으로 표출할 수 있는 기회를 제공했다. 하지만 신소자의 이름을 밝히는 공개가 원칙이었으므로 신소 처리 과정에서 신소자에 대한 사회적 고립을 조성할 의도로 활용되기도 했다. 한편 피해 사실이 진실로 드러날 경우, 개별 간부를 처벌해 주민들이 국가를 믿고 따를 수 있는 분위기를 만들었다.

나는 사랑한 죄밖에 없다. 군대에서 10년 동안 조국을 위해 나의 청춘을 바쳤다. 그동안 여자들에게 눈길 한번 주지 않았다. 곁눈질한 적도 없다. 이 나이가 되도록 결혼도 하지 않았다. 오로지 조국을 위해 한길만을 걸어왔다. 그런 내가, 한 여자를 사랑했다고 죄를 씌우는가. 선생을 사랑했다고 죄인이 된단 말인가. 하지만 그래도 좋다. 나는 어떻게 되든 상관없다. 선생만은 복직시켜 달라.

기철 동지는 신소에 이렇게 썼다.
얼마 후 중앙당에서는 대학에 해명하라는 명령을 내렸다. 덕분에 기철 동지는 학교에 복학할 수 있었고 그토록 바라던 여자 선생과 결혼식도 올렸다. 장장 4개월에 걸쳐 벌어진 제대군인 학생과 선생님의 사랑은 우리에게 한 가지 교훈을 남겼다.
'스승을 사랑하지 말라.'
대학에서의 출학은 민족간부의 자리를 잃는 것과 마찬가지였다.

사랑의 달콤함을 덮을 만큼 충분히 무섭고 두려운 일이었다. 대학생이 되기까지 얼마나 어렵게 고생했던가. 대학에서 쫓겨나면 어찌 살아갈 것인가. 그런 것들을 생각하면 감히 엄두도 내지 못할 일이었다. 그런 이유로 선생님을 사랑한 학생, 학생을 사랑한 선생님의 용감한 사랑 이야기가 아이들에게 결국 '사랑하지 말라'는 메시지를 전달하는 북한의 현실은 촌극에 가깝다.

그러나 겨울이 가고 봄이 오듯 자연의 본성을 거스를 순 없는 법이다. 꽃다운 나이가 된 우리에게도 따뜻하고 부드러운 바람 같은 사랑이 불어오고 있었다. 대학은 아무것도 거칠 게 없는 청춘의 공간이다.


## 엇갈린 인연

3년의 소조 기간 동안 선영이 나에게 편지를 썼듯 승남도 미영에게 자주 편지를 썼다. 선영의 편지가 일방적이었듯 승남의 편지도 절벽에 부딪혀 돌아오는 메아리처럼 답답하기는 마찬가지였다. 우리 둘의 사랑 이야기는 닮은 듯 서로 달랐고 다른 듯 서로 닮은 데가 있었다.

"그 동무는 여전히 잘해주니?"

하루는 내가 미영을 반갑게 맞으며 물었다. 미영은 출장을 마치

고 돌아가던 길에 내가 있던 회양군을 자주 찾아왔다. 그러고는 그
간 있었던 일들을 미주알고주알 털어놓곤 했다.

"저번에는 글쎄, 통돼지 구이를 먹으러 오라더라. 수술이 잘돼서
어느 군관한테 대접을 받은 모양인데, 그렇게 큰 돼지는 난생처음
봤어. 얼마 전엔 예쁜 손거울도 받았고."

미영이 금강군 소조지에서 만난 남자는 의사였다.

"부모님한테 이야기했어."

"뭐라서?"

"아버지는 점찍어둔 군관이 있는 눈치야."

미영은 오래전부터 부모님이 소개하는 남자를 만나 결혼하겠다
는 입장이었다. 대학생 시절부터 친하게 지낸 남자가 없었던 것도
그 때문이었다.

인정 넘치고 유순한 성격인 미영은 한 남자가 아니라 모든 남자
동무들과 잘 어울렸다. 따지고 보면 의사인 그 동무에게도 특별한
감정이 있었다기보다는 자신에게 잘해주니까 호의로 대하는 것뿐
이었다. 다시 말해 미영에게는 자신보다 부모님의 의중이 더 중요
했다.

나는 군 장성급의 아버지를 둔 미영의 입장이 이해되면서도 한
편으론 안타까웠다. 승남을 생각하면 더했다.

"그런데 말이다, 미영아 ……."

나는 말을 꺼내려다 말고 가만 입을 다물었다.

불현듯 강원도 회양군으로 농촌 지원을 갔을 때가 떠올랐다. 아이들 몇몇과 민가에 내려가 회양군의 특산물인 좁쌀로 조차떡을 해 먹으며 즐거운 한때를 보냈다.

"미영 동무, 우리도 이 떡처럼 더 끈끈하게 지내보자."

졸깃졸깃한 조차떡을 한 입 베어 먹으며 그리 말하던 승남의 얼굴은 보름달보다 더 밝았다.

북한의 결혼식에서는 길고 행복하게 살라는 의미로 국수를 내놓았고, 청춘 남녀에게는 '찰떡 연애'를 하라고 덕담했다. 그는 용기를 내 그간 숨겨온 자신의 마음을 미영에게 내비치는 중이었다.

그러나 합숙소로 돌아가는 길에 나에게 소곤대던 미영은 사정이 좀 복잡했다.

"지랑 나랑 뭐가 닮았는데? 한 군데라도 닮았으면 말을 안 한다."

투정하는 듯한 미영의 말투에 못마땅한 기색이 서려 있었다.

분명 틀린 말은 아니었다. 그 둘은 신분이 달랐다. 달라도 너무 달랐다. 성분과 토대로 엄연히 계급이 나뉜 북한에서 사령관의 딸과 노동자의 아들이 결혼했다는 소리를 이제껏 들어본 적이 없다. 같은 동무들끼리 잘되었으면 하는 순진한 바람을 가질 수도 있겠지만, 녹록지 않은 현실을 무시할 수도 없는 노릇이었다. 그나마 승남을 운운할 때 미영이 정색하지 않은 것만으로도 다행이라고 할 수 있다.

"너 혹시, 승남 동무 얘기하려는 거니?"

나는 미영의 말에 속마음을 들킨 듯 눈을 동그랗게 떴다. 오랜 사이에서는 굳이 말하지 않아도 텔레파시처럼 통하는 제3의 기관이 존재하는지도 모른다.

미영은 부스럭거리며 주머니에서 종이를 꺼냈다.

"안 그래도 그 얘기하려고 왔어. 며칠 전에 편지를 받았는데 무슨 말인지 도통 모르겠다. 네가 읽고 해석 좀 해봐."

나는 승남이 미영에게 정성스럽게 써 내려간 편지를 훑어보기 시작했다.

나는 오로지 너만을 생각하고 있다. 신분이 달라서, 부모님이 반대할까 봐, 내게 답장도 하지 않는 널 이해하면서도 나는 나대로 힘들구나. 결혼하라는 부모님의 성화에 언제까지 버틸 수 있을지 모르겠다.

아니다. 나는 네가 답을 할 때까지 무작정 기다릴 수 있다. 어떤 답이라도 좋다. 그래, 어떠한 대답이라도 괜찮다. 내가 정 싫으면 안 된다고 그 말만이라도 해다오. 너의 마음을 확실히 알려만 다오. …… 수십 통의 편지는 너를 향한 나의 마음이다.

미영이 고개를 흔들며 혀를 찼다.

"그러니까, 승남 동무가 결혼을 한다는 소리니? 그런데 수십 통의 편지라니, 내가 받은 건 몇 통밖에 안 되는데 말이야. 그리고 나도 가끔 안부 편지를 썼는데 지금 하나도 못 받았다는 거지? 일이 대체 어떻게 돌아가는 거야?"

나는 이해되지 않는 편지의 대목을 찬찬히 다시 읽으며 한숨을 내쉬었다. 뭐가 뭔지 모르겠다는 미영의 마음도, 하염없이 그녀를 기다리고 있는 승남의 마음도 십분 이해되었다.

"그냥 단순하게 생각해. 승남 동무는 너를 정말 좋아하잖아. 백두산 답사 때 춥고 다리가 아파서 고생하는 널 끌어주고 챙겨주며 얼마나 헌신했니? 모내기할 땐 또 어땠고? 대학 생활 내내, 또 지금까지 흔들림 없이 헌신하는 남자가 어디 그리 흔하겠어? 이참에 잘 생각해봐."

예전부터 둘이 맺어지길 바랐던 나는 마지막이라는 심정으로 미영을 설득했다.

오랫동안 대학물을 먹었어도 여전히 입학생 때 모습 그대로 머리끝부터 발끝까지 어수룩하고 촌스러운 승남의 모습이 떠올랐다. 투박한 외모만큼이나 미영을 향한 그의 마음도 흔들릴 줄 몰랐다. 그런 믿음이 있었다. 나는 제일 친한 동무가 그런 남자를 만나 행복하게 살았으면 하고 바랐다.

미영이 찾아오고 얼마 되지 않아 나는 뜻밖의 편지를 받았다. 바로 승남이었다. 모교에서 1년 연구원 생활을 마치고 김일성종합대학의 박사원으로 자리를 옮긴 모양인지 주소지는 평양이었다.

내 사정이 여의치 않아서 영희 동무에게 편지를 쓴다. 짐작하는 대로 미영이 일 때문이다. 매일같이 편지를 썼는데도 미영에게서 답이 없다. 염치 불구하고 너에게 부탁할 수밖에 없는 나의 사정을 이해해다오.

이런 말로 시작된 장문의 편지는 그야말로 구구절절했다.

　승남과 미영은 한 박자, 아니 반 박자씩 서로 엇갈리고 있었다. 한 사람은 너무 빠르고 한 사람은 너무 늦어 화음을 이루지 못했다. 둘의 잘못만은 아니었다. 북한의 낙후된 우편제도와 낡은 신분제도도 한몫했다. 특히 편지는 오가는 시간이 길고 개인 주소가 아닌 학교나 회사 주소가 대부분이라 곧잘 남들의 표적이 되곤 했다. 학창 시절 우리 반 아이들이 현순의 편지를 몰래 뜯어보던 일처럼 말이다.

　내 나이가 벌써 스물여섯이라 어머니 상심이 컸다. 봐둔 여자가 있다면서 약혼식을 하라고 진즉 안달이 났다. 평생 힘들게 일한 분이라 이제는 며느리의 수발도 받고 손주도 안아보면서 사는 맛을 느끼고 싶으셨을 테지. 다 큰 아들은 장가도 가지 않고 공부만 하고 있으니 어찌 보면 당연하다. 내가 대학에 마음을 준 여자가 있다는 말을 꺼내봤자 통할 리 없었다. 끼리끼리 어울려야 한다고 미영을 되레 불편해할지도 모르지. 어쩔 수 없이 나는 집에 가 있는 동안 선을 봤다. 농장에서 경리일을 하는 농장원 여자였다. 얼굴도 옷차림도 수수하고 성품도 순박한, 그야말로 농촌 여자였다. 뭣보다 착했다.

그런데 내가 무슨 짓을 저질렀는지 아니? 하루도 안 되어 덜컥 약혼식을 해버린 거야. …… 어떻게 식을 끝냈는지도 모르는 채 집에 돌아와 보니, 눈앞이 하얬다. 약혼한 여자의 눈이 오목한지, 머리는 짧은지, 키가 큰지 도무지 생각나는 게 아무것도 없다. 머릿속은 정전이라도 된 듯 새까맸다.

미영의 발뒤꿈치도, 그림자도, 아니 앉은 자리도 못 따라가는 그런 여자와 내가 대체 뭘 어찌했는지 …… 말할 수 없을 만큼 가슴이 답답하구나.

편지의 내용은 알쏭했다. 농장원 처녀가 순박하고 착한 사람이라는 것인지, 미영의 발뒤꿈치보다 못한 이상한 여자라는 것인지 나도 모르게 헛웃음을 지었다. 그러나 승남 동무가 농장원 처녀와 약혼식을 치렀다는 것만큼은 변치 않는 사실이었다. 나 또한 승남 동무처럼 어찌할 바를 몰라 숨이 가빠졌다.

학교에 돌아와 있는데, 부모님한테서 다시 편지가 왔다. 결혼식 날짜를 잡았다고 말이다. 편지에 적힌 날이 얼마 남지 않았더구나. 편지가 너무 늦게 도착했다. 나는 약혼식을 후회했고 결혼식은 말도 안 된다고 여겼다. 그래서 부모님께 편지를 썼는데 그 또한 고향에 너무 늦게 도착했다. 결국 부모님은 약혼녀 집에 손해배상을 했다. 박사를 사윗감으로 맞는다고 정성 들여 차려놓은 결혼식 상을 망치게 되었으니 불같이 화를 냈다고 하더라.

그런데 말이다, 약혼식을 하기 전에 나는 미영에게 마지막이 될지도 모르는 편지를 썼다. 너를 잊을 수 없다고, 잊지 못하겠다고. 내가 일말의 희망을 버리고 깨끗이 잊을 수 있도록 좋아하는지 안 좋아하는지 그 확답만 달라고 썼다.

내 간절한 바람이 통했는지 하루는 미영의 오빠가 찾아왔다. 내 생각엔 아마도 아버지처럼 믿고 따르는 오빠가 나를 보고 괜찮다 하면 결혼하려 결심했던 것 같더구나. 하지만 그때 나는 이미 정신 나간 놈처럼 약혼식을 해치운 뒤였다. 착하고 순박한 농촌 처녀가 보잘것없는 나로 인해 오점을 남기게 하고 싶진 않았다. 그게 사람 된 도리라고 여겼다. 더욱이 미영한테서는 여전히 아무런 답을 들을 수 없었기 때문에 …….

돌이켜보면, 난 온전한 정신이 아니었던 듯싶다. "미영을 어떻게 생각하느냐?"고 묻는 오빠에게 똑 부러진 대답을 하지 못했다. …… 하지만 오빠가 돌아간 뒤 나는 다시 고민했다. 결국 결혼식에 가지 않았다.


맞선, 약혼식, 결혼식, 파혼 …….

다음에는 과연 어떤 사건이 이어질지 감을 잡을 수 없었다. 승남을 만나고 간 미영의 오빠가 그녀에게 어떤 말을 했을지도 사뭇 걱정되었다.

승남 동무는 오랜 장맛처럼 은은한 사람이었다. 시간을 두고 겪어봐야 진가를 알 수 있는 부류였다. 부사령관의 아들로 말쑥하게 자란 데다 군관이기도 한 미영의 오빠가 그런 그를 어찌 보았을까. 첫눈에 그리 탐탁지 않았을 터였다. 노동자 계급의 이해를 우선하는 노동당이 집권한 나라에서 노동자의 모습을 한 그가 환영받지 못한다는 진실, 그것이 엄연한 북한의 현주소였다. 나중에 승남은 사범대학을 졸업한 여자와 결혼식을 올렸다.

나는 학창 시절이 그리울 때면 가끔 승남이 쓴 편지를 펼쳐보곤 했다. 부모님의 성화를 이기지 못한 채 착하고 순박한 농장원 여자에게 상처 주고 싶지 않아 약혼식을 치른 뒤, 뒤늦게 미영 생각에 후회하는 심정으로 땅을 내리쳤을 그의 마음이 편지 곳곳에서 묻어났다. 덩달아 내 가슴도 먹먹해졌다.

지금쯤 승남은 여자 선생과 신혼의 행복한 시간을 보내고 있을 터였다. 나는 그리 믿고 싶었다. 한편으로는 당연히 그러리라 생각하지 못하는 나를 자책하기도 했다.

승남은 모교의 선생님이 되었다. 노동자구에 살았던 노동자 출신이 출세를 위해 믿고 의지할 데라곤 오로지 '머리'밖에 없었다. 무엇이든 과학적으로 설명되지 않으면 의심을 품는 그의 탐구심은 그렇게 탄생했다. 살길은 공부 한길인 셈이었다. 그는 사랑도 그렇게 목숨 걸듯 했는지 모른다.

'미영 동무, 우리도 이 떡처럼 더 끈끈하게 지내보자.'

그런 그의 바람은 끝내 이루어지지 않았다.

나는 지고지순한 사랑을 했던 승남이 지금의 아내와 행복하게 살길 진심으로 바란다. 그의 아내가 그의 마음에 새겨진 미영의 발뒤꿈치와 그림자, 앉은 자리까지 깨끗이 지워낼 수 있게 되길 누구보다 기원한다. 그리고 아주 가끔은, 미영만을 바라보던 순진하고 순수한 열일곱 시절의 모습을 영원히 간직해주길 두 손 모아 염원한다.


이루지 못한 사랑


그간 나는 소조원으로서 바쁜 나날을 보냈다. 그러면서도 마음은 편편찮았다. 일을 마치고 합숙소에 돌아와 누우면 승남과 미영의 일로 잠이 오지 않았다. 일편단심의 사랑이라면 능히 넘을 것 같았던 신분의 벽은 매우 높았다. 왜 우리의 사랑은 한바탕 꿈을 꾸고 깨어난 듯 물거품이 되는 것일까. 게다가 선영의 일까지. 이런저런 생각들로 나는 일조차 손에 잡히지 않았다.

미영은 그 뒤로 나를 찾아오지 않았다. 소조 기간이 거의 끝나가고 있었다. 각지에 흩어져 있던 우리 반 아이들은 졸업장을 받기 위해 조만간 학교에 다시 모일 예정이었다.

어느 날, 옆방의 소조원이 불쑥 무언가를 내밀었다.

"아까 왔었는데 깜박 잊었습니다."

그것은 편지였다. 승남 동무일까 미영일까 궁금하고 반가운 마음에 발신인을 살펴보니 명애였다.

'명애가 무슨 일이지?'

나는 서둘러 편지를 뜯어보았다.

철영 동무는 입만 열면 미영과 경미, 그리고 네 얘기만 한다. 내가 좀처럼 끼어들 여지를 주지 않아. 자존심이고 뭐고 다 내팽개치고 너한테 부탁하는 거야. 원산에 출장 갈 일이 생기면 한번 만나줘. 철영한테 말 좀 전해줘. 네 말은 어쩌면 그가 마음을 돌릴 수도 있으니까.

연인 사이에는 밀고 당기는 긴장 관계가 있어야 한다. 어느 한쪽이 너무 일방적이면 균형이 맞지 않는다. 건강한 관계를 만들기가 어렵다. 그런 명애가 과연 철영의 마음을 잡을 수 있을까? 철영을 향한 해바라기처럼 남학생 기숙사를 수시로 드나들던 그녀가 진정한 사랑을 얻을 수 있을까?

사정이 어떻든 나는 명애와의 우정을 생각해 철영을 찾아가 볼까 하는 마음을 먹기도 했다. 하지만 철영은 그렇다 쳐도 그의 어머니 마음을 돌려세울 자신은 없었다. 안전부에서 일하는 철영의 어머니에게는 웬만한 며느릿감이 성에 차지 않을 터였다. 특히 그녀는 나와 미영, 그리고 경미를 유난히 예뻐했다. 우리도 곰살궂게 굴었다. 김장철에는 일부러 철영의 집에 들러 깍두기와 명태식혜* 담그는 일을 도왔고, 송도원 해수욕장에 나들이를 갈 때면 내 어머니의 안부를 묻듯 어김없이 그녀를 찾았다. 물론 명애도 성심성의껏 그의 어머니를 대했다. 모르긴 몰라도 황해도로 소조를 나간 명애는 황해도에서 많이 나는 사과, 배, 감 등의 과일을 싸 들고 그의 집을 들락날락하며 어머니의 눈도장을 받아내려 애썼을 것이다.

그 뒤로 명애의 편지는 두어 통 더 배달되었다.

상황은 첫 번째에서 별반 나아지지 않았다. 명애에게 도움을 줄수 없어 속을 태우면서도, 사랑보다 출세를 바라는 명애의 속물근성이 싫었던 나는 결국 지켜보기로 했다. 그들의 일에 나설 명분이 없었다.

철영 어머니가 그러더라. "아무리 생각해봐도 너는 안 되겠다. 철영이랑은 맞지 않는 것 같다. 너도 네 언니처럼 비행사를 만나서 결혼하면 좋지 않겠니?"라고 말이야.

● 명태식혜: 명태식해

명애는 결국 철영도, 그의 어머니도 설득시키지 못했다.

대학 생활, 소조 강습, 그리고 소조지에서 수많은 일들이 있었다. 아이들은 사랑과 일에서 쓴맛과 단맛을 모두 맛보았다. 지난 일을 돌아보며 자책과 자기반성을 했을지 몰라도 원망은 없었다. 나를 포함한 모두가 그랬다. 매순간 최선을 다한 결과였기 때문이다. 끝까지 가보겠다는 절절한 심정으로 노력하지 않았다면 결코 나올 수 없는 시인(是認)이었다. 명애도 그러하리라 짐작한다. 끝내 철영의 마음을 얻지 못했지만 결과에 상관없이 그녀는 할 수 있는 일을 다했다. 그것이 비록 그릇된 욕망에서 나온 것일지라도.

그녀에게서 받은 편지를 곱게 접는 순간, 나는 비로소 청춘이 끝났음을 직감했다. 청춘의 끝이었다.

선영과의 진한 추억이 남았고 미영과 경미, 승남과 학철 등 멋진 동무를 얻었으며 경제사로서 실력도 쌓았다. 3대혁명소조원이라는 막중한 일도 완수했다.

열일곱 소녀가 어느덧 스물여섯 처녀가 되었다.

'그래 그래, 다 된 거야.'

사회인으로서의 또 다른 시작이 내 앞에 놓여 있었다.

# 또 다른 시작

졸업식

　소조 생활을 마친 아이들은 졸업식이 열리는 학교로 향했다. 시간 가는 줄 모르고 바삐 사는 사회인이 되어 다시 방문한 학교는 반갑기도 했지만, 어딘지 모르게 낯설었다. 그만큼 많은 시간이 흘렀다. 햇수만 흐른 게 아니었다. 어느덧 1980년대를 지나 1990년대였다. 학교 정문과 연구실, 교실과 기숙사 건물을 사진 찍듯 살펴보는 아이들도 몰라보게 달라져 있었다. 화장을 한 여학생들은 파마머리를 하고 교복 대신 평상복을 잘 차려입었다. 남학생들은 코와 턱 밑에 거뭇한 수염 자국을 달고 움푹한 눈가에 주름이 진

모습으로 교정 곳곳을 돌아보는 중이었다. 이제 더는 학생이라고 부를 수 없는 성숙한 모습이었다.

나는 졸업식이 열리는 강당으로 향하던 걸음을 멈췄다. 이제 현장 배치를 받고 나면 학교와 영영 이별이라는 생각에 좀 더 머물고 싶었다. 방향을 바꿔 왼쪽 길을 따라 걸어 내려갔다. 얼마쯤 지났을까. 여학생 기숙사 건물이 나타났다. 4층 9호실을 함께 썼던 동무들의 얼굴이 머릿속에서 빠르게 스쳐 지나갔다.

끝까지 대학 생활을 함께하지 못하고 퇴학당한 정희의 얼굴도 희미하게 떠올랐다. 양심 고백을 하라며 선생님이 내놓은 빈 종이를 앞에 두고 여러 날 동안 동그라미표와 가위표 사이에서 얼마나 많이 고민했을까. 사회에 나가 한번이라도 마주치게 된다면 그녀의 손을 뜨겁게 잡아주고 싶다. 사건의 발단이 된, 아버지의 눈물과 웃음과 땀이 담긴 우편환……. 짙은 소독약 냄새가 코끝을 스쳤다. 지금도 병원에서 환자를 진찰하며 수술하고 있을 아버지는 그 누구보다 나의 졸업을 기뻐하고 있을 터였다.

기숙사의 닫혀 있던 창문들이 햇빛을 되쏘며 빛나고 있었다. 나는 이마에 손을 올린 채 고개를 들었다. 반쯤 열린 창 하나가 보였다.

"영희 동무!"

누군가 나를 부르는 소리에 황급히 몇 발자국 뒤로 물러섰다. 나처럼 옛날 일을 떠올리던 동무 하나가 반가운 마음에 내 이름을 불

렸을 수도 있다. 나는 까치발을 들고 창 쪽을 향해 신경을 곤두세
웠다. 하지만 창가에는 아무런 그림자도 보이지 않았다.

주위는 조용했다. 이따금 "휘익, 휘익" 곤줄박이 울음만 들려올
뿐이었다. 환청이었을까. 나는 주변을 두리번거렸다. 그 목소리는
분명 선영이었는데 ……. 몇 미터 밖에서 들어도 구분할 수 있을
만큼 크고 활기찬 음성. 대학 생활 내내 선영은 간식거리가 생기면
여자 기숙사 밖에서 지금처럼 내 이름을 불렀다. 나도 맛있는 음식
이 생기면 아껴두었다가 남자 기숙사로 찾아가 똑같이 그를 불러
냈다.

나는 다시 발걸음을 옮겼다. 얼마 떨어지지 않은 곳에 남자 기숙
사 건물이 보였다. 주변의 우거진 나무들 때문인지 시멘트 건물이
더 우중충한 분위기를 띠었다. 월요일 상학검열을 앞두고 그의 교
복을 가지러 수없이 찾아간 곳인데도 선뜻 문을 열고 들어가기가
어려웠다. 기숙사 입구의 계단도, 복도의 게시판도, 심지어 건물
한쪽에 늘어진 참나무 가지도 처음 보는 듯 생경했다. 하지만 내
기억 속에서 여전히 학철은 날 짝사랑하는 마음을 숨긴 채 속도전
가루떡을 만들고, 철영은 명애의 눈을 피해 남의 호실에 숨어들었
다. 추억만큼 변치 않는 것도 없으리라.

"동무들! 동무들!"

갑자기 저쪽에서 7센티미터 구두를 신고 뛰어오는 명애가 보였
다. 발이 까졌는지 절룩거리면서도 속도를 늦추지 않았다. 그새 종

이 향수와 화장품이 떨어졌는지 평양이나 신의주 태생의 아이들을 찾아다니는 모습이었다.

그 뒤에는 말수가 적고 얌전해 사람들 눈에 잘 띄지 않는 경미가 나를 향해 손을 흔들고 있었다. 그런데 자세히 보니 경미가 아니고 개성 깍쟁이 현순이었다. 정치경제학 교과서를 토씨 하나 틀리지 않고 줄줄 외우며 걸어왔다. 바로 뒤에는 순이가 붓글씨로 곱게 쓴 편지를 흔들면서 뛰었다.

'기철 동지, '국시' 해봐요, 국시!'

미영의 소리에 나는 얼른 뒤를 돌아보았다. 금니를 보겠다고 기철 동지에게 농을 거는 미영의 얼굴이 처음 만났던 그때처럼 앳되었다. 입속이 훤히 보이도록 웃고 있는 기철 동지는 그때나 지금이나 여전히 신사풍의 멋진 모습이었다.

나는 잠시 잊고 있었던 대학 시절의 추억들이 눈앞에 마법처럼 펼쳐지는 광경에 가슴이 뜨거워졌다. 백두산 정상에 올라 바다처럼 펼쳐진 밀림을 바라보았을 때처럼 형용하기 어려운 감정이 밀려왔다. 눈앞이 뿌옇게 흐려졌다. 열정, 사랑, 꿈이라는 단어로 뭉뚱그리기엔 너무 소중하고 아름다웠던 청춘.

강당으로 다시 발길을 돌리며 나는 눈가를 훔쳤다. 평생 잊지 못할 추억을 남겨준 동무들이 어느 때보다도 고마웠다. 까다로운 구답시험과 양강도 보천에서 삼지연에 이르는 행군, 농촌 지원과 6개월의 교도대 훈련까지 혼자라면 감히 엄두도 내지 못했을 일들을 그들이 있어 할 수 있었다. 함께 웃고 울었던 그들과 나는 하나였다. 그들이 없었더라면 내 청춘은 없었다.

청춘이라는 훈장

'배고픔과 고생'조차 훈장처럼 빛나게 해준 이들은 바로 동무들이었다. 나는 어깨를 폈다. 숨을 고르고 가슴을 앞으로 내밀었다. 힘차게 한 걸음 한 걸음 내딛었다. 어느새 강당 건물 앞에 모인 동무들이 나를 향해 반가운 손짓을 하고 있었다.

잊지 못할 청춘 시절 동무야
우리 우정 그 어디서 꽃폈나
보람찬 학창 시절 나날에 교정에서 꽃폈지
아 언제나 잊지 못할 우리 우정

누군가 말했다. "같은 것을 좋아하면서도 싫어하는 것"이 우정이라고. 그럼 같은 것을 마냥 좋아하게 되면 사랑이 이루어지는 것일까. 과연 그럴까. 나는 잘 모르겠다. 좋고 싫은 것이 서로 다를지라도 어떤 이들은 친구가 되고 연인이 된다. 친구가 될 줄 알았는데 연인이 되고, 연인이 될 줄 알았는데 친구 사이로 남는 인연을 수 없이 봐왔다. 나와 선영, 미영과 승남, 명애와 철영은 모두 동무로 남았다. 사랑으로까지 이어지지 못했다. 이루어질 것 같았지만 이루어지지 않은 나와 선영, 이루어지지 않으리란 예상 속에서 이루어질 뻔했던 미영과 승남, 그리고 처음부터 이루어질 수 없었던 명애와 철영. 우리의 바람과 노력에 상관없이 우리 연은 여기까지였다. 그래도 얼마나 좋은가. 만나면 반갑고 헤어지면 다시 보고 싶은 친구로 남았으니. 젊은 한때를 함께했고 평생 간직할 수많은 기억을 남겼으니 얼마나 좋은가.

나는 그들의 이름을 하나하나 되뇌며 손을 마주 흔들었다. 해맑은 신입생의 모습으로 돌아가 그들을 향해 뛰었다.

'이 세상에 단 한 번뿐이자 단 하나뿐인 나의 청춘이여, 안녕.'


## 내가 선택한 사랑

졸업 후 평안도의 한 기업소에 배치된 나는 재정경제학 전공을 살려 재정과 회계는 물론 경영 전반의 일로 바쁜 나날을 보내고 있었다.

"지도원 동지, 전화 왔습니다."

어느 날, 회사로 개인적인 전화가 걸려왔다. 선영이었다. 선영이 가르치는 학생들이 졸업 실습 차 내가 있던 지역에 출장을 온다고 했다. 실로 오랜만이었다. 그가 집들이를 한다며 나와 미영을 초대한 이후로 처음이었다.

나는 그와 함께 기업소 가까운 곳에 있는 바닷가로 나갔다.

선영은 교수답게 자신이 가르치는 학생들 이야기를 하며 우리 사이에 감도는 어색한 분위기를 누그러뜨렸다.

"결혼할 사람은 생겼니?"

그가 물었다.

나는 들릴 듯 말 듯 한숨을 쉬었다. 질문이 못마땅한 것인지 서해의 얕고 지저분한 바다가 보기 싫은 것인지 알 길이 없었다. 아마 그의 목소리에 묻어난 근심과 망설임을 눈치챘기 때문일 수도 있다. 그는 내가 지금까지 결혼하지 않은 게 자신 때문이라고 걱정하는 듯했다.

"네, 만났습니다."

나는 선영에게 현재 상황을 조목조목 얘기했다.

"결혼할 상대가 있습니다. 선영 동무와는 여러모로 정반대의 사람입니다. 키가 작고 안경을 썼고 무척 조용합니다. 물론 공통점도 있습니다. 선영 동무나 그나 직통생이 …….."

"나보다 더 좋은 사람을 만났다고 생각한다."

선영이 나의 이야기를 끊으며 말했다.

"이건 진심이다. 네가 그리 말하던 남자다운 남자겠지. 잘 알아."

나는 긴말이 필요 없다는 듯 미소를 짓는 선영에게 환히 웃어 보였다. 선영이 내게 가졌을지도 모를 일말의 걱정과 죄책감, 그리고 내가 그에게 가졌을지도 모를 불편한 감정들이 말끔히 해소되는 순간이었다.

내가 선택한 사람은 이공계 출신에 안경쟁이였다. 북한에서는 안경을 낀 사람이 흔치 않았다. 안경 낀 사람들을 '네[四] 눈'이라 놀렸고 영화에서는 으레 의지가 나약한 인물로 묘사되었다. 다시 말해 선입견과 편견의 대상이었다. 게다가 그는 기계공학을 공부한 전공자였다. 어른들에게서 "망치 두드리며 살겠구나"라는 걱정을 듣기 일쑤였다.

하지만 그는 이공계 출신이면서도 보기 드물게 철학과 심리학까지 섭렵한 학자였다. 내가 그토록 찾았던 존경할 수 있는 남자였다. 실례로 그는 어떠한 질문에도 막힘없이 자신의 견해를 피력했다. 이틀을 꼬박 앉아 읽어도 알까 말까 한 어려운 책을 앉은자리에서 단 몇 시간 만에 독파했다. 그에게는 본질을 꿰뚫는 자기만의 독서법이 있었다. 타고난 머리도 있겠지만 오랫동안 공부하고 노력하지 않으면 얻지 못할 비범함이었다. 책과의 만남은 눈을 혹사시켰다. 그래서 안경을 낄 수밖에 없었다. 책 속에 파묻혀 사색하다 보니 자연히 말수도 적어졌다.

그는 내게 아버지를 떠올리게 했다. 어머니에 비해 키가 작고 조용하며 내성적이던 아버지. 대학 생활을 하면서 오로지 공부밖에 몰랐던 아버지. 나를 경제대학으로, 더 큰 세상으로 인도했던 아버지. 나는 그를 볼 때마다 아버지의 환생을 보는 것 같아 가슴이 먹먹했다.

그는 내가 지금까지 만난 어느 남자와도 달랐다. 첫 남자 친구 선영, 농촌 지원 기간 사귄 병철 동지, 극성스레 따라다녔던 사리원지질대학 졸업생, 그 어느 누구와도 다른 의미로 다가왔다. 높고도 깊은 학식은 오만하지 않았으며, 말이 적고 조용한 성정은 활달한 나의 성격과 어울려 편안하게 느껴졌다. 나는 나도 모르는 사이에 그를 신뢰하게 되었다. 그는 나에게 어느 남자 동무가 아니었다. 그는 나를 여자로, 아니 한 남자의 여자로 변화시켰다.

남포에서 일을 마친 선영이 떠났다.

다시금 나는 혼자가 되었다. 동해와는 비교할 수 없지만 그래도 넓게 펼쳐진 서해를 바라보며 나의 앞날을 그려보았다. 대학 시절처럼 뜨겁거나 화려하진 않았지만 나는 또 다른 시대의 서막을 직감하고 있었다.

'새날에는 새 인연과 함께하리라. 그 어디가 되었든 끝까지 함께 가리라.'

나는 크게 숨을 들이마셨다. 드넓은 바다가 어느새 내 가슴속에 들어와 세차게 물결치고 있었다. ◆

끝나지 않은 이야기

**선영**은 모교(원산경제대학)의 교수가 되었다. 대학에서 영어를 가르치는 선생님과 결혼했다. 학생들을 지도하러 나간 평안도의 한 기업소에서 나와 재회했다. 사회인이 된 우리는 그동안 불편했던 감정들을 털어내고 친한 대학 동무로 돌아가 우정을 나누었다.

◆

선영과 함께 모교의 교수가 된 **학철**은 짝사랑했던 나에게서 끝내 좋아한다는 말을 듣지 못했다. 남한의 배우처럼 잘생긴 얼굴이었지만 퉁명스러운 말투와 잘난 척하는 행동 때문에 여자들의 호감을 얻지 못했다.

◆

**승남** 역시 모교의 교수가 되었다. 그가 편지에 썼듯 결혼식을 올릴 뻔했던 소박하고 수수한 농장원 처녀 대신 사범대학을 졸업한 여자와 결혼했다. 미영과의 상처 때문인지 몰라도 '선생님'을 선택했다. 북한에서 선생은 토대가 좋아야 가능한 직업이어서 갑작스럽게 올리는 결혼식, 일명 '번개 결혼'을 하기에 적절한 상대였다. 하지만 학생들을 상대하며 늘 지시하고 지적하는 선생님이라는 직업 특성상 남자들에게는 내심 불편한 반려자로 인식된다.

시험을 보면 10점 만점에 5~6점을 받을 만큼 성적이 좋지 않았던 **철영**은 혁명학원 출신이라는 배경만으로 군수공장이 밀집되어 있는 자강도에 3대혁명소조를 나가 당원이 되었다. 소조 기간이 끝난 뒤에는 강원도 청년동맹 지도원이 되었다. 원산경제대학 직발생 중 가장 출세한 경우다. 그는 원산 시내에 살고 있는 한 중학교 선생님과 결혼했다.

◆

제대군인으로서 입학하자마자 후방부 연대장을 맡았던 **기철**은 졸업 후 정무원(내각) 육해운성 항만관리국 지도원으로 배치되었다. 당시 졸업생들 중 유일하게 정부 부처에 배치된 경우다. 나이 어린 직발생들을 챙기는 넉넉한 마음과 뛰어난 학업성적은 물론, 출학을 당한 후에도 신소 편지를 써서 연인을 지켜낸 불굴의 정신을 지닌 인물답게 성공했다.

◆

나와 가장 친했던 **미영**은 부사령관인 아버지의 중매로 장교 출신 군관과 결혼했다. 승남의 순정이 아쉽긴 하지만 부모님의 의중을 따르겠다는 그녀의 바람대로 이루어진 셈이다. 1990년 말에 있었던 6군단 사건으로 군단 요직에 있던 미영의 아버지가 어떻게 되었는지 그 이후 소식을 알지 못해 매우 안타깝다.

우리 반 여학생 중에서 가장 먼저 결혼한 사람은 바로 **경미**였다. 소조 생활이 끝나고 현장에 배치받기까지 단 몇 개월 사이에 의사와 결혼식을 올렸다. 소조지에서 만난 사람이었다. 엄격한 군인 가정에서 자랐으며 조용하고 얌전한 성격이던 그녀가 자유연애로 쟁취한 뜨거운 사랑이었다. 그즈음 사단장이던 아버지가 사령부로 영전했다. 사위가 직업군인은 아니었지만 결혼식은 성대하게 치렀다.

◆

　**명애**는 대학 시절 내내 공들인 철영과 결국 이루어지지 않았다. 공부보다는 출신 성분과 배경이 좋은 남자를 만나 '사모님' 소리를 들으며 편안히 살고자 했던 그녀가 어떤 남자를 만났는지, 아니 결혼은 했는지 알려진 사실이 없다. 사회에 나간 후로 아이들과 연락이 끊기고 말았다.

◆

　인간 사진기로 불렸던 **현순**은 북한 최고의 두뇌들이 가는 리과대학(이과대학)에 갔다. 아주 독특한 주제의 논문으로 대학 졸업과 함께 후보 준박사 자격을 얻었고 모교의 교수가 되었다. 하지만 오래 못 가 교수직을 그만두었다. 뛰어난 암기력과 머리를 가졌지만 사회성이 부족한 결과가 아닐 수 없다. 그녀가 "가마뚜껑 운전수가 되리라"고 했던 남학생들의 말이 예언처럼 들어맞았다.

지은이 **김영희**

1965년 함경북도 길주군에서 태어났다. 북한의 종합적 생산조직인 특급기업소의 재정회계 부문에
서 근무했으며, 2002년 12월 가족과 함께 남한으로 입국했다. 2006년 8월 경남대학교 북한대학원
에서 석사 학위, 2013년 2월 동국대학교에서 박사 학위를 받았다. 현재 KDB산업은행 한반도신경
제센터 선임연구위원으로 재직 중이다.

통일부 정책자문위원, 민주평화통일자문회의 상임위원, 서울시 남북교류협력위원회 위원으로 활
동하고 있다. 저서로는 『푸코와 북한사회 신체왜소의 정치경제학』, 『탈북 박사부부가 새롭게 쓴
논문작성법』, 『탈북 박사부부가 본 북한: 딜레마와 몸부림』, 『김정은의 경제개발, 오래된 미래』
등이 있다.

**당신의 꽃은 어데서 피었습니까**
북한 청춘 남녀의 대학 로맨스

ⓒ 김영희, 2016

지은이 ㅣ 김영희
펴낸이 ㅣ 김종수
펴낸곳 ㅣ 한울엠플러스(주)
편집책임 ㅣ 최진희

초판 1쇄 발행 ㅣ 2016년 9월  2일
초판 2쇄 발행 ㅣ 2021년 9월 30일

주소 ㅣ 10881 경기도 파주시 광인사길 153 한울시소빌딩 3층
전화 ㅣ 031-955-0655
팩스 ㅣ 031-955-0656
홈페이지 ㅣ www.hanulmplus.kr
등록번호 ㅣ 제406-2015-000143호

Printed in Korea.
ISBN 978-89-460-8118-5  03810

※ 책값은 겉표지에 표시되어 있습니다.